果麦

世界超级畅销小说大系

全世界都在读

献给我亲爱的孩子们

《出版人周刊》年度最佳悬疑小说
《纽约时报》《今日美国》畅销书

一本情节曲折、跌宕起伏的处女作。《消失的爱人》的书迷一定会喜欢这本同样令人回味的故事。

——丽莎·加德纳，纽约时报畅销书
《无所畏惧》（*Fear Nothing*）的作者

玛丽·库比卡重磅处女作，足以与《消失的爱人》媲美。和那场令人目眩的对决不同，库比卡的女主角是有真心的——当这颗心被作者打碎，没有什么比这更具破坏性。

——《出版人周刊》

《别爱上任何人》有大量心理描述，读来令人心跳加剧，第一句话就令人着迷，吸引你一直翻阅到最后一个词为止。

——《芝加哥论坛报》

这部杰出的处女作与威廉·兰迪大受欢迎的《保护雅各布》（*Defending Jacob*）语调相似，极具可读性，值得大力推荐。

——《图书馆杂志》

库比卡的首部惊悚小说……读者将在阅读时猜测不已，直到最后一页她才揭晓谜底。

——《书目杂志》

一部巧妙构思的悬念惊险小说。

——希瑟·古登考夫，畅销书《沉默的重量》（*The Weight of Silence*）和《些许怜悯》（*Little Mercies*）的作者

引人入胜。

——《科克斯书评》

库比卡对情节的熟练处理让《别爱上任何人》成为一拿起就难以放下的书。

——《哥伦布电讯报》

扣人心弦的心理惊悚片，每个看故事的人都会一直屏住呼吸。

——Bustle（美国独立访问人数最高的网络杂志）

别爱上任何人

Mary Kubica

[美] 玛丽·库比卡/著

朱其芳/译

北京联合出版公司
Beijing United Publishing Co.,Ltd.

夏 娃

救援前

电话铃响的时候，我正坐在早餐桌边啜饮一杯可可。我沉思着凝望后窗外的草坪，满眼的树叶挣扎在肃杀的初秋里。它们大多都已枯死，但有些还毫无生机地挂在树上。已是傍晚时分，天空阴沉沉的，温度骤降至4-10℃。我想我对这样的变化还没做好准备，时间究竟都去哪儿了？仿佛昨天我们还在迎接春天，而现在，夏天也转瞬即逝。

电话铃把我吓了一跳，我觉得肯定是推销电话，所以起初很不耐烦，压根儿不想站起来接。我正享受着一天里最后几小时的宁静时光，再过一会儿詹姆斯就会风风火火地从前门进来，闯入我的世界，让我不得安宁。此刻我不想把宝贵时间浪费在某个推销电话上，我肯定会拒绝。

烦人的噪音消停了一会儿，之后又再度响起。为了防止铃声再度响起，我只得去接。

"喂？"我恼怒着。我站在厨房中央，半个屁股紧靠着岛式橱柜[1]。

"是丹尼特太太吗？"一名女子的声音。我犹豫了一会儿要不要告诉她打错电话了，或者直接跟她说我不感兴趣，不必再推销了。

"我是。"

"丹尼特太太，我叫艾安娜·杰克逊。"我之前听说过这个名字。虽然我从没见过她，但我知道她这一年多里常常和米娅在一起。我曾经多次听米娅提起过她的名字：我和艾安娜干吗干吗了……我和艾安娜怎么怎么了……她正在解释她是如何认识米娅的，她说她们两个都在市里一家私立高中教书。"但愿我没有打扰到您。"她说。

我喘着气说："哦，艾安娜，我刚刚跑进门来。"我在撒谎。

还有不到一个月米娅就满二十五岁了，她的生日是十月三十一日，万圣节那天。因此我猜艾安娜是为这事打的电话。她想要策划一场派对——也许是一场惊喜派对——给我女儿庆祝生日？

"丹尼特太太，米娅今天没来上班。"她说。

我没料到会听到这话，花了一会儿工夫重新组织了语言。"呃，她一定是生病了。"我回答。我首先想到的是要替女儿遮掩，她必须有个说得通的旷工理由。我的女儿的确自由散漫，但她也是个靠谱的人。

"您没有她的消息吗？"

"没有。"我说。但这并不反常，我们可以几天，有时候甚至几周都不说话。自从电子邮件发明后，我们的最佳沟通方式就变成了

---

1 是一种将橱柜置于厨房正中的设计，可从四面操作，也可以围着吃饭。

无聊的邮件转发。

"我往她家里打过电话，但是没有人接。"

"那你有留言吗？"

"留过好几次了。"

"她没有回电话？"

"没有。"

我心不在焉地听着电话另一头女子的声音，望着窗外，看着邻居家的孩子们摇着一棵弱不禁风的树，把剩下的叶子全摇落在他们身上。这些孩子是我的时钟，当他们出现在后院，我就知道现在是傍晚放学了。当他们又消失在院内，那就说明晚餐时间开始了。

"打过她的手机吗？"

"直接被转到语音信箱了。"

"那你——"

"我留过言。"

"你确定她今天没来上班？"

"行政处一整天都没她的消息。"

我担心米娅会遇到麻烦，我担心她会被解雇。此时她可能已遭不测的念头尚未闯入我的脑海。

"但愿这不会造成太大的问题。"

艾安娜解释说，米娅的学生第一节课并没有向任何人告发老师缺席的事，直到第二节课这消息才终于瞒不住了：丹尼特女士今天没来上课，而且也没有代课老师。校长下来维持秩序，直到有代课老师来接管。他发现了墙上的帮派涂鸦，那是用昂贵的绘画工具画的。行政处不同意出资，因此工具的费用是米娅自掏腰包。

"丹尼特太太，你不觉得奇怪吗？"她问，"这不像米娅会干的事儿。"

"噢，艾安娜，我觉得她肯定有一个合理的理由。"

"比如？"她问。

"我会给医院打电话的。她所在的社区有一个号码——"

"我已经打过了。"

"还要给她的朋友打电话。"我说，尽管我不认识她的任何朋友。我听她提过不少名字，比如艾安娜和劳伦，我还知道有个持学生签证的津巴布韦学生将被遣送回国，米娅认为这一点儿都不公平。然而我并不认识他们，也很难查到他们的姓氏或联系方式。

"电话我都打过了。"

"她会出现的，艾安娜。一切都只是误会，也许有成千上万个理由能解释。"

"丹尼特太太……"艾安娜再次开口。这一次，不祥的预感最终击中了我：这事不对劲。这种感觉直抵我的腹部，而且涌入我脑海的第一个念头是我怀着米娅七八个月时，她健壮的四肢对我狠狠地拳打脚踢。她那么用力，甚至能透过我的皮肤看到她小手小脚的形状。我拉过一把高脚凳，坐在岛式橱柜旁，下意识地想着：米娅快满二十五岁了，但我连送什么礼物都没想过，也没有主张举办派对，或者在市内预订一家优雅的餐厅，我们所有人——詹姆斯、格蕾丝、米娅和我，共享一顿晚餐来庆祝。

"那么，你建议我们做些什么呢？"我问道。

电话另一头传来一声叹息。"我希望您告诉我，米娅和您在一块儿呢。"她说。

加　布

救援前

　　我赶到那座房子的时候天已经黑了。灯光从英式都铎建筑里透出来，照在绿树成荫的街道上。我能看到有一群人在屋内徘徊，等候着我。法官正在踱步，丹尼特太太坐在软椅边上，小口抿着玻璃杯里像是酒的东西。此外还有几位穿制服的官员和一名深肤色的女子，她正凝视着窗外的景色。我在街道上慢慢停下来，拖延着这一隆重出场的时刻。

　　芝加哥北岸是一片郊区住宅，沿密歇根湖分布，一直延伸到城市北部。丹尼特一家和那里的其他家庭没什么不同，他们个个都腰缠万贯。也难怪我在应该前往豪宅的时候却坐在我的汽车前座里磨蹭，说服自己我是有一定影响力的人物。

　　我想起警长在把案子派给我之前说的话：别把这事搞砸了。

　　我躲在自己安全又温暖的破车里打量着那座富丽堂皇的住宅。

从外观上看，它并没有我想象的那么大。它古色古香，完全是英式都铎风格：半露木结构、窄窄的窗户、陡斜的屋顶。这使我想起中世纪的城堡。

虽然我被严令要求保守秘密，而且该为警长把这个备受瞩目的案件派给我而感到荣幸。可我却没有这样的感受。

我向前门走去，径直穿过草坪走上人行道，沿路前行，踏上两级台阶，敲了敲门。天真冷，等在门外的时候，我把双手插进口袋里保暖。当我发现开门朝我打招呼的是县内最有影响的治安法官之一时，我觉得自己穿着的那套便装——下身一条卡其色的裤子，上身一件皮夹克罩着马球衫——简直寒酸得可笑。

"丹尼特法官。"我说着走进了屋内。我装出一副非常权威的样子，展示出十足的自信。我必须将这种自信藏在安全的地方，为了这样的时刻拿出来撑场面。无论在体形还是权力上，丹尼特法官都是不容小觑的人物。要是搞砸了这件事，被解雇已是最好的结果。丹尼特太太从椅子上起身，我用我最优雅的声音告诉她："您请坐。"另外一名女子应该是格蕾丝·丹尼特，我根据初步调查推测。这是一个更年轻些的女子，大约二十几岁或三十出头，站在门厅和客厅的交界处。

"我是加布·霍夫曼侦探。"我一本正经地自我介绍，没有微笑，也没有要握手。女孩说了她自己的名字，她正是格蕾丝。我从之前的调查中得知，她是道尔顿＆迈耶斯律师事务所的一名高级律师。但光凭直觉我就不喜欢她。她全身都散发出一种优越感，瞧不起我普通工人的穿着，语调里的轻蔑也让我焦虑不安。

丹尼特太太开口说话，她的声音仍然带有浓重的英伦腔，尽管我之前查到的情报告诉我，她从十八岁起就一直待在美国了。我对她的第一印象是，她似乎非常焦虑。她的声音很尖锐，手指烦躁地玩弄着一切手边的东西。"我的女儿失踪了，侦探先生。"她急切地说，"她的朋友们全都没见过她，也没有跟她通过话。我一直在打她的手机，给她留言。"她的话哽在了喉咙里，竭力克制自己不要哭出来。"我去过她的公寓，想看看她是否在家。"她说完停顿了一下，"我一路开到那里，但房东不让我进门。"

丹尼特太太是个让人心动的女人，我的目光情不自禁地盯着她金色的长发，随着发丝一起笨拙地掠过她衬衣里露出的乳沟，她的衬衣解开了第一颗纽扣，真是显而易见的诱惑。之前我曾见过丹尼特太太的照片，照片里她和丈夫一起站在法院的台阶上。但照片中的美人根本比不上亲眼所见的夏娃·丹尼特。

"你最后一次跟她说话是什么时候？"我问。

"上周。"法官说。

"不是上周，詹姆斯。"夏娃说。她停顿了一下，察觉到她丈夫脸上因被插话而出现的恼怒，继续道："是上上周，甚至可能是再上上周。我们跟米娅的关系就是这样——有时候我们会几周都不说话。"

"那么这种情况并不反常？"我问，"有一阵没有她的消息很正常？"

"没错。"丹尼特太太承认。

"那么你呢，格蕾丝？"

"我们上周说过话，但只是一通很短的电话。我想是周三，也许是周四。啊是的，是周四，因为她打电话来的时候我正要走进法院听讯一个证据禁止动议。"她补充了一句，好让我知道她是一名律师，就像她的条纹上衣和脚边的皮箱还没有把她的身份暴露似的。

"有任何反常的地方吗？"

"就是米娅的那副'米娅做派'呗。"

"这个意思是？"

"加布。"法官打断道。

"请叫我霍夫曼侦探。"我以权威的口气坚持道。如果我必须叫他法官先生，那么他当然也可以叫我侦探先生。

"米娅非常独立，这么说吧，她向来自行其是。"

"这么推测的话，你们女儿是从周四开始失踪的？"

"有朋友昨天跟她说过话，见到她在工作。"

"什么时候？"

"我不知道……大约下午三点。"

我瞥了一眼手表："那么，她现在已经失踪二十七小时了？"

"在她失去联系满四十八小时前，她不会被认为是失踪人口，这是真的吗？"丹尼特太太问道。

"当然不会，夏娃。"她的丈夫用一种轻视的口气回答。

"不会的，太太。"我说。我尽量使自己变得更亲切些，我不喜欢她丈夫贬低她的态度。"实际上，最初的四十八小时通常是失踪案件中最关键的时期。"

法官马上接口："我的女儿没有失踪，她只是去错了地方。她在做一些轻率大意、不负责任的事情，但她并不是失踪了。"

"那么，法官大人，谁是最后一位见到您女儿的人呢？在她——"我自作聪明地说，"——去错地方之前？"

答话的是丹尼特太太。"是一位叫艾安娜·杰克逊的女士，她是米娅的同事。"

"您有她的联系电话吗？"

"有，在一张纸上，在厨房里。"

我冲一名警员点点头，他径直去厨房拿纸。

"米娅之前做过这样的事吗？"

"没有，绝对没有。"

不过法官和格蕾丝·丹尼特的肢体语言却透露了别样的含义。

"这不是真话，妈妈。"格蕾丝责备她。我期待地看着她。律师就爱听自己唠叨。"米娅曾在五六种不同的情况下从家里消失，天晓得她去做什么，和谁过夜。"

没错，我心中暗想，格蕾丝·丹尼特就是个荡妇。格蕾丝的发色跟她父亲一样深。她继承了母亲的身高和父亲的身材，这并不算一个好组合。有些人也许会称这身段曼妙丰满，如果我喜欢她，我可能也会这么说。但相反，我只能说是又圆又胖。

"这完全是两回事。她当时在上高中，有点天真和淘气，但是……"

"夏娃，不要过度发挥想象。"丹尼特法官说。

"米娅喝酒吗？"我问。

"喝得不多。"丹尼特太太说。

"你怎么知道米娅在做些什么，夏娃？你们两个又不太说话。"

她将手举到脸侧，擦了擦鼻涕。她手指上的钻戒大得令我吃惊，以至于我都没听到詹姆斯·丹尼特闲聊起他妻子在他回家前同艾迪打电话的情形——请注意，法官不仅同我的领导关系不错，甚至还亲密到了互称昵称的地步，这令我非常震惊。丹尼特法官似乎很确信他女儿只是出去寻欢作乐了，这事并不需要任何官方的介入。

"您认为这不需要警方调查？"我问。

"完全不需要。这是家庭内部可以解决的问题。"

"米娅的职业道德如何？"

"你说什么？"法官蹙额反驳，并怒气冲冲地用手抚平了额头的皱纹。

"她的职业道德。她是否拥有良好的工作记录？她以前有过旷工吗？她是否曾装病不去上班？"

"我不知道。她有工作，有收入。她自己养得活自己。我不多过问。"

"丹尼特太太认为呢？"

"她对工作很热忱，很爱她的工作。教书是她一直想做的事情。"

米娅是名艺术老师，教高中。我在笔记里记下了这条提示信息。

法官问我是否觉得这很重要。"也许是的。"我回答。

"为什么这么觉得？"

"法官大人，我只是在试图了解您的女儿，了解她是个怎样的人，仅此而已。"

丹尼特太太现在快哭出来了。她努力不让眼泪掉下来，一双蓝眼睛又红又肿。"你觉得米娅是出什么事了吗？"

我心想：这难道不是你找我到这儿来的原因吗？是你自己觉得米娅出事了吧。不过我嘴上说的是："我想我们还是马上行动才好，当发现一切都是个误会以后再来感谢上帝吧。我确定她好好的，真的，但我讨厌在什么都没调查之前不把这整件事情当回事儿。"要是——要是事情最终结果并不好，我会后悔死说这话的。

"米娅独自生活有多久了？"我问。

"再过三十天就满七年了。"丹尼特太太果断回答。

我很惊讶。"您一直都在数日子吗？精确到每一天？"

"那是她十八岁生日的时候。那时她迫不及待地要从这儿搬出去。"

"我无意刺探您的家庭隐私。"我说道。但事实是，我没这个必要。我也迫不及待地想离开这里。"她现在住在哪里？"

法官回答："在市内的一间公寓，靠近克拉克街和艾迪生街。"

我是芝加哥小熊队的球迷，所以这话一下让我兴奋起来。光是提到"克拉克"或是"艾迪生"的字眼，我的耳朵就会像饥饿的小狗一样竖起来。[1] "瑞格利维尔，那是个不错的社区，很安全。"

"我会把地址给你的。"丹尼特太太提出。

"我想去那里调查一下，如果你们不介意的话。我去查查是否有窗子被打破，或者有其他人强行闯入的迹象。"

颤抖着声音问道："你觉得是有人闯入了米娅的公寓？"

我试图让她放心："我只是想去检查一下。丹尼特太太，那座大楼有看门人吗？"

"没有。"

"那么安防系统呢？摄像头呢？"

"这些我们怎么会知道?！"法官咆哮道。

"您难道不去拜访吗？"我刹不住嘴，问出了口。我等待着回答，但无人理睬。

---

1 芝加哥小熊是一支在伊利诺伊州芝加哥的美国职棒大联盟球队，主场在瑞格利球场，克拉克和艾迪生是主球场坐落的两条街道的名称。

夏　娃

救援后

我替她拉起外套的拉链，戴上兜帽，然后我们一起走进芝加哥的凛风里。"现在我们得快点儿了。"我说。她点点头，但是并没有问原因。我们朝着詹姆斯的 SUV 走去，一路上狂风几乎要把我们吹倒了。他的车停在两米远的地方，当我去抓她手肘的时候，唯一确信的是，一旦我们中有一人跌跤，那么两个人都会摔倒在地。那是圣诞过后的第四天，停车场被一大片冰层覆盖。我努力替她遮挡凛冽的寒风，把她拉向我，用胳膊环住她的腰以保暖，尽管我的身体甚至比她还娇小，这种事让我做必然会可悲地失败。

"我们下周就回去。"当米娅爬进后座时，我对她说。为了盖过咔嗒的摔门声和系安全带声，我的嗓音有点大。收音机朝我们大吼大叫，汽车引擎在这种严寒天气里垂死挣扎。米娅畏缩了一下，我请求詹姆斯把收音机关了。米娅在后座里很安静，她凝视着窗外，看着车辆。其中的三辆车像饥饿的鲨鱼一样包围着我们，车上的司机八卦又贪心。有一个人把相机举到眼前，闪光灯令人目眩。

"真见鬼，在需要的时候警察都跑哪儿去了？"詹姆斯自言自语道。然后他摁响了喇叭，直到米娅抬起双手捂住耳朵，不愿听到那可怕的声音。照相机又开始闪起快门。那些车辆在停车场里闲晃，引擎发动着，排气管外烟雾弥漫，消散在灰蒙蒙的天空里。

米娅抬头见我正看着她。"你听到我说的话了吗，米娅？"我语气和蔼地问她。她摇摇头。我几乎都能听到她脑海里充斥着的那个讨厌声音：克洛伊，我的名字叫克洛伊。她的蓝眸紧紧盯着我的眼睛。我眼眶泛红，强忍泪水。米娅回来之后我就常常这个样子，尽管詹姆斯总在那儿提醒我保持冷静。我努力试图理清这一切，把微笑挂在脸上——有点强颜欢笑，但完全发自内心。我心中默念着一句话：我简直不敢相信你回家了。我小心地限制着米娅的行为，不确定她需要多少私人空间，但绝不愿给予她过度的自由。我能从她的每个手势、表情和站姿里看出病态，她不再是我认识的那个充满自信的米娅。我明白，她经历过很可怕的事情。

不过我很想知道，她是否能理解我也在遭受着些什么呢？

米娅别开了眼。"下周我们要回去见罗兹医生。"我说。她点头回应。"是周四。"

"几点？"詹姆斯问。

"一点。"

他单手查了一下智能手机，然后告诉我，我得一个人带米娅去赴约，他有一个审讯必须出席。另外他还说，他相信我能独自解决这事。我告诉他我当然可以处理，但是我靠过去在他耳畔轻声说了句："她现在需要你。你是她的父亲。"我提醒他，这是我们商定好的事情，他当时做过保证。他说他会尽力而为，但我对此非常怀疑。他认为他应该严格遵守工作日程，无法为这种家庭危机抽出时间。我能看出这一点。

我们沿94号州际公路一路飞驰着开离城市，米娅坐在汽车后座里凝视窗外掠过的景象。现在大约是星期五下午三点半，新年的周末路况非常糟糕，我们不得不停下等候。在高速公路上，汽车以龟速缓慢向前挪动，每小时不超过五十公里。詹姆斯对此毫无耐心。他紧盯着后视镜，等着狗仔队的再度出现。

"这么看来，米娅，"为了打发时间，詹姆斯开口道，"那个研究神经病的说你得了失忆症？"

"噢，詹姆斯，"我恳求道，"拜托了，现在不要说这些。"

我的丈夫并不愿等，他想要弄清真相。米娅回家才刚一周，跟我和詹姆斯住在一起，因为她还不适合独自生活。我想起了圣诞节那天，疲惫不堪的栗色汽车慢吞吞地载着米娅开进车道时的情形。我记得当时那个一贯冷漠而持重的詹姆斯一反常态地冲出前门，第一个去迎接她回家。在落满积雪的车道上，他伸出胳膊搂住那个憔悴的女子，仿佛在这些漫漫长日中哀痛不已的并非是我，而是他自己。

但自此以后，那一瞬间的如释重负烟消云散，失忆的米娅渐渐变得令詹姆斯厌倦，仿佛她只是他越堆越高的案头里的又一个案件，而不是我们的女儿。

"现在不说，那什么时候说？"

"晚点再说吧，求你了。而且那位女士很专业，詹姆斯。"我强调，"她是一名心理医生，才不是什么研究神经病的。"

"好吧。米娅，心理医生说你得了失忆症。"他重复道，但米娅并没有回答。他从后视镜里看着她，那双深棕色的眼睛用目光将她囚禁起来。有那么一瞬间，她曾努力抬眼注视回去，但稍后视线就落向了自己的双手，全神贯注地盯着上面的一小块疤痕。"对此你有什么想谈谈的吗？"他问。

"她也是这么告诉我的。"她说。我记得医生的话，在那间令人不快的办公室里，医生坐在我和詹姆斯对面（米娅被带去等候室里翻阅过期的时尚杂志），逐字逐句地向我们解释教材中对"急性应激障碍"的定义，这个词唯一能令我想到的只有那些可怜的越南老兵。

他叹了一口气。我能感觉到詹姆斯认为此事难以置信：她的记忆居然会消失不见？"那么，这是怎么办到的呢？你记得我是你父亲，也记得她是你母亲，但你却认为自己的名字叫克洛伊。你知道自己的年龄和住址，还知道你有个姐妹，但你却完全不知道科林·撒切尔是谁。你真的不知道你过去三个月去了哪里吗？"

我插嘴维护米娅说："这叫作选择性失忆症，詹姆斯。"

"你是说她会有选择地记住她想记住的事情？"

"不是米娅要这么做，而是她的潜意识或无意识——诸如此类，替她这样做了，把痛苦的想法藏在她找不到的地方。这不是她所能决定的事情，而是她的身体要帮助她去应付。"

"应付什么？"

"整件事，詹姆斯。发生的一切事。"

他想知道我们要如何解决米娅的问题。我也不知道确切的答案，但我建议道："给她些时间，我想。还有治疗、药物和催眠。"

他对催眠和失忆症这种事当真嗤之以鼻。"什么药物？"

"抗抑郁药，詹姆斯。"我回答。我转身拍拍米娅的手，说道："也许她的记忆永远不会恢复，但那样也不要紧。"我看了一会儿她的模样，她就像是镜子里的我自己，但是更高挑更年轻。她和我不同，光洁美丽的肌肤远离皱纹侵蚀，浓密暗金的长发尚未染上银霜。

"抗抑郁药要怎么帮她想起来？"

"它们会让她感觉好点儿。"

詹姆斯的缺点之一就是他永远那么直言不讳。"真该死，夏娃，如果她不能记起来，那么还有什么可难过的？"他问。我们望向窗外，视线游离在往来车辆中。我想谈话结束了。

加　布

救援前

米娅·丹尼特任教的高中位于芝加哥西北部一个叫北中心的社区。这是一个相对不错的社区，靠近她家，大多数居民都是白种人，平均月租金超过一千美元。一切都预示着她不会出什么意外。如果她在恩格尔伍德[1]工作的话，我就不会这么确信了。她的学校是为高中辍学者提供教育的地方，小范围地开设职业培训、电脑培训、生活技能培训等课程。米娅·丹尼特作为艺术老师加入了这里。传统的高中需要花大量时间在数学和科学课程上，令一些对此满不在乎的十六岁少年无法适应，觉得无聊透顶。米娅想要打破沉闷的传统，为学校注入全新活力。

艾安娜·杰克逊在办公室里见了我。当时她的课正上到一半，

1　芝加哥最危险的地区之一，长期存在各种暴力犯罪问题。

于是我不得不等了她足足十五分钟。我窝进一把学生座椅里等，坐着一点儿也不舒服。我早已不复当年六块腹肌的健美身材，尽管我常安慰自己，我跟多余的体重也能和谐共处。在等候的时间里，秘书的视线始终锁定着我，好像我是一个被叫来和校长谈话的学生。可悲的是，这样的场景我曾习以为常，在我高中时代的许多日子里都出现过如此窘况。

"你在努力寻找米娅的下落。"当我向她介绍我是加布·霍夫曼侦探的时候，她这么说。已经将近四天没有人见过她或同她说过话，因此她被正式认定为失踪，这令丹尼特法官大感失望。这条消息现在已经登了报，上了电视新闻。每天早上我从床上一骨碌爬起来的时候，都会告诉自己：今天将是我找到米娅·丹尼特的日子，我会成为一个英雄。

"你最后一次见到米娅是什么时候？"

"星期二。"

"在哪里？"

"在这里。"

我们走进了教室。破旧的课桌上满是涂鸦，与那些塑料座椅相连，艾安娜（她请求我不要管她叫杰克逊女士）邀请我在其中的一把椅子上坐下。

"你认识米娅多久了？"

她坐在讲台边的舒适皮革椅中，这令我觉得自己就像个小孩子，尽管在现实中我比她高了足足三十厘米。她修长的双腿交叠在一起，黑裙的开衩口露出大腿肌肤。

"三年了，米娅一来这儿当老师我就认识她了。"

"米娅和大家相处得好吗？和学生、同事？"

她严肃地回答："米娅和任何人都能愉快相处。"

艾安娜继续跟我说了一些米娅的事情，说她刚来这所学校的时候身上带着一种自然的优雅；说她和学生很有共鸣，表现得就像她自己也是在芝加哥街坊长大似的；说她组织募捐者来学校为贫困学生出资……"你完全看不出她是丹尼特家的孩子。"

据杰克逊女士说，大多数新老师都不会在这类教学环境中待很久。在当今的求职市场上，有时候私立学校是唯一在招聘的学校，因此大学毕业生在更好的机会出现前暂时接受了这里的职位。可米娅不是这类人。"这儿就是她想来的地方。"

"让我给你看些东西吧。"她从桌上的信盒里抽出一大叠纸，走近我，在我身边的一把学生课桌椅上坐下。她把一大摞纸堆在我面前，首先映入我眼帘的是潦草的笔迹，那字甚至写得比我的还丑。"这是今天早上学生写的周记。"她解释道。我仔细读着这些作业，发现其中丹尼特女士的名字多得我都数不过来。

"我们每周写一次日记。这周的作业是——，"她解释道，"谈谈高中毕业后想做什么。"我琢磨了一会儿，看到几乎每张纸上都有"丹尼特女士"的字眼。"可是 99% 的学生想到的只有米娅。"她总结说。我能从她沮丧的声音里听出，她自己也几乎只能想到米娅。

"米娅和学生有过纠纷吗？"为保险起见，我问了这个问题，但在她摇头之前我就已经猜到了答案。

"那么男朋友呢？"我问。

"我猜她有，"她说，"如果这可以算是男朋友的话。他叫杰森什么的，我不记得他的姓氏了。没什么大不了的。他们只约会了几个星期，也许顶多有一个月。"我记下了这一点。丹尼特一家没有提到她的男朋友，可能他们还不知道？这当然有可能。我开始明白，在丹尼特一家身上，没有什么是不可能发生的。

"你知道怎么联系他吗？"

"他是一个建筑师。"她说，"在离沃巴什河不远的一家事务所工作。基本上每周五晚上她都会去酒吧见他，共度欢乐时光[1]。酒吧名字叫沃巴什和什么来着……我不知道，也许是瓦克，反正就是在沿河的某个地方。"这种事情听起来像是白费力气，但我还是准备去调查一番。我在黄色便签本上记下了这条信息。

米娅有个捉摸不透的男朋友，这对我来说是个重大消息。在这类案件里，男朋友永远是个关键人物。我很肯定找到杰森就能找到米娅，或者找到有关米娅的痕迹。由于她已经失踪了四天，我开始感到事情的结果也许并不太好。杰森在芝加哥河边工作，真糟糕。天知道那条河里每年捞出过多少尸体。他是个建筑师，这说明他很聪明，擅长处理问题，比如如何不引人注意地丢弃一具一百多斤重的尸体。

"如果米娅和杰森正在约会，"我问，"他没尝试去找她不是很奇怪吗？"

"你觉得这件事可能和杰森有关？"

我耸耸肩。"要是我有个女朋友，而且四天没和她说过话了，我

1　在酒吧术语里指减价供应饮料的时间。

也许会有点儿担心。"

"我想是的。"她赞同道。她从课桌椅上站起来,开始擦黑板,黑裙子上沾了点粉笔灰。"他没有给丹尼特家打电话?"

"丹尼特先生和太太完全不知道她有男朋友,对他们来说,米娅还是单身。"

"米娅和她的父母并不亲近。他们……在思想上有点分歧。"

"这我知道。"

"我不觉得她会告诉他们这种事情。"

话题扯远了,我试图把艾安娜拉回正题:"不过,你和米娅倒很亲近。"她说她们的确关系很好。"米娅和你无话不谈?"

"我想是的。"

"那她是怎么跟你说杰森的?"

艾安娜坐了下来,这一次她坐在课桌的边缘,凝视着墙上的挂钟,拍了拍手上的灰,考虑着我的问题。"她的恋爱持续不了多久。"她告诉我,试图找到合适的词来解释,"米娅通常不会陷得太深,从不对任何事情太过当真。她不喜欢被束缚,不喜欢给出承诺。她非常独立,也许就是太过独立了。"

"那么杰森……很黏人吗?很穷吗?"

她摇摇头。"不,不是这样的。他只是,只是不是那个对的人。她不会在提起他的时候容光焕发,也不会像其他女孩遇到真命天子时那般喋喋不休。我常常得强迫她跟我谈谈她男朋友,然后我就跟听流水账似的:我们吃了晚餐,我们看了电影……我知道他的时间观念很差,这点常惹得米娅生气——他总是错过约会或者约会迟到。米娅很讨厌被他的时间表牵着鼻子走。在最初的一个月总有各种问题，她的恋爱从来都不长久。"

"那么，米娅会不会当时正打算和他分手？"

"我不知道。"

"但她不太高兴？"

"我没有说米娅不高兴。"艾安娜回答，"我只是觉得她不太在乎。"

"你认为杰森也是这么觉得的吗？"她说她不知道。米娅谈起杰森的时候相当冷淡。这类对话毫无新意：他们两个当天都做了些什么，约会对象的详细资料——身高、体重、发型和眸色——不过值得注意的是，她没有说对方的姓氏。但米娅从不提及他们是否亲吻了，也看不出她有遇上梦中情人时，那种怦然心动的感觉——这话不是我说的，是艾安娜的形容。当杰森放她鸽子的时候她好像很焦虑——据艾安娜说，这事常常发生——但在他们计划芝加哥河畔的午夜约会时，她似乎并没有表现得特别兴奋。

"所以你说这是满不在乎的表现？"我问，"对杰森？对这段关系？对整件事情？"

"米娅是在消磨时间，等待更好的对象出现。"

"他们吵过架吗？"

"据我所知没有。"

"但如果他们发生了问题，米娅会告诉你的。"我启发她。

"我想她会的。"女子回答，乌黑的眼睛流露出悲伤的目光。

远处传来上课铃，紧接着大厅里响起杂沓的脚步声。艾安娜·杰克逊站起身，我也识趣地打算离开。我留给她一张名片，说保持联系，如果想到什么事情随时打电话给我。

夏　娃

救援后

我在下了一半楼梯时看见了他们，一群新闻记者出现在我家门前的人行道上。他们激动地站着，手里拿着照相机和麦克风。当地新闻台的记者泰米·帕默身穿黄褐色风衣和及膝长靴站在我屋前的草坪上。她背对着我，一名男子正用手指倒计时：三——二——一。当他指向泰米时，只听她开始播报：现在我正站在米娅·丹尼特家前……

这并不是他们第一次出现在这里。后来他们的人数开始减少了，一部分记者转去报道其他新闻：同性恋婚姻法和低迷的经济现状。但在米娅回来后的日子里，他们在我家门外露营扎寨，渴望见一眼这名受害女子，将任何零碎的信息拼凑出头版头条。他们开车在镇里跟踪我们，直到我们别无选择地把米娅锁在家里。

门外停着许多陌生的车辆，八卦杂志的摄影记者从车里伸出他们的长焦镜头，试图拍下米娅的照片去卖钱。我拉下了窗帘。

我发现米娅正坐在厨房桌边。我默默走下楼梯，看着女儿不被打扰地沉浸在自己的世界里。她穿着一条破洞牛仔裤和一件紧身的深蓝色高领毛衣，我敢打赌这身打扮会衬得她的眼睛更加迷人。她刚洗过澡，头发湿漉漉的，正披散着晾干，波浪般的发丝长垂至腰。我疑惑地看着她脚上厚厚的羊毛袜和双手紧握的那杯咖啡。

她听见我的动静，转过身看我。没错，我心想，那件高领毛衣衬得她的眼睛的确好看。

"你在喝咖啡？"我说。她脸上困惑的表情让我确信刚刚说错了话。

"我不喝咖啡吗？"

我小心翼翼了一个多星期，总是试图说出正确的话——我太小心了，甚至都显得有点荒唐——只是为了给她一个家的感觉。我紧张不安地去弥补詹姆斯的漠不关心和米娅的思想混乱。而现在，最意想不到的是，在一个看似亲切的对话中，我说漏了嘴。

米娅不喝咖啡，她完全不喝带咖啡因的饮品，这让她神经紧张。但当我看到她小口抿着咖啡，全然一副死气沉沉、慵慵懒懒的样子，我心里祈祷着，也许少量咖啡因会对她有好处。我很想知道，我面前这个沉闷疲惫的女子是谁，我认识她的脸，却毫不理解她的一举一动、语音语调和那如同气泡般包裹着她的恼人沉默。

我想要问她的事情太多太多，但我不能问。我发过誓说一切都由她去。詹姆斯已经向我们两个探问了足够多的问题了，我要把剩下的问题留给专业人士去问，比如罗兹医生和霍夫曼侦探，还有那些永远不懂得何时闭口的人，像詹姆斯。她是我的女儿，但她又不是我的女儿。她是米娅，但她又不是米娅。她长了一张米娅的脸，但她穿袜子、喝咖啡，而且会在午夜醒来哭泣。如果我叫她克洛伊，她会比我叫她本名有更快的回应。她看起来很茫然，在醒着的时候显得困倦，在该睡的时候又变得异常清醒。昨天晚上我转头处理垃圾的时候，她已经离开椅子走了近一米远，然后回了自己的房间。我们有好几个小时都没见到她，我问她这些时间都做了什么，她只说了一句"我不知道"。我认识的那个米娅不可能静坐这么久。

"看起来天气不错。"我开口。但她并不回应。天气的确很不错，阳光明媚。但一月的阳光都是骗人的，我确信地面温度不会超过零下7℃。

"我想给你看些东西。"我说着把她带出厨房，领到了旁边的餐厅。十一月我相信了米娅的死讯后，在那里换上了一幅限量印刷的米娅的艺术作品。米娅的那幅油画作品描绘了托斯卡纳村庄的风景。几年前我们曾去那里旅行并拍了照，她就是临摹照片画的。她的油画很有层次感，画面上的村庄风景宜人、引人注目，将美好的时刻定格在画板上。米娅注视着这幅作品，我看着她，心想：如果所有东西都能像这样被保存起来就好了。"这是你画的。"我说。

她知道。她记得这个。她回想起了那天坐在餐厅桌边看着照片作画的情形。她恳求父亲给她买一块广告板，他同意了，尽管他确信她对艺术的新爱好只不过是三分钟热度。当作品完成时，我们全都惊叹不已。之后它就被收起来了，和万圣节的旧服装还有溜冰鞋一起藏在了某处。直到侦探要求我们去收集米娅的照片时，才在东翻西找时偶然发现了它。

"你还记得我们那次去托斯卡纳旅行吗？"我问。

她向前走了几步，伸出可爱的手指抚摸着画作。她站着时比我略高些，但此刻在餐厅里她只是一个孩子——像一只尚不清楚该如何独自生存的幼鸟。

"当时下雨了。"米娅回答，目光仍停留在那幅画上。

我点点头。"没错，下雨了。"我说。真高兴她还记得。但雨只下了一天，其他日子全是上天恩赐的良辰美景。

我想告诉她，我把这画挂在墙上是因为我非常担心她。我当时吓坏了。那几个月里我整夜整夜地睡不着觉，只想着：万一……万一她要是有个三长两短可怎么办？万一她好好的，但我们却永远都找不到她呢？万一她死了可我们无从得知呢？万一我们得知了她的死讯，侦探让我们前去辨认呢？

我想告诉米娅，圣诞的时候我替她挂了一只圣诞袜，并给她买了礼物，包装好放在圣诞树下。我想让她知道，每天晚上我都会在门厅给她留盏灯。而且我一直心存侥幸地拨打了无数次她的手机，期待着有一回能被接听，而不是直接转到语音信箱。然而，我把电话录音听了一遍又一遍，同样的话，同样的音调——你好，我是米娅，请留言——让自己再感受一下她的声音。我想：要是这就是女儿最后的遗言呢？要是这样该怎么办？

她眼神空洞，表情茫然。她曾经艳若桃李，肌如凝脂，是我见过的最美的人。而现在，她脸上的红润似乎全然消失，苍白得如同女鬼。我们说话的时候她从不看我，她的视线从我身上掠过，但从不会正视我。大多数时候她都低垂着头，看着脚、看着手，避免和其他人对视。

然后她就那么站在客厅里，脸上失去了最后一丝光彩。那是一瞬间发生的事，光线透过拉开的窗帘射进来，照亮了米娅所在的位置。

只见她一下子绷紧了身体，然后肩膀下垂，手从托斯卡纳的画上滑落，按向自己的腹部。她的下巴抵着胸口，呼吸变得粗重起来。我把手放在她背上——她太瘦了，我都能摸到她的骨头。我等着她回应，但我并没有等太久。我很心急。"米娅，亲爱的。"我喊她。不过她已经告诉我她没事了，说她很好。我敢肯定她这是咖啡引起的不适。

"怎么了？"

她耸耸肩。她的手始终按在肚子上，我知道她不舒服。她退出了餐厅。"我只是累了而已，让我躺下休息一会儿就好了。"她说。我把这事记在心里，打算在她午睡醒来前把屋子里所有含咖啡因的东西都清理掉。

加　布

救援前

"要找到你可真不容易。"进入他的工作间后,我对他说。这里与其说是办公室,不如说是小隔间,但是屋顶比小隔间高些,私密性很差。这里只有一把椅子——他坐的——因此我就站在隔间门口,歪靠着墙。

"我不知道有人要找我。"

他给我的第一印象是个浮夸的笨蛋,很像多年前的我自己,那时我还没意识到自己有多自以为是。他是个结实的大个子,虽然并不算高。他肯定常常健身,喝蛋白质粉,也许还打类固醇激素?我会把这些记下来的,但不是现在,我怕被他逮到我在瞎想,那我也许会挨揍的。

"你认识米娅·丹尼特吗?"我问。

"认不认识得看情况。"他转了转他的座椅,背对着我开始打字写邮件。

"看什么情况？"

"看谁想知道。"

我不太想跟他玩这种游戏，直截了当地说："我想知道。"我要把王牌留到后面。

"你是？"

"我是来找米娅·丹尼特的。"我回答。

我能从这家伙身上看到自己的影子，尽管他只有二十四五岁，才刚从大学毕业，仍然相信全世界都围着他转。"随你怎么想。"然而我已经五十出头了，今天早上，我刚发现头上有几缕灰白的头发。我想这一定归功于丹尼特法官。

他继续写邮件。啥玩意儿，我想。他完全不在乎我站在这儿，等着跟他说话。我的视线越过他的肩膀看向电脑屏幕。那是和大学足球有关的事情，收件人的用户名是 dago82[1]。我的母亲是意大利人，我继承了她深色的发色和眼睛——我相信所有女人都会被这吸引。因此我把这个贬损的名字当成对我族人的羞辱，尽管我从没去过意大利，也不会讲一句意大利语。我只是在寻找另一个讨厌这家伙的理由。"你今天一定很忙。"我评论道。他似乎对我读他邮件的事情很生气，把窗口最小化了。

"你究竟是谁？"他再一次问道。

我把手伸进后兜，掏出了那块我无比喜爱的亮闪闪的徽章。"我

---

1 dago是对拉丁人的蔑称，尤指葡萄牙人、西班牙人或意大利人。

是加布·霍夫曼侦探。"听了这话，他显然放低了自己的姿态。我微笑起来，上帝啊，我真是太爱我的工作了。

他装傻说："米娅有什么问题吗？"

"啊，我就猜到你会这么说。"

他等我继续开口，我偏不，就是为了激怒他。

"她做了什么？"

"你最后一次见到米娅是什么时候？"

"隔了有一阵了。大约一周前吧。"

"那你最后一次跟她通话是什么时候？"

"我不知道。上周吧。我想是周二晚上。"

"你确定？"我问。他查了查他的日程表，给了肯定的答案。没错，就是周二晚上。"但你周二没有见她？"

"没有，我本来要见的，但后来不得不取消了约会。你知道的，因为工作。"

"那当然。"

"米娅怎么了？"

"那么你从周二之后就再也没跟她说过话？"

"没有。"

"这正常吗？你们两个将近一周都不说话？"

"我给她打过电话。"他坦白，"周三的时候，也许是周四。她没有回电话。我就猜她是生气了。"

"为什么呢？她有理由生气吗？"

他耸耸肩，伸手从桌上拿了一瓶水，喝了一小口。"我取消了我们周二晚上的约会。她在电话里对我有点儿冷淡，你明白吗？我能感觉出她生气了。但我必须得工作。所以我想她是心里埋怨着我，不回我电话……我不知道。"

"你们原来的计划是什么呢？"

"周二晚上吗？"

"是的。"

"我们打算在城外的酒吧见面。我打电话去的时候米娅已经到了。我跟她说我不去了。"

"所以她生气了？"

"她不太高兴。"

"那么那天你就在这里工作吗，周二晚上？"

"我一直工作到凌晨三点。"

"有人可以证明吗？"

"呃，有的，我老板。我们把几个设计方案放到了一起，准备周四的一个客户会议。大半个晚上我们都断断续续地联系着。我是遇到麻烦了吗？"

"我们会查清楚的。"我干脆地回答，用只有自己看得懂的速记法写下了我们的对话。"你完成工作以后去了哪里？"

"当然是回家啊。已经是半夜了。"

"你有不在场证明吗？"

"不在场证明？"他变得越来越不安，在座椅里蠕动着。"我不知道，我打车回家的。"

"要发票了吗？"

"没有。"

"你住的大楼有看门人吗？有人可以证明你安全到家吗？"

"有摄像头。"他说完又问道,"真该死,米娅究竟在哪里?"

在见完艾安娜·杰克逊后,我导出了米娅的通话记录。我发现每天都有一个打给杰森·贝克的电话,我根据这个追查到了芝加哥市中心的一家建筑事务所。我前去拜访了这家伙,想看看他对女孩的失踪都知道些什么。当我说出她的名字时,他脸上的表情显然是认识米娅的。他把我带到了他的小隔间。我一下看出了他的嫉妒,他以为我是第三者。

"她失踪了。"我说,试图解读他的反应。

"失踪了?"

"是的,不见了。周二之后没有人再见过她。"

"你认为这事和我有关?"

比起米娅的安危,他更担心自己是否会受到牵连,这让我很恼怒。"没错,"我撒谎,"我认为这可能和你有关。"然而事实却是,如果他的不在场证明像他所说的那样无懈可击,那么我又得从头查起了。

"我需要请律师吗?"

"你认为你需要请律师吗?"

"我告诉过你,当时我在工作。周二晚上我没见过米娅,你可以去问我老板。"

"我会的。"我跟他保证,尽管他脸上的表情恳求我别那么做。

杰森的同事们在偷听这场问题。他们在经过他隔间的时候放慢了脚步,徘徊在门外假装在谈话。我并不介意,但是他在乎。这都快把他气疯了，他很担心自己的名誉。我很喜欢看他坐在椅子里，焦虑地扭动身子的样子。"你还有什么要问的吗？"他问。他想让这一切快点结束，好让我别再烦他了。

"我需要知道你周二晚上的计划。你给米娅打电话的时候她在哪里，是什么时间。请查一下你的通话记录。我需要找你老板谈谈，确保你当时在这里，并查看一下你是何时离开的。我还要调出你公寓的摄像记录，证实一下你是否如常到家。如果你愿意提供这些，那么我们就没问题了。如果你不配合，那么我就得去拿搜查证……"

"你是在威胁我吗？"

"不，"我撒谎，"我这是在给你选择。"

他同意为我提供我需要的信息，包括引见他的老板。那是一个中年女子，她的办公室大得可笑，比杰森的大多了，有一扇面朝芝加哥河的落地窗。

"杰森，"在老板证实了他整晚都在拼命工作之后，我声称，"我们会尽一切努力去寻找米娅。"在我离开前只看到了他脸上冷漠的表情。

科　林

救援前

　　这并不费多大工夫。我贿赂了某个家伙，让他比平时多工作几小时。我跟着她进了酒吧，坐在一个可以暗中观察她的位置。我等待着她接起电话，当她知道自己被放鸽子时，我就会朝她走去。

　　我对她的了解并不多，只见过一张抓拍的照片。那是一张模糊的在一辆三四米开外的车上拍摄的照片，照片上她正从 L 线列车的站台走下来。拍照者和女孩之间隔了十来个人，因此女孩的脸被用红笔圈了出来。照片背后写着米娅·丹尼特的名字和地址。这是我一个多星期前收到的。之前我从没干过这样的事情。盗窃？有。骚扰？有。但绑架？没有。可我需要钱。

　　我已经跟着她好几天了。我知道她在哪里买食品杂货、在哪里干洗衣物、在哪里上班工作。我从没和她说过话，听不出她的声音，也不知道她眼睛的颜色，或者她害怕时流露的眼神。但我会知道的。

我拿了杯啤酒，但是并没有喝。我可担不起喝醉的风险，至少今晚不行。但我也不想引起别人的注意，所以我点了一杯啤酒，好让自己看起来不是空着手。当电话打到她手机上的时候她很不耐烦，她走出去接了电话，回来的时候一脸沮丧。她想要离开，但又决定回来喝完饮料。她从手提袋里找出一支钢笔，一边在酒吧的纸巾上涂鸦，一边听着台上的某个蠢货念诗。

我试图不去想她很漂亮。我提醒自己：钱。我需要钱。这件事不会太困难，几小时后一切就都结束了。

"真不错。"我说着朝纸巾点点头。这是我能想到的最好的话了。我压根儿不懂艺术。

我第一次靠近的时候，她的态度很冷淡，并不想跟我扯上关系。这让事情变得更容易了。她的视线几乎没从纸巾上挪开过，甚至在我夸赞她画的蜡烛时都没有抬头。她希望我离她远点。

"谢谢。"她看都不看我。

"这有点儿抽象。"

我显然说错话了。"你觉得它看起来像坨屎？"

换作其他人，也许他会笑着说他在开玩笑，然后讲上一堆恭维话。但这不是我，对象也不会是她。

我悄悄走进了小隔间。要是换个女孩，换个日子，我就直接走开了。要是换个日子，我一开始就不会靠近她那张桌子，那张被一个刻薄又生气的女孩占据的桌子。我会选择找其他人谈天说地、打情骂俏消磨时光。"我可没说它像坨屎。"

她拿起外套。"我要走了。"她说，一口吞下剩下的饮料，把玻璃杯放在桌上。"这个隔间都归你了。"

"像莫奈。"我说，"莫奈画这种抽象的玩意儿，是吧？"

我故意说。

她看着我。我确定她是第一次看我。我微微一笑。我不敢肯定这一眼是否足以使她放下外套。她放缓了语气，意识到自己之前言行唐突了。也许她终究不是个刻薄的人，也许她只是在生气而已。"莫奈是印象派画家。"她说，"毕加索才是画抽象画的。还有康定斯基和杰克逊·波洛克。"这些名字我听也没听过。她仍旧打算离开。我并不担心。如果她决定离开，我就跟着她回家。我知道她住在哪里，而且我有大把的时间。

可不管怎样，我得试一试。

我伸手捡起被她揉成一团扔进烟灰缸的纸巾，掸掉上面的烟灰，摊平展开。"它看起来并不像坨屎。"我对她说。我把纸巾折起来，放进牛仔裤的后袋里。

这个举动足够让她留下了。她的目光在酒吧中扫视了一圈，寻找着服务员，她想再来杯饮料。"你要留着它？"她问。

"是的。"

她大笑："是以防万一我以后会出名吗？"

人们都喜欢被重视，她也是这种心理。

她告诉我她的名字叫米娅。我说我叫欧文。在她问我名字的时候，我停顿了很久，以至于她说："我不知道原来这是个很难回答的问题。"我告诉她，我父母住在托莱多，我是个银行职员。没有一句是真话。她并没有透露太多私人信息。我们谈的都不是什么私事：丹·瑞安高速公路上的一起车祸，货运列车脱轨事件，即将开始的世界职业棒球大赛……她建议我们谈些不那么扫兴的事情。这很难。她喝了一杯又一杯，喝得越多就越奔放。她承认被男朋友放了鸽子。她跟我聊起他，说他们从八月底开始约会，但他如约出现的次数她一只手就数得过来。她在寻找同情，但我不会同情她，这不是我。

在某一刻，我在隔间里飞快地朝她靠近。有时我们的脚在桌下无意地碰在一起。

我试图不去想之后的事情，不去想把她绑上车或者交给达尔马。我听她不断地说着话，但她说了些什么，我真不知道。因为我满脑子想的都是钱，我在想这笔钱能够用多久。和某个女子一起坐在这种我发誓我这辈子从没去过的酒吧，绑架她并索要赎金——这种事并不是我的作风。但我在她看着我的时候露出微笑，并任她的手搭在我身上，因为我知道一件事：这个女孩也许会改变我的一生。

夏　娃

救援后

我浏览着米娅的成长手册，突然看到：二年级的时候，她有个假想的朋友叫克洛伊。

这个名字出现在泛黄的相册里，是我用蓝墨水亲手写在页边空白处的，它被挤在第一次骨折和因重感冒去看急诊的记录中间。她三年级的照片把克洛伊的名字盖住了一部分，但我还是能认出来。

我盯着那张三年级的照片，上面那个无忧无虑的女孩还有很多年才会遇上牙箍、粉刺和科林·撒切尔。照片上她抿着嘴笑，顶着一头乱蓬蓬的亚麻色头发，金灿灿的像团火焰。她当时脸上还长着小雀斑，后来随着时间已消失不见。那时候她的发色也比现在浅一些。她衬衫的衣领没有翻起，穿着一条粉红色的紧身裤，她的腿太瘦了，显得裤子很宽松。这肯定是格蕾丝穿过的旧衣服。

成长手册中有几张快照排成一行：某个圣诞节早上，当时米娅两岁、格蕾丝七岁，正玩着她们的姐妹睡衣，而一旁的詹姆斯竖着一头油腻腻的头发。此外还有第一天上学的照片、生日派对的照片……

我拿着成长手册坐到早餐桌边摊开，目光扫过那些尿布、奶瓶，希望时光能够倒流。我给罗兹医生打了一个电话，令我意外的是，她竟然接了。

我把"假想的朋友"一事告诉了罗兹医生，她开始了心理分析。"有时候，丹尼特太太，孩子们会创造出假想的朋友来弥补生活中缺失朋友的孤独感。他们通常会把自己渴望的一些性格赋予这些假想的朋友，例如一个害羞的小孩会把他的朋友设定为活泼开朗的，或者一个笨拙的小孩会把他的假想朋友想成伟大的运动员。拥有假想的朋友未必是一种心理问题，孩子长大成熟后，这样的朋友就会消失。"

"罗兹医生，"我回答说，"米娅给她的假想朋友取名为克洛伊。"

她沉默了一会儿。"这真有意思。"她说。我开始发愣。

我开始着迷于克洛伊这个名字。我花了一早上的时间在网上搜索，试图了解一切有关这名字的信息。这是一个希腊名，意思是盛开，或者绽放、葱茏、成长，取决于我搜的是哪个网站。但不管怎么样，这些词都是同义词。它是今年比较受欢迎的名字之一，但追溯到1990年，它在美国所有婴儿名字里排名212位，前后两个名字是亚历杭德拉和玛丽。现在美国大约有10500人叫克洛伊。有时候你会发现，这个名字里的字母e上带有变音符号（我几乎花了二十分钟试图理解元音上面那两个小点的含义，当我弄懂后，发现它们的作用只是区分名字最后那两个字母o和e的发音——我发现我在浪费时间），而有些则不带变音符号。我很好奇米娅会怎么拼写它，但我不敢去问。米娅是从哪里想到克洛伊这样的名字的呢？也许是来自米娅钟爱的某个椰菜娃娃[1]的出生证明，由宝宝综合医院开具。我去了椰菜娃娃的网站，吃惊地发现今年这些娃娃的新肤色是摩卡、奶油和拿铁的颜色，但我没有查到名叫克洛伊的娃娃。也许她是米娅的另一个二年级同学……

我搜索了那些叫克洛伊的名人：坎娣丝·伯根[2]和奥莉维亚·纽顿-约翰[3]都给她们的女儿取名克洛伊。托妮·莫里森[4]的真实姓名也是克洛伊，尽管我很怀疑米娅会在二年级时读《宠儿》。还有克洛伊·塞维尼（带变音符号）和克洛伊·韦伯（不带变音符号），[5]但我相信对八岁的米娅来说，第一个克洛伊太小，而第二个又太老，当时都不足以吸引她的注意。

我可以走上楼敲她卧室的门去问她。如果是詹姆斯就会那么做，他会追根问底。我也想弄清真相，但我不想破坏米娅对我的信任。几年前，我会向詹姆斯寻求建议和帮助，但那是几年前。

我拿起电话拨号。向我问好的声音是友善而随意的。

"夏娃。"他说。听到他的声音，我的心情变得轻松起来。

"你好，加布。"

1　美国奥尔康公司推出的一种玩具系列。娃娃身上附有出生证、姓名、脚印，可供人们任意"领养"。

2　著名演员，有好莱坞才女之称。

3　澳大利亚乡村女歌手、演员。出生于英国伦敦，代表影片《油脂》。

4　美国黑人女小说家。代表作《最蓝的眼睛》《所罗门之歌》。1993年凭借《苏拉》获诺贝尔文学奖。

5　这两个克洛伊都是美国女演员。

科　林

救援前

我把她带到了肯莫尔的一座高层公寓里。我们乘电梯去了十七楼。当我们踏着脏兮兮的地毯朝门厅尽头的那扇门走去时，另一间公寓里传来了嘈杂音乐声。我开门时她站在一边。公寓里很暗，只有火炉的微光。我穿过镶木地板，打开了沙发边的灯。黑暗消失了，取而代之的是我拮据的生活：《体育画报》杂志，围在壁橱门前的一排鞋，咖啡桌上纸盘里放着的吃了一半的百吉饼。我沉默地看着她，任由她打量我。房内很安静。邻居晚上做的印度菜，咖喱的香味呛到了她。

"你还好吗？"她开口问，她讨厌这令人不安的沉默。她可能觉得来这儿完全是个错误，自己应该离开这里。

我朝她走去，伸手拂过她的长发，抓住她脑后的几缕发丝。我注视着她，扶住她，看她的眼睛是否流露出一丝想要留在这儿的意愿，哪怕只有一瞬间。她很久没来过这类地方了，她已经忘记了被一个人这么注视是怎样的感觉。她吻了我，将离开的念头抛诸脑后。

我的唇贴向她的，这种感觉既熟悉又陌生。我的抚摸果断而自如。这种事我做过很多次了，这令她很放松。如果我觉得尴尬不率先采取行动，那么她就有时间反悔了。但现在，一切都发生得太快。

它迅速开始，也匆匆结束。我改变了主意，推开了她。她问："怎么了？"呼吸有点急促。"出什么事了？"她追问着，试图把我拉向她。她的双手落在我的腰带上，因醉酒而显得笨拙的手指开始解我的皮带。

"这样不好。"我说着避开了她。

"为什么？"她语带恳求，不顾一切地抓着我的衬衫。我抽身离开，站在她够不到的地方。然后，她慢慢理解了我的拒绝。她很尴尬，双手紧贴住脸，就好像她很热。

她跌在椅子的扶手上，想要歇口气。她觉得屋子在围着她打转。我能从她的表情中看出，她并不习惯听到拒绝的话。她整理了一下弄皱的衬衫，用汗湿的双手梳理着头发，一脸羞愧。

我不知道我们这样待了多久。

"我只是觉得这样不好。"我说。我突然一下子捡起我的鞋子，把它们都扔进了壁橱里，一次扔一双。它们"砰、砰"地撞击着后墙，在橱门后胡乱地堆成一堆。然后我关上门，把那个乱摊子留在我看不到的地方。

随后愤怒涌上她心头。她问："你为什么把我带到这儿来？如果你只是为了羞辱我，为什么要带我来这儿？"

我想象着我们在酒吧里的情景，想象着我斜倚着建议说"让我们离开这儿吧"时，自己那双贪婪的眼睛。我告诉她我的公寓就在离街不远处，但我们几乎开了整整一路。

我注视着她。"这样不好。"我又说了一遍。她起身去拿手提袋。有人从走廊上经过，刺耳的笑声如同一千把刀。她跌跌撞撞地试图要走。

"你要去哪里？"我问，我的身体堵着前门。她现在不能离开。

"回家。"她说。

"你喝醉了。"

"那又怎样？"她质问道，伸手扶着椅子站稳身体。

"你不能走。"我坚持着。不能在我马上就得手的时候走，我心想，但嘴上说的却是"不能就这么醉醺醺地走"。

她微笑着说我真体贴。她以为我在关心她，她完全被蒙在鼓里。

我根本就不关心这些。

加　布

救援后

　　我到达的时候看到格蕾丝·丹尼特和米娅·丹尼特正背对着我坐在我的桌边。格蕾丝看上去很不安。她从我桌子上拿起一支钢笔，隔着衬衫袖口取下被咬过的笔帽。我一边朝她们走去，一边把佩斯利花纹的领带在衬衫上抚平。我听到格蕾丝在咕哝着诸如"外表邋遢""不得体"和"斯巴达人的皮肤"之类的词，我猜她是在说我。然后我听到她说米娅的螺旋卷发已经有好几周没用电吹风吹了，眼袋也没有好好地去护理。说她的衣服皱巴巴的，简直像是尚未发育的初中男生穿的。米娅没有笑。"真讽刺，不是吗？"格蕾丝说，"我真希望你会狠狠抢白一顿，骂我泼妇、自恋狂，或者其他任何难听的绰号——你在遇见科林·撒切尔前给我起的绰号。"

　　然而米娅只是睁大眼睛看着她。

　　"早上好。"我说。格蕾丝毫不客气地打断我的问候："我们可以开始了吗？我今天有很多事要做。"

"当然。"我说，尽可能慢地把糖包倒进咖啡里。"我希望和米娅谈谈，看看是否能从她那里获取些信息。"

"我不觉得她能帮上忙。"格蕾丝说。她提醒我她有失忆症，"她不记得发生过什么。"

今天早上我把米娅叫来，想看看我们是否能唤醒她的记忆，她是否能想起科林·撒切尔曾在小屋中告诉过她什么话，这也许会对后续调查有帮助。自从她母亲病倒后，就让格蕾丝代替她做了米娅的监护人。但我能从格蕾丝的眼神里看出来，她宁愿去看牙也不想跟我和米娅坐在这儿。

"我想试着唤起她的记忆。来看看这些图是否能帮她想起来吧。"

她翻了个白眼说："天哪，侦探，不会是脸部照片图吧？我们全都知道科林·撒切尔长啥样，我们都见过那些照片，米娅也见过。你认为她不打算指认他？"

"不是脸部照片图。"我向她保证道，拉开桌子抽屉，拽出一本藏在一叠拍纸簿下面的东西。她的视线在桌边转了转，一瞥到那本尺寸为 11cm×14cm 的速写本就愣住了。这是一本螺旋装订本，她仔细打量着封面寻找线索，但除了"再生纸"几个字，什么都没有。然而米娅却突然意识到了什么，我不知道那是什么，她自己也未必清楚，但有什么东西从她脑海里闪过——一波回忆汹涌而来，然后又转瞬即逝。我能从她的肢体语言中看出这一点——她坐直身体凑上前来，不假思索地将手伸向速写本。"你认识这个？"我说出了格蕾丝嘴边的疑问。

米娅把它拿在手里，没有打开，而是用手抚摸着封面的纹理。她什么都没说，一两分钟后，她摇了摇头。记忆消失了。她懒散地靠回椅子里，手指从本子上离开，落回膝盖上。

格蕾丝从她手里抢过本子，打开后看到了许多米娅画的速写。夏娃曾经告诉过我，米娅不管走到哪儿都会带着速写本，从 L 线列车站台的流浪汉到火车站边停的车，沿途所见尽在笔下。这是她写日记的方式，画下她去过的地方，看到的东西。就拿这速写本来说，里面画了许多树、被树丛环绕的湖、一间普通的小木屋——当然，这些我们全都在照片里见过；还有一只骨瘦如柴的虎斑猫睡在淡淡的阳光下。对格蕾丝来说这些似乎都没什么稀奇的，直到科林·撒切尔的肖像画从本子里掉了出来，悄然落在速写本的中央，落在树丛和白雪覆盖的小屋之间。

他的样子很邋遢，一头乱蓬蓬的鬈发，脸上的胡须、破旧牛仔裤和连帽运动衫全都脏兮兮的。米娅画了一个强壮而高大的男人，着重描绘了他的眼睛，画出阴影和层次感，加深眼部周围的铅笔轮廓，深邃的目光几乎迫使格蕾丝把视线从那页面上挪开。

"你画了这个，你知道的。"她说着强迫米娅去看这幅画，把它塞进她的手里。画面上的男人在烧着木柴的火炉前休息，双腿盘坐在地板上，背对着火焰。米娅双手拂过画面，擦出了一道笔墨的污痕。她低头看向指尖的铅墨，并拢拇指和食指捻了捻。

"你有想起什么吗？"我问她，小口喝着马克杯里的咖啡。

"这是——"米娅犹豫着开口，"他？"

"如果你说的：'他'，是指那个绑架你的恶棍，那么没错，"格蕾丝说，"就是他。"

我叹了口气。"这是科林·撒切尔。"我把照片给她看。不是她看习惯了的脸部照片，而是一张他身着盛装的漂亮照片。米娅来回扫视了几眼，想找出二者的联系。卷卷的头发、强健的体格、深色的眼睛、粗糙的浅褐色皮肤、双手交叉在胸前的姿势，还有一张不苟言笑的脸。"你真是个艺术家。"我夸赞。

米娅问："是我画的？"

我点头。"他们在小屋里找到了这本速写本，跟你和科林的东西放在一起。我猜这是你的。"

"你还带了这个去明尼苏达州？"格蕾丝问。

米娅耸耸肩，双眼锁定科林·撒切尔的肖像。她当然不会知道原因，格蕾丝知道她得不到答案，但她仍然问了出来。她和我有着同样的想法：这个恶棍把她掳去了明尼苏达州的某个废弃小屋，而这种时候她居然还能带上她的速写本？

"你还带了什么？"

"我不知道。"她说，声音几乎轻不可闻。

"那么，你还找到了什么？"这一次，格蕾丝向我提问道。

我观察着米娅，记录下她的非语言交流：她伸出手指抚摸着面前的画像，失望的情绪缓慢而无声地蔓延开。每当她试图放弃并把画像推开的时候，又会情不自禁地再拿起它们，仿佛她脑海中有个声音在恳求她：想一想，快想一想。"没什么不寻常的东西。"

格蕾丝很生气。"这是什么意思？衣服、食物、武器——枪支、炸弹、刀子——艺术家的画架和水彩画工具？要我说，"她说着，顺手拿过米娅手中的速写本，"这个就很不寻常。绑匪才不会让他的人质用廉价的再生纸速写本把证据画下来呢。"她转向米娅，一针见血地说："如果他静坐了那么久，米娅，久到你足够画下这幅画，那你为什么不逃跑呢？"

她盯着格蕾丝，表情很木讷。格蕾丝叹口气，彻底恼火起来。她看着米娅，觉得她应该被关进疯人院去。她对现实一无所知，不知道她在哪儿，或者她为什么在这儿。格蕾丝真想拿把钝器敲敲米娅的脑袋，让她清醒一下。

我站出来替她说话："也许她被吓坏了，也许她无处可逃。那个小屋在一片广阔的荒野中央，而冬季的明尼苏达州北部又几乎是一座废弃的城市。她没有地方可以去。他会找到她再把她抓回去，那么然后呢？然后会发生什么？"

格蕾丝气呼呼地坐回椅子里，翻着速写本，看着那上面光秃秃的树木和永无止境的冬天，还有被茂密森林所环绕的美丽湖泊……某一页她几乎完全翻过去了，但又突然翻了回来，把它沿着螺旋装订撕了下来。"这是圣诞树？"她哀叫一声，呆呆地看着画面里侧角落的怀旧图案。她撕纸的动作让米娅从椅子上跳了起来。

我看着米娅担惊受怕的样子，马上拍拍她的手让她放松点。"噢，是的。"我笑了起来，尽管这一点儿也不好笑。"是的，我想这应该算得上是不太寻常，不是吗？我们发现了一棵圣诞树。要我说，这非常迷人。"

科 林

救援前

电话打来的时候，她正与睡意相抗争。她说了无数次她该走了，而我则向她保证她该留下。

我用尽所有的自制力从她身边离开，背对着她，强迫自己忘记她那双祈求的眼睛。我总觉得去睡一个你马上要绑架的女孩，这不太好。

不过我还是想方设法说服她留了下来，她还以为我是为她着想。她醒来后，我告诉她我会陪她下楼打车。她显然相信了我的话。

电话铃响了。她没有跳起来，而是别有深意地看着我，猜测电话那头肯定是个女孩。不然还有谁会在半夜打电话来呢？现在已经快深夜两点了。当我走进厨房接电话的时候，看到她从躺椅上站了起来，试图让自己昏沉沉的脑袋清醒一些。

"一切都搞定了吗？"这是达尔马想知道的。我对达尔马一无所知，只听说他刚下船。我从没见过比他更黑的人。我之前为他做过盗窃和骚扰的事情，但从没替他绑架过人。

"嗯哼。"我向外看去，女孩正局促不安地站在客厅里，等着我挂电话，然后她就能离开了。我转开视线，尽可能走远了些，小心翼翼地从抽屉里取出一把半自动式手枪。

"两点十五分。"他说。我知道接头的地方，在地下通道的某个黑暗角落，这样的深夜里只有流浪汉才会在那儿徘徊。我看了眼手表。到时候我应该在一辆灰色的小货车后停车，他们会抓走女孩，留下现金。这很容易，我甚至都不用从车里出来。

"两点十五分。"我说。这个姓丹尼特的女孩差不多值一百二十镑（约54千克）重。她现在神志不清、头痛欲裂，这事很好办。

当我走回客厅时，她已经嚷嚷着她要走了，径直朝大门走去。我伸出一只胳膊环住她的腰，阻止了她。我把她从门那儿拉回来，感觉自己的胳膊碰到了她的肌肤。"你哪儿都不能去。"

"不，我真得走了。"她说，"我早上得去上班。"

她咯咯地笑了起来，好像这很有趣似的，欲迎还拒。

但她看到了枪。在那一刻，事情发生了变化，她意识到了真相，记住了那把枪，猜出了即将发生的事。她张着嘴，只说了一个词："噢。"她看着枪说："你拿着那个做什么？"她后退着离开我，撞到了沙发上。真是马后炮。

"你需要跟我走。"我向前一步，缩短了距离。

"去哪里？"她问，猛地推开了我伸向她的手。我张开胳膊把她拉向我。

"你别惹不必要的麻烦。"

"你拿着那把枪做什么？"她打断我。她比我预想的要冷静。虽然她很担心，但是并没有尖叫，也没有哭泣。她的目光紧紧地盯着那把枪。

"你只要跟着我走就行了。"我伸手抓住她的胳膊。她颤抖着想要逃走，但我紧紧抓着她，扭着她的胳膊。她疼得大叫起来，厌恶地看了我一眼，眼神充满痛苦和诧异。她要我放了她，要我松开手。她语气中的优越感惹怒了我，就好像她才是那个操控大局的人一般。

她想要挣脱我，但发现做不到。我不会让她逃走的。

"闭嘴。"我说。我把她的手腕捏得更紧了，我知道这会让她很痛。我抓伤了她，在她的皮肤上留下一圈红色的瘀痕。

"这么做是不对的，"她叫道，"你完全做错了。"她依旧出奇的冷静，尽管视线始终盯着那把枪。这种话我听多了，每个所谓的受害者都说我做错了。

"闭嘴。"这次我打断了她，让语气听起来更权威。我扳过她的身体，让她面朝墙壁，这么做的同时我撞倒了一盏灯。灯摔在镶木地板上，发出刺耳的撞击声。灯泡碎了一地，但灯本身没有摔坏。

我抓着她站在那里，告诉她闭嘴。我说了一遍又一遍，只想让她闭上那该死的嘴。

她不再说话，面无表情，尽管她内心一定怒不可遏。

"好吧。"她说，好像她还能够有所选择、对这件事有发言权似的。她轻蔑地点点头，同意跟我走。她的目光很沉着，看起来疲惫但却不慌不忙。真美，我想，她那双蓝眼睛真美。然后我强迫自己忘掉这样的想法，我不能有这种该死的想法。至少不能是现在。不能在我把她交给达尔马之前。我需要完成这项工作，需要在我开始后悔之前完成它。

我用枪抵着她的头，告诉她是怎么一回事。她得跟我走，如果敢叫嚷，我就扣动扳机。就这么简单。

但是她并不打算尖叫，甚至连我都看明白了这点。

"我的手提袋。"当我们跨过她扔在地上的包时，她说。几个小时前我们走进公寓的时候，她曾把它和我们各自的衣服放在一起。

"忘了你那该死的手提袋。"我咆哮起来，拖着她走到走廊里，摔上了门。

外面很冷。风从湖面上吹来，吹乱了她脸旁的发丝。她冻得发抖，我用胳膊紧紧环住她的身体。不是要给她取暖，我才不关心她冷不冷呢，我只是不想让她逃走。我把她抱得太紧了，她左侧的身体蹭着我的右侧，有时我们的脚会碰在一起，跌跌绊绊。我们走得很快，匆匆朝停在安利斯街上的车辆走去。

"快点！"我反复催促着，尽管我们都知道，我才是在拖延时间的那一个。我朝后看去，确保我们没有被跟踪。她正盯着地面，试图躲避那刺骨的寒风。她的外套被丢在了公寓里，身上起了一层鸡皮疙瘩，那件薄薄的衬衣完全抵御不了十月初寒冷的天气。今晚的街道寂静无人，只有我们俩。

我替他开了车门，她坐进车里。我没工夫去系自己的安全带，直接发动汽车驶离街道，在安斯利街调头，在单行道上反其道而行。

街上空无一人。我开得太快了，我知道自己不应该开这么快，但我太想终结这一切。她很沉默，呼吸很平稳，冷静得出奇。尽管我眼角的余光可以看到她在颤抖，因为寒冷，因为害怕。我好奇她心里在想些什么。她没有恳求我，只是在小卡车的乘客座上蜷成一团，凝视着外面的城市。

要不了多久我们就会开到那辆小货车后面，达尔马的手下会把她从我的卡车里强行带走，用他们的脏手摸遍她。达尔马脾气很糟，我不知道他们打算对这女孩做什么。我只知道他们要赎金，要绑了她逼她父亲付出大量赎金。我不知道他们在收到赎金后会做什么。杀了她？送她回家？我很怀疑这一点。即便达尔马和他的手下会送她回家，也一定会先拿她寻点乐子，不会让自己白白绑她一场。

各种念头涌入我的脑海。现在我开始思考如果我被抓将会是怎样的下场。那我将一无所有。绑架罪会判刑三十年，我知道，我查过。在达尔马雇用我之后，我不止一次思考过这个问题。但思考是一回事，去做是另一回事。现在我和这女孩一起坐在车里，思考着三十年的牢狱生活。

她没有看我。在红绿灯处，我转头看她。她凝视着前方，我知道她可以看到我，我知道她能感受到我的注视。她屏住呼吸，抑制住想哭的冲动。我一手开着车，另一手握着腿上的枪。

我可不是在关心那女孩，因为我不在乎她。我关心的是事情败露后会发生什么。到时候我的名字会和绑架者或凶手联系上，我知道会这样。达尔马从不会让自己和这事扯上关系，他会出卖我。如果事情坏到那种地步了，我将成为他的走狗、替罪羊，被他推出去顶罪。

红灯变绿，我把车开离密歇根。一群喝醉的孩子站在街角等候巴士。他们嬉闹着，那样子真蠢。其中一人摔倒在路边。我急转方向盘，差点撞到他。"白痴。"我低声骂了句。他朝我竖起中指。

我思考着我的后路。我永远留有后路，以防事情变糟，只不过从来没用上过。我查看了一下汽油表，汽油足够多，至少够带我们离开这座城市。

我应该在瓦克街下车。卡车仪表盘上的红色数字显示现在的时间是两点十二分。达尔马和他的手下已经等候在那儿。他可以亲自做这事，但他不愿意。达尔马从不愿脏了自己的手。他会找人——像我这样的弃儿去做这种祸事，他只要袖手旁观就行。这样一旦事情败露，他能洗脱一切罪名。现场不会有他的指纹，所有照片证据里也不会有他的脸出现。他会让我们其他人——他管我们叫他的"特工"，好像我们在该死的中情局工作一样——替他顶罪。

货车里可能有四人，四名暴徒等在那里，等着这个静静坐在我身边的女孩，打算制止住任何她挣扎求生的举动。

我的双手从方向盘上滑落，浑身是汗。我在牛仔裤上擦了擦手上的汗，然后一拳砸向方向盘。女孩发出低声的呼叫。

我本应该在瓦克街下车，但我没有。我继续向前开。

我知道这很愚蠢，我知道一切都会被搞砸。但不管怎么样，我还是这么做了。我盯着后视镜，确保没有被跟踪。然后我急踩油门，离开密歇根，开往安大略。时间还未到两点十五分，我的时速已经开到了九十迈。

我什么都没跟女孩说，因为我说什么她都不会信。

我不确定那是什么时候发生的。也许是在我们驶离城市的途中，也许是当天空的轮廓渐渐融入黑暗，也许是在建筑物因距离变远而消失不见。她突然在座椅上扭动起来，失去了镇静。她的视线移动着，看向侧窗外，然后调头注视着后窗，城市渐行渐远。仿佛有人终于扳动了开关一样，现在她才意识到究竟发生了什么。"我们要去哪儿？"她问道，声音变得歇斯底里。她不再面无表情，而是瞪大了眼睛，面色发红。我们从路灯下飞驰而过，路灯每隔五秒就照亮一下她的脸，我在灯光中看到了她的表情。

有一瞬间她求我放她走，我告诉她闭嘴，我不想听到这话。现在她开始哭泣，泪水不停地流，哭得一塌糊涂。她求我放她走，反复问着：我们要去哪儿？我拿起枪。我无法忍受她的声音，那样尖锐刺耳的声音。我需要她闭嘴。我拿枪指着她，告诉她闭上那该死的嘴。她照办了，安静下来，但泪水仍止不住流。她用短短的衣袖擦了擦她的鼻子。我们飞速地离开城市，开进郊区，树木代替了摩天大楼，蓝线列车蜿蜒在道路中央。

夏　娃

救援后

　　米娅坐在餐桌边，拿着一个马尼拉纸质的法律文件信封，信封上用大写字母写着她的名字，是非常男性化的笔迹。

　　我在为米娅和自己准备晚餐。隔壁房间的电视开着，发出嘈杂的背景噪音。声音传进厨房，缓解了我们之间的沉默。米娅似乎并没有意识到这点，但这些日子里，这样的沉默让我变得紧张不安，因此我会和她闲聊几句以打破寂静。

　　"你想来点儿鸡脯肉配色拉吗？"我问。她耸耸肩。"要全麦面包卷还是白麦？"然而她没有回答我的问题。

　　"我会做道鸡。"我说，"你父亲喜欢吃鸡肉。"但我们都知道，詹姆斯不会回来。

　　"那是什么？"我指着她手里的东西问。

　　"什么是什么？"她问。

"那个信封。"

"喔,"她说,"这个啊。"

我把煎锅放在炉子上,却不小心把它"砰"的一声摔在了地上。她吓了一跳,我很快地道了歉,非常愧疚。"噢,米娅,亲爱的,我不是有意要吓你。"我说。过了一会儿她才平静下来。煎锅落地的声音让她心跳加速、身体冒汗。

她说她也不知道为什么会有这样的反应。

她说她曾经很享受黑暗降临的那刻,很欣赏那时外界发生的变化。她把夜幕下路灯和建筑物一闪一闪的景象描述给我听。她说她喜欢隐匿在黑暗里的安全感,也期待着太阳睡去后可能发生的一切惊喜。但现在,黑暗令她恐惧,丝绸窗帘的另一边,一切未知的事物都令她恐惧。

米娅从不曾害怕过。她会在天黑之后去城市街道上漫步,觉得夜幕能给她很好的保护。寂静的夜晚,道路上的喧闹声震耳欲聋,突兀的汽车喇叭和警报声不时响起,她坦言她时常能从这些声音里得到慰藉,但现在一口煎锅掉下来都能使她慌张不已。

我连连道歉,米娅告诉我没关系。她聆听着另一间房里的电视声,晚间新闻被七点档情景喜剧所替代。"米娅?"我问道,她转向我。

"什么?"她问。

"那个信封。"我指了指她,然后她记起了刚才的话题。

她用手翻过信封。"那是警察给我的。"她说。

我正在切番茄。"霍夫曼侦探吗?"

"是的。"

米娅通常只在詹姆斯离开后下楼。其余时间她都躲了起来。我想这间房间一定让她想起了她的童年。这间房间十几年来都保持着一个样子：同样的粉刷、同样的奶黄色调、同样的氛围灯光。屋里点着蜡烛，灯光变暗。桌子是一张深色的台式桌，桌腿带涡卷装饰，配有软垫座椅。童年时她花了很多时间待在桌边，用显微镜研究着它。我确信她就像个孩子，不能被独自丢下，得有人做饭给她吃并持续看护她。她的独立消失不见。

昨天她问我什么时候可以回家，回她自己的公寓。我的回答只有一句："迟早会回去的。"

詹姆斯和我不会让她离开家，除非我们要带她去见罗兹医生或去警察局。让她外出是根本不可能的。因为这些天里，我家的门铃从早响到晚，门前的台阶上总是候着手拿麦克风和摄像机的男男女女。"米娅·丹尼特，我们想问你一些问题。"他们会这么请求，然后强行把麦克风对着米娅。我告诉她别去开门，忽略那些门铃声。电话铃坚持不懈地响着，我很少去接，即便接了也只会说一句"无可奉告"。一两天后，我直接把电话转到语音信箱，当电话铃实在变得难以忍受，我把电话线从墙上拔了下来。

"咦，你不打算打开吗？"我提醒米娅。

她的手指伸到信封口，揭开了它。里面有一张纸。她小心地把它从信封里抽了出来，看了看。我把刀放在砧板上，信步走向桌子，站到米娅身边，假装只是有点儿好奇。但其实我万分肯定，我比她更关注这里面的东西。

里面是一份复印件，那是速写本里的一幅画。纸张顶部有一排圆圈，表明原件是沿螺旋装订圈撕下来的。上面画着一个人，我只能从那长发判断出，画的是一个女人。

"这是我画的。"米娅对我说。但我从她手里抽出了那张画。

"我能看看吗？"我在她身边的椅子上坐下，"你为什么说是你画的？"我问，我的双手开始颤抖，胃里翻江倒海般难受。自记事起米娅就开始画画了。她是一个颇有天赋的艺术家。我曾经问过她，为什么喜欢画画，为什么如此痴迷于画画？她告诉我，她画画是因为只有这样她才能随心所欲地改变事物。她可以把呆鹅变成天鹅，或把阴天变成晴天。笔下的世界无须真实。

但这张画完全是另一种风格。眼睛被画成完美的圆，微笑用的是小学老师所教的画法，睫毛是向上的直线，整张脸都是畸形的。

"这是同一本速写本里的，就是霍夫曼侦探拿着的那本，有我的画的那本。"

"这不是你画的。"我很肯定地说。"也许十年前你初学绘画的时候有可能画成这样，但现在绝不会。这种画对你来说太普通了，最多也就中等水平。"

计时器发出"哔哔"的提醒声。我站了起来。米娅拿起画重新看了看。"那为什么警察要给我这个呢？"她翻转着手里的信封问。我告诉她我也不知道。

我把全麦面包卷放在烤盘上，准备送进烤箱去烤。这时候，米娅问："那会是谁呢？谁画了这个？"炉子上的鸡肉烧焦了。

我将烤盘放进烤箱底层，把鸡翻了个身，开始恶狠狠地切黄瓜，仿佛科林·撒切尔本人正躺在我面前的砧板上。

我耸耸肩。"那张画……"我一边说，一边艰难地抑制住眼泪，米娅坐在桌边，审视着那张画。我看得一清二楚：长头发、圆眼睛、弯起的嘴角。"那张画，"我说，"画的是你。"

科　林

救援前

在我还没费心去开暖气时，我们就已经到了肯尼迪。在威斯康星州的某个地方，我打开了收音机。后置扬声器里传出无线电的信号干扰声。女孩正看着窗外，她什么都没说。我能肯定有一辆车在90号州际公路上尾随了我们整整一路，但它消失在了威斯康星州的简斯维尔市外。

我离开了州际公路。道路很黑，荒无人烟，似乎看不到尽头。我开进了一个加油站，那里没有值班的服务员。我熄灭引擎，下车给油箱加油，随身带着枪。

我的眼睛始终留意着她，我看到卡车内有光透出来，那是手机发出的充满生机的光芒。我怎么这么蠢？我猛地拉开门，把她给吓坏了。她跳起来，试图把手机藏在衬衫下面。

"把你的手机给我！"我厉声说。我很烦躁，我居然忘了要在出发前丢了她的手机。

加油站的灯光照进了卡车里，她看起来一团糟，脸上的妆都掉了，头发更是乱得不行。"为什么？"她问。我知道她不会这么蠢。

"你快把它给我。"

"为什么？"

"快给我！"

"我没有手机。"她撒谎。

"快把那该死的手机给我！"我大喊着伸手去她衬衫下面抢过了手机。她让我别碰她。我查看了下手机，发现她只来得及找出通信录。我去把油箱加满，确保手机已经关了，然后把它扔进了垃圾堆。即便警察追踪到了信号，等他们追来的时候我们也不会在这附近了。

我从卡车后备厢里拿出了一些东西——绳索、延长线和一条讨厌的细绳。我把她的手绑了起来，绑得非常紧，她疼得叫了起来。"你再试图逃跑，"说着我回到卡车里，"我就杀了你。"我摔上门，发动引擎。

只有一件事是肯定的：我没有带着女孩出现，达尔马派了他认识的所有人来追踪我们。现在他们应该已经在我公寓里闹翻天了。这对我们两个都是一种打击，我不会再有什么该死的机会回去。如果这个女孩蠢到试图回去，那她就会丧命。但我不会让这种事情发生。她会在他们杀她之前说出我的下落，但我会先杀了她。我已经做了足够多的好事。

我们开了一整晚。她闭上眼睛，短短几秒后又猛地睁开，在卡车内看了一圈才意识到这并非一场噩梦。这些全都是真的：我和脏兮兮的卡车，裂开的塑料座椅里有棉花掉出，无线电里的干扰信号，没有尽头的田野和漆黑的天空。枪在我腿上放着——我知道她没胆子来拿——我双手紧握着方向盘，现在我放慢了驾驶速度，我知道我们不再被跟踪。

她问过我一次为什么要这么做，她说话时声音颤抖着。"你为什么要这样对我？"她问。现在我们已经开到了麦迪逊附近。很长时间里她都保持沉默，听着电台里某个天主教神父东拉西扯地讲述原罪，他每说三四个词就要停一下。然后突然间，我听到那句"你为什么要这样对我"，其中"对我"那两个词的确惹怒了我。她认为一切都是因为她，可这事压根就跟她没有关系。她是人质，是傀儡，是待宰的羔羊。

"这你就别操心了。"我说。

她并不满意这种回答。"你甚至都不认识我。"她傲慢地指责我。

"我认识你。"我说着飞快地看了她一眼。车里很黑，我只能看到一个轮廓，窗外的夜色笼罩着她，将她藏匿起来。

"我对你做过什么？我有对你做过什么吗？"她为自己辩护。

她从没对我做过什么。我知道，她也知道。反正我让她闭嘴。"够了。"她不听我的话，我又说了一遍"快闭嘴吧"。第三次我大喊起来："快闭上那该死的嘴！"我挥舞着枪指向她，然后把车转了个弯刹车停下。我从卡车上下来，她已经朝我尖叫着让我离她远点儿。

我从卡车底部拿出一卷胶带，用牙齿撕了一块下来。空气中有股寒意。半夜里偶尔有两轮半拖车在路上飞驰而过。"你要做什么？"她问道。我开门的时候，她双脚踢向我。她踢得很用力，而且踢中了我的胃部。我承认她是个斗士，但这么做只会惹怒我。我强行进入卡车，把胶带猛地拍在她一张一合的唇上。我说："我告诉过你闭嘴。"

她闭嘴了。

我回到卡车里，摔上了门，盲目地开在州际公路上。车轮不断扬起路面上的碎石。

在开了一百六十多公里后，她告诉我她要上厕所。难怪她有胆子把颤抖的手搭在我胳膊上，想引起我的注意。

"什么？"我恶狠狠地说着，把胳膊从她手里抽了出来。天快亮了，她在座椅上扭动着，目光很迫切。我撕开胶带，她呻吟一声，这很疼，疼死了。

很好，我心想。这将教会她在我让她闭嘴的时候乖乖照做。

"我必须得用下洗手间。"她害怕地咕哝着。

我把车开进了欧克莱尔城外某个破旧的路边饭店的停车场。太阳开始从东方升起，照耀在奶牛场上方。一群霍斯坦种乳牛沿路吃着草。看来是个晴天，但非常冷。十月，树木的绿叶开始变黄。

在停车场，我犹豫了一会儿。那里空荡荡的，只有一辆车——一辆老得生锈的旅行车，后面的保险杠上贴着政治小标语，后车灯用胶带粘在车上。我的心跳得很快，枪放在我裤子边的座位上。从我们离开后我就考虑过这事。我知道这是我必须做的事情。现在那女孩本应该和达尔马在一起，我想我得尽力忘了自己都做了些什么。这事在我的计划之外，但如果要办成它，我们需要一些必需品，比如钱。我身上有一些钱，但还不够。在出发前我倒空了女孩的钱包，信用卡更是想都别想。我从杂物箱里取出一把刀，在割开女孩身上的绳索前，我说："你跟我待在一起，不要试图做任何愚蠢的事情。"我告诉她只有经过我的允许，她才能去卫生间。我割断了她的绳子，然后又割了六十多厘米的备用绳塞进衣袋里。

女孩从卡车里走出来，样子看起来很可笑。她身上皱巴巴的衬衫甚至都盖不住手腕，双手交叉抱在胸前，因寒冷而颤抖着。她的头发垂落在脸旁，低着头，眼睛盯着碎石地。她的前臂有些瘀青，就在内臂那些愚蠢的中国式文身上面。

店里只有一名女性员工，一个顾客都没有，正合我意。我用胳膊环住女孩，把她拉向我，试图做出一副很亲密的样子。她的脚步很迟疑，与我并不同步。她绊了一跤，我在她摔倒前拉住了她。我用眼神威胁她配合我。我用手搂着她，这并不是亲密的标志，而是一种要挟。她知道这一点，但在柜台后面的那个女人并不知道。

我们在过道里来回走着，确保自己是这里唯一的顾客。我抓起一沓信封，检查了一下洗手间，确认里面没人，也没有窗户可以让女孩跳出去。然后我告诉她可以上厕所了。柜台处的女人奇怪地看了我一眼。我翻了个白眼，告诉她这女孩酒喝多了，显然她相信了这话。女孩似乎一辈子都不打算从洗手间里出来了。我朝里面瞥了一眼，她正站在镜子前，用水泼着脸。她盯着镜子里的自己看了很久。"我们走吧。"过了一会儿，我说。

然后我们去柜台结买信封的账，可我们是不会付钱的。那个女人心不在焉的，正看着一台十二英寸电视机里重播的 20 世纪 70 年代的老节目。我环顾了一下四周，确定这里没有摄像头。

然后我走到她身后，本能地掏出枪，告诉她清空那该死的柜台。

我不知道她们俩谁更恐慌。女孩呆住了，满脸恐惧。我正拿枪管抵着那个头发灰白的中年妇女，而她是目击者，是同伙。女孩开始问我在干什么，问了一遍又一遍。"你在做什么？"她大喊着。

我告诉她闭嘴。

那位女士正恳求我别杀她。"求你别伤害我，求你放过我。"我向前推了她一把，再次要求她清空柜台。她打开柜台，开始把一沓沓现金塞进塑料购物袋里。那袋子上印着一个大大的笑脸，还写着"祝您愉快"。我让女孩看着窗外，替我望风。她像个孩子般顺从地点头。"没有。"她流着泪哽咽说，"没有人。"然后她问："你在做什么？"

我重重按了下枪，告诉那女人动作快点。

"求你了。求你别伤害我。"

"硬币也要。"我说。有好几卷呢。"你有邮票吗？"我问。她的手开始移向抽屉。我大喊了一声："别碰什么该死的东西。告诉我，你有邮票吗？"据我所知，抽屉里有半自动报警装置。

我的声音把她吓哭了。"在抽屉里。"她哭着说。"请别伤害我。"她恳求着。她告诉我她有一个孙子和一个孙女，我只听到了其中一个叫塞尔达。塞尔达是什么傻名字？我从抽屉里找到一本集邮册，扔进了从那个女人手里抢来的购物袋里，递给女孩。

"你拿着。"我说，"站在那里拿着它。"一瞬间我把枪口对准她，好让她知道我可不是闹着玩的。她大喊了一声迅速低下头，就好像——就好像——我真的射中了她。

我用口袋里的绳子把那女人绑在了椅子上，为保险起见，我朝电话机开了一枪。两个女人都尖叫起来。

我不能让她太快报警。

大门边有一堆运动衫，我抓起一件让女孩穿上。我讨厌看到她颤抖的样子。她套上衣服，头发因静电而竖起。这大概是我见过最丑的运动衫。上面印着"L'é toile du Nord"[1]，鬼知道是什么意思。

我又抓了几件运动衫、几条裤子——保暖秋裤，以及几双袜子。我还顺手拿了几个不新鲜的甜甜圈。

然后我们离开了。

在卡车上，我又把女孩的手绑到了一起。她仍然在哭。我告诉她如果她再不想办法闭上嘴，那我就替她想了。她的视线落在仪表盘上的那卷胶带上，安静了下来。她知道我不是说着玩的。

我抓起一个信封写下地址，塞满钱并在信封一角贴上邮票。我把其余的钱都塞进了口袋里。我们开车转了一圈，直到我找到一个蓝色的大邮筒，把信封扔了进去。女孩看着我，猜测着我究竟在做什么，但她没有问，我也没有说。我看着她的眼睛说："这不用你操心。"然后我想，这事跟你没一毛钱关系。

这事办得并不完美，处处都是缺陷，但眼下我不得不做。

---

1 法语，北方之星。

夏　娃

救援后

　　我已经习惯了那些停在我家门外的警车。其中两辆车里日夜都有四名穿制服的警卫，时刻留心着米娅。他们坐在警车前座喝着咖啡、吃着三明治，轮流去熟食店买外卖。我用手拨开百叶帘，从卧室窗口往外看。在我看来，他们就像是男学生，比我的孩子还年轻。可他们带着枪和警棍，不时用望远镜向上窥视着我家，目不转睛。每天夜里，我调暗灯光换上法兰绒睡衣的时候，都在说服自己他们看不到我，但事实如何我并不知道。

　　米娅每天都在前廊上坐着，似乎并不怕冷。她盯着我们家周围的积雪，那些雪围着屋子就像护城河围着城堡。她看着萧条的树木在风中前后摇曳，可她并没有注意到警车，也没注意到里面有四个男人整天都在研究她。我请求她不要离开前廊，她同意了，尽管有时候她会穿过雪地，走上人行道，散步到皮尤特先生和唐纳森一家附近。这时会有一辆车慢慢跟着她，另一辆车派警察来找我。我光脚跑出门，一把抓住我那闲逛的女儿。"米娅，亲爱的，你准备去哪？"在我挽着她的胳膊，让她进屋时，我问了无数次这样的问题。她从不穿外套，双手冻得冰凉。她从不知道要去哪里，但每次都会跟我回家。从警察身边走过时，我向他们道了谢，然后我们走进厨房去喝杯热牛奶。喝的时候她颤抖着身子，喝完后她说她要去睡觉了。过去几周里她常觉得不舒服，总想赖在床上。

但今天，出于某个原因，她看到了警车。我把车开出车库，带米娅前往罗兹医生的办公室去做第一轮催眠。那一刻她清醒过来，看着窗外问："他们在这儿做什么？"仿佛他们是在她清醒的那刻突然出现的一样。

"保护我们的安全。"我委婉地说。我想要说的是保证"你"的安全，但我不想让她因此害怕。

"为什么？"她问，转头从后窗看着警车。一辆车发动引擎沿路跟着我们。另一辆车留在后面，在我们离开的时候留意着我们的住宅。

"没什么好怕的。"我用这话代替了对她疑问的解答。她轻易地接受了我的安慰，转身看着前窗，忘了我们被警察跟踪的事情。

我们沿着临近的街道行驶着。路上很安静。孩子们在两周的寒假后重返学校，不再逗留在前庭堆雪人，相互丢雪球，尖声笑着。那样的笑声不会在我们这个沉默寡言的家里出现。屋子里仍亮着圣诞彩灯，那些充气的圣诞老人被拔去气门芯，了无生机地躺在雪堆里。今年詹姆斯没有花时间装饰屋子的外观，但我还是鼓足干劲、心怀侥幸地装饰了屋子的内部。我期待着米娅能回家来，这样我们就有理由庆祝了。

她同意接受催眠，我并没花太多精力哄她。这些日子米娅几乎对所有事情都表示同意。詹姆斯反对这个主意，他认为催眠是一种伪科学，相当于看手相和占星术。我不知道我相不相信，但我必须试一试。如果这能帮助米娅唤起一丁点儿失踪那几个月的记忆，那么高昂的费用和在艾佛里·罗兹医生的等候室里所花的时间就是值得的。

一周前，我对催眠几乎毫不了解。后来我在夜里从网上查了不少关于催眠的资料，已经有所领悟了。我所理解的催眠，就是一种非常放松的出神状态，类似于白日梦。这会让米娅不受拘束，摒弃外界的一切，让她自己在医生的帮助下找回失去的记忆。在催眠状态下，话题变得极具暗示性，可以唤回那些被大脑封锁起来的信息。通过催眠米娅，罗兹医生将会直接接触米娅的潜意识，接触那部分被米娅大脑藏起的记忆。催眠的目的是让米娅处于极度放松的状态，这样她的意识就会或多或少地睡去，露出潜意识让罗兹医生应对。对米娅来说，这么做是为了恢复全部或部分她在小屋中的记忆——哪怕是几分钟的细节也好。这样的话，通过治疗她就能从被绑架的阴影中走出，接受那段经历并得到治愈。然而，为了调查案件，霍夫曼侦探急需获取信息，获取任何可能与科林·撒切尔在小屋内行为有关的细节或线索，以帮助警察找出那个让米娅受罪的男人。

当我们抵达罗兹医生的办公室时，我在詹姆斯的坚持下，陪同米娅进去了。他想让我留意着那个疯子（这是他对罗兹医生的称呼），以防她试图毁了米娅的大脑。我坐在角落的扶手椅上，而米娅则拘谨地躺在沙发上。教科书整齐地排列在最南端墙上的落地书架上。屋内有一扇面朝停车场的窗。罗兹医生拉下百叶帘，只留下一点儿微弱的光，保证了充足的私密性。房间昏暗又不起眼，在这里倾吐的秘密将被酒红色油漆和橡木护墙板所吸收，绝不外露。房内有穿堂风，我紧了紧身上的毛衣，环抱着自己；与此同时，米娅的意识开始变得模糊。医生说："我们从简单的事情开始吧，那些我们知道其真实性的事情，看看它们会引出些什么。"

这些事情并没有按时间顺序排列，甚至毫无逻辑可言，在我们进入那个刺骨的寒冬之后许久，我都很困惑。我想象中的催眠能打开封锁的大脑，在打开的那一瞬间，所有的记忆都会翻倒在那块人造波斯地毯上，这样米娅、医生和我可以一起绕着它们打转，审视剖析一番。但现实完全不是那么回事儿。在米娅被催眠的有限时间里——也许最多不过二十分钟，封锁的门被打开了，罗兹医生用一种友善而好听的声音，试图像掰开饼干得到其中的奶油夹心一样来获得米娅潜意识中的记忆。记忆像饼干屑一样簌簌而落：乡村风格的小屋带有节疤装饰的松木镶板和裸露在外的横梁，汽车收音机里的干扰声，贝多芬的《致爱丽丝》，一头闯入视线的麋鹿。

"谁在车里，米娅？"

"我不确定。"

"你在车里吗？"

"我在。"

"是你开的车吗？"

"不是。"

"那是谁在开车？"

"我不知道，太黑了。"

"当时是什么时候？"

"凌晨。太阳快升起来了。"

"你能看到窗外吗？"

"能。"

"你有看到星星吗？"

"有。"

"那月亮呢？"

"也有。"

"是满月吗？"

"不是。"她摇摇头，"是半月。"

"你知道你在哪里吗？"

"在一条公路上。一条双车道的小公路，两边都是树林。"

"路上有其他车辆吗？"

"没有。"

"你有看到路标吗？"

"没有。"

"那你有听到任何声音吗？"

"有无线电的干扰声，从收音机里传出来的。里面有个男人在说话，但他的声音……有干扰声。"米娅躺在沙发上，双腿在脚踝处交叉。这是过去两个星期以来，我第一次见到她放松下来。她的胳膊交叠在"露脐装"上——她躺下时，厚实的米黄色毛衣被撩起了五厘米左右——那样子就仿佛她被放在了一口棺材里。

"你能听到那个男人在说什么吗？"罗兹医生问道，她坐在米娅身边的一把栗色扶手椅上。这个女子是一丝不苟的典型代表：她的衣服没有一点褶皱，非常干净利索。她的声音很单调，催人入睡。

"温度约5℃，阳光充足……"

"是天气预报？"

"是电台音乐节目主持人——声音是从收音机里传出来的。但是干扰声……前置扬声器坏了，声音是从后座传来的。"

"后座有人吗，米娅？"

"没有，只有我们。"

"我们？"

"我能在黑暗里看见他的手，他开着车，双手紧紧握着方向盘。"

"关于他，你还能告诉我些什么？"米娅摇摇头。"你能看见他穿什么衣服吗？"

"不能。"

"但你能看到他的手？"

"没错。"

"他手上有什么东西吗——戒指，手表，任何东西？"

"我不知道。"

"那你能跟我描述一下他的手吗？"

"它们很粗糙。"

"你能看出这点？你能看出他的手很粗糙？"

我一下挪到椅子边缘，专注地听着米娅刚才低声说出的每一个词。我知道米娅——原来的那个米娅，遇见科林·撒切尔之前的米娅——绝不会想让我听到这种谈话。

她没有回答这个问题。

"他在伤害你吗？"米娅在沙发上抽搐起来，回避着这个问题。罗兹医生又问了一遍："他伤害过你吗，米娅？在车里，或者也许在上车之前？"她没有回答。

医生继续问："关于那辆车，你还有什么能告诉我的吗？"

但米娅却说："这不……这不应该……发生。"

"什么不应该，米娅？"她问，"什么不应该发生？"

"全错了。"米娅回答。她迷茫着，脑子里全是凌乱的画面，随机涌现的记忆在她脑海里四处飘浮。

"什么全错了？"她没有回答。"米娅，什么全错了？是车吗？是车出什么问题了吗？"

但米娅什么都没说。反正一开始没有说。但后来她剧烈地呼吸起来，并声称："这是我的错，这全是我的错。"我需要用尽全力才能控制住自己不冲出椅子，一把抱住自己的孩子。我能看出这事让她很悲伤，她面部的表情非常紧张，摊平的双手紧握成拳。"这是我干的。"她说。

"这不是你的错，米娅。"罗兹医生说。她的声音哀伤而舒缓。我抓着座椅的扶手，强迫自己保持冷静。"这不是你的错。"她重复道。稍后，催眠完成后，她私下向我解释，大多数受害者总是会有自责情绪。她说这种情况通常会在强奸受害者身上发生。近五成强奸案未报警的原因就是因为受害者认为这肯定是她自己的错。要是她没有去那个酒吧就好了，要是她没有跟那个人说话就好了，要是她没有穿那么暴露的服装就好了。她解释说，米娅的这种现象很正常，这是心理学家和社会学家多年来一直在研究的一个话题：自责。

"当然，自责可能是有害的。"稍后她这么对我说，当时米娅正在等候室等我，"在极端情况下是有害的，但它也能在日后保护受害者，使其变得不那么容易受伤。"仿佛这话能使我感到宽慰似的。

"米娅，你还看到了什么？"当米娅平静下来后，医生开始询问。起初她很沉默。医生又问了一遍："米娅，你还看到了什么？"

这一次米娅回答了："一间房子。"

"跟我说说那间房子吧。"

"它很小。"

"还有呢？"

"有一个露台，一个小露台，沿着它的台阶可以走到树林里。那是一个小木屋——黑木造的。周围全是树，所以你很难发现它。屋子很老，里面的一切都很旧——家具、器具都很旧。"

"跟我说说家具。"

"全都歪歪斜斜的。沙发是格子花纹，蓝白格子。屋子里没有一处是让人舒服的。一把陈旧的木摇椅，几乎照不亮屋子的灯。一张桌腿不稳的小桌子铺着塑料的格子桌布，就是那种你野餐时会带的桌布。硬木地板咯吱作响。房间里很冷，而且有股味道。"

"什么味道？"

"樟脑丸的味道。"

后来那天晚上晚餐后我们在厨房逗留了一会儿。詹姆斯问我，樟脑丸的味道与这一切究竟有何关系。我告诉他这表示事情在进展，虽然很缓慢，但这是个开始。这是昨天米娅还想不起来的细节。而我，也在奢望着某些很罕见的事情，比如一个疗程的催眠就能令米娅痊愈。在我们离开她办公室的时候，罗兹医生察觉到了我的沮丧。她向我解释说，我们需要更耐心些。这些事情需要时间，催促米娅只会弊大于利。詹姆斯并不相信这话，他很肯定这只是一个要钱的伎俩。我看着他从冰箱里匆匆拿出啤酒，一头扎进办公室的工作里。当时我正在清洗晚餐用的盘子，我注意到这是这周第三次，米娅几乎没怎么碰她盘子里的东西。我盯着那陶瓷碟子里变硬的意大利面，想起意大利面是米娅最爱的食物。

我画了一张表，开始把事情一件一件归档：比如粗糙的双手或者天气预报。我用晚上的时间在网上四处搜寻有用的信息。明尼苏达州北部的气温最近一次到 4℃ 左右，是在十一月的最后一周，不过从米娅失踪时到感恩节后当时的气温一直在零下 1℃ –4℃ 间反复。之后气温一下降到零下 7℃ 以下，似乎暂时不会再攀升到 4℃。有半月的日子是九月三十日、十月十四日和十月二十九日，还有十一月十二日和十一月二十八日。但是米娅可能并不确定月亮正好是半月，因此这些日期只是猜测。麋鹿在明尼苏达州很常见，尤其在冬天。贝多芬在 1810 年左右写下了《致爱丽丝》，尽管爱丽丝其实应该是特蕾泽，同年他即将与之成婚的女子。

我上床前，经过米娅的卧室，悄悄开了门，站在那儿看着她。她在床上懒散地伸开手脚，不知道什么时候，毯子从她身上滑落，在地板上堆成一团。月光透过百叶帘的缝隙照进卧室，在米娅身上留下一道一道的光。月光拂过她的脸庞，拂过她深紫色的针织睡衣套装。她右腿搁在另一个枕头上，裤脚撩至膝盖处。这些日子，只有在睡着的时候米娅才会平静下来。我走进房间替她盖好毯子，俯身贴近床边。她的表情安详，她的灵魂平静。虽然她已经是个成年女子，但我仍然想起了很久以前我身边的那个快乐女孩。米娅在这儿，这件事让我觉得好得难以置信。如果可以，我愿意在这儿坐上一整晚，说服自己这不是一个梦，当我第二天早上醒过来的时候，米娅——或者克洛伊——仍然在这里。

当我爬上床，躺在詹姆斯因厚实的鸭绒被而出汗的身体旁，我想知道这些信息——天气预报和月相——到底对我有什么帮助，但我把它放在了一个文件夹里，放在克洛伊这个名字的十几种含义旁边。为什么？具体我也说不清。但我告诉自己，任何在催眠状态下足以引起米娅注意并引发她讲述的细节，任何能向我解释在明尼苏达州的乡间小木屋里，在我女儿身上究竟发生了什么的琐碎信息，对我而言都是重要的。

科 林

救援前

　　这里有许多树：松树、云杉、冷杉。尖尖的绿叶紧密交织在一起。在它们周围，橡树和榆树的叶子则枯萎凋零在地。现在是周三，夜晚降临又离开。我们驶离公路，沿着一条双车道的道路加速前行。每次转弯的时候她都紧紧抓住座椅。我可以放慢速度，但我不愿意，因为我想快点到达那里。路上几乎没什么人，偶尔我们会与其他车辆擦肩而过，车上是一些游客，慢悠悠地开着车，欣赏沿途的风景。这里没有加油站，没有便利店，只有夫妻经营的普通小店。女孩注视着窗外，我想她肯定觉得我们来到了非常遥远偏僻的地方。她懒得开口问这是哪儿，也许她知道，也许她不在乎。

　　我们继续向北行驶，开往明尼苏达州最深处的阴暗角落。过了图哈伯斯，道路变得越来越窄，卡车几乎是在树叶里穿行。道路全都坑坑洼洼，每一次颠簸都让我从心底发出一声咒骂。但愿轮胎不要漏气才好。

我之前来过这里。我认识这个地方的业主。在这个荒无人烟的地方，有一间简陋的小屋。它隐藏在密林深处，那里的地面铺满枯死的树叶，踩上去嘎吱作响。那些树木只不过是稀疏的枝条。

我看着那间小屋，它还是我童年记忆中的样子。这间小木屋俯瞰着湖面，湖水看起来很凉。露台上放着一把塑料躺椅和一个小型烧烤架。这里非常荒凉，方圆几英里内荒无人烟。

这正是我们需要的地方。

我慢慢停下卡车，我们下了车。我从后备厢里拽出一把铁撬，领着她朝山上的小屋走去。不出我所料，它看起来就是间被人遗弃的小屋。但我还是寻找着生命迹象：一辆车停在屋后，黑影投射进窗户里，什么都没有。

她一动不动地站在卡车边。"走吧。"我说。她终于向上爬了十几级台阶来到露台上。她停下喘着气。"快点！"我说。据我所知，这是个会被人看到的位置。为了确定的确只有我们两个人，我先敲了敲门。然后我让女孩闭嘴，听着屋内的动静。里面一片寂静。

我用铁撬撬开了门。门被损坏了，我告诉她稍后我会修理的。我把一个茶几推到门前，把门关上。女孩背靠红松木制成的墙壁，站着四处打量。房间很小，放着一个凹陷的蓝色沙发和一把丑陋的红塑料椅子，角落里有一个烧木柴的炉子，完全起不到供暖的作用。还有一些小屋建成时，用箱式照相机拍的老旧黑白照片。我想起当我还是个孩子的时候，屋主曾跟我说过小屋的事情。他说一百年前人们选在这儿造这间屋子并非为了赏景，而是为了那排就在小屋东面的松树，它为小屋抵御了烈风的侵袭。就好像他有办法了解那些造屋子的古人的想法似的。回顾当初，我记得我盯着他油腻腻的越退越后的发际线和带麻点的皮肤，觉得他满嘴胡言乱语。

厨房配有深黄色的餐具、油毡地板和一张铺着塑料桌布的桌子，到处都是灰尘。窗台上挂着蜘蛛网，积了一层甲虫的尸体。屋里一股气味。

"你得习惯它。"我说。我看到她眼里的厌恶，我敢肯定法官的屋子从来不会是这副德行。

我拉了下灯的开关，测试了下供水，但没有电也没有水。在屋主离开这儿去过冬前，小屋已经做好了防冻措施。我们并没有保持联系，但我始终关注着他的行踪。我知道他结婚的打算又一次落了空，还因为醉酒驾车被关了一两年牢房。我知道每年秋天他都会收拾行囊离开这里，两个星期前，他像往常一样回到了威诺纳[1]，他在那儿的交通管理局工作，负责清扫路面的冰雪。

我从电话线插孔处拽过电话机，去厨房抽屉里找了把剪刀，剪断了电线。我瞥了一眼那女孩，她仍然站在门边。她的眼睛紧盯着塑料桌布，那很丑，我知道。我走到屋外去上厕所，几分钟后我回到屋内，发现她仍然盯着那块该死的桌布。

"你为什么不让自己派点用场？去生个火。"我说。

她双手放在臀部，注视着我，身上穿着那件从加油站抢来的奇丑无比的运动衫。"你怎么不去？"她说。但她的声音在颤抖，双手也在颤抖。我知道她没有她想让我以为的那么无所畏惧。

---

1 美国明尼苏达州东南部的工商业城市。位于密西西比河西岸，圣保罗东南一百六十公里处。密西西比河沿岸旅游地之一。

我踮着脚走了出去，带回三段木柴，扔在她脚边的地板上。她跳了起来。我递给她一盒火柴，她把它丢在地上，火柴盒开了，火柴掉了出来。我让她把它们捡起来，她无视了我。

现在我们好比在同一艘船上，但她得弄明白，我才是那个掌舵的人，而不是她。我可以顺便载她一路，只要她闭上嘴乖乖听话。我从口袋里掏出枪，指着她。那双漂亮的蓝眼睛里所流露出的神色变得不那么有把握，她低声对我说："你全都搞错了。"我竖起击锤[1]，命令她捡起火柴去生火。我在想我是不是干了件错事，是不是应该把她交给达尔马。我不知道我想从女孩这里得到什么，但我很肯定绝不是现在这样。我从没想到最终得到的是她的不知好歹。她盯着我，用质疑的目光，想看看我是否真要杀她。

我向前一步，把枪对准她的脑袋。

然后她屈服了，坐到地上，用颤抖的双手捡起火柴。一根又一根，把它们放进火柴盒里。

我站在那儿拿枪对着她，看着她在火柴磷面擦了一根火柴，然后又擦了一根。她还没把火生起来，就被火焰烧到了手指。她吮了吮手指，又开始尝试点火。一遍，又一遍。她知道我在看她，她的手颤抖得太厉害，无法点着火柴。

"让我来吧。"我说着快速走到她身后，她畏缩了一下，我毫不困难地点起火，然后从女孩身边擦身而过，去厨房寻找食物。厨房里什么都没有，甚至连一盒过期的饼干都没有。

---

[1] 枪械击发组件的一部分，竖起击锤即让子弹处于待发状态。

"现在怎么办？"她问，但我没理她。"我们在这儿做什么？"我绕着小屋走了一圈，只想确认下目前的情况。这儿没有供水，为了过冬，一切供给都被切断了。但我可以修理好它。我很安心，他给小屋采取了防冻措施，这说明他在春天来临前不打算回到这里。春天是他一年中的隐居时节，他会来这儿像个隐士一样生活半年。

我能听到她在屋内走来走去，等待着某个人或者某样东西从前门冲进去杀了她。我让她别走了，坐下来。她在那儿站了很久，最终把塑料椅子靠墙放着，正对着前门，然后坐了下来。她等待着。我看着她坐在那里，盯着前门等待一个终结，有种末日临头的感觉。

天黑了又亮了。我们一夜无眠。

小屋到了冬天会很冷。十一月一日以后这里就不适合居住了。唯一的热源是烧木柴的炉子。厕所里有防冻剂。

我昨晚把切断的电路修理好了。我找到了主开关，并把它重新打开。我几乎听到女孩为了那个丑陋的 25 瓦台灯所发出的光芒而感谢上帝。我在小屋周边转了转，查看了一下后面的棚屋，里面装满了很多永远用不到的废物，但有些东西可能会派上用场，比如工具箱。

昨天我告诉女孩她必须去屋外上厕所。我太累了，没精力修管道。我看着她像走跳板[1]一样走下楼梯。她躲在一棵树后面，脱下裤子，蹲在一个她认为我看不到的地方。由于她不敢用树叶擦屁股，只能选择让风吹干。她只上了一回厕所。

1　海盗船上的一种惩罚。强迫受害人在置于船舷外的跳板上行走而致落水。

今天我找到了主水阀，慢慢引入了水源。一开始它喷薄而出，后来开始正常流淌。我冲洗了马桶和水槽，除去了防冻剂。我在脑海里罗列了一下我们需要的东西：绝缘材料和更多修管道的胶带，厕纸，食物。

她自命不凡，骄傲自大，高高在上。她无视我不光是因为她恼怒又害怕，而且她认为我配不上她。她坐在丑陋的红椅子上，凝视着窗外。看什么？没什么。只是凝视而已。从早上开始，她说的话不超过两个词。

"走吧。"我说。我让她回到车里，我们去兜个风。

"去哪？"她哪里都不想去。她宁愿盯着那扇该死的窗户，数着树上掉落的树叶。

"到了你就知道了。"她害怕起来。她不喜欢不确定的事情。她没有动，看着我，装出一副勇敢的样子蔑视着我，但我知道她心里怕得要死。"你想吃东西，对吧？"

显然她饿了。

于是我们出发了。我们回到卡车里，动身前往大马雷。

我脑子里形成了一个计划：我要离开这个国家，立刻离开。我会丢下这个女孩，我不需要她来拖累我。我会搭飞机去津巴布韦或沙特阿拉伯，去某个他们无法把我引渡回国的地方。赶快，我告诉自己，我得赶快离开。我准备把她绑在小木屋里，迅速摆脱这一切。在她有机会告诉国际刑警我的长相之前，前往明尼阿波利斯市坐上飞机。

我告诉她，我不能叫她米娅，不能在公众场合这么叫她。女孩失踪的消息很快就会泄露。我应该把她留在车里，但我不能这么做，她会逃跑的。于是我让她戴着我的棒球帽，低头看地，不要和他人有眼神接触。也许我没必要说这个，她对地上的碎石要比我来得熟悉。我问她想让我怎么称呼她。她迟疑了很久，久得足以激怒我。最终她想出了一个名字：克洛伊。

没人在乎我的失踪。他们会猜测我是因为懒惰而没去上班。我也不像是有朋友的样子。

我由着她选了鸡汤面做午餐。我讨厌这玩意儿，不过我还是同意了——我饿了。我们拿了大约二十罐罐头，还有鸡汤面、番茄汤、蜜橘和奶油玉米，都是些你能在救生包里找到的食物。女孩发现了这点，她说："也许你没打算马上杀了我。"我说没有，至少不会在我们吃光奶油玉米前杀你。

下午的时候我试图打个盹儿。这些天里，要睡着并不容易。我东想一会儿，西想一会儿，但想得最多的还是达尔马来追杀我，或者警察出现在门外。我从经过的每扇窗向外窥视，并且常常回头看身后，随时保持着警惕。午睡前，我在前门设置了点障碍物，并且高兴地发现窗子已经被某个白痴用油漆封了起来。我认为我无须担心女孩会逃跑，我不觉得她有这个胆量。我放松了防备，把卡车钥匙留在了显而易见的地方，这一切都给了她勇气。

然后我抱着枪在沙发上熟睡过去。当我听到前门猛地关上的声音时，我一下站起来，花了好一会儿才清醒过来。我看到女孩已经下了一半的楼梯，朝着碎石路跑去。我跑出门，怒吼着。她一拐一拐地向前跑，卡车门没锁，她钻了进去，试图发动引擎，可是她找不到正确的钥匙。我能通过驾驶位的窗子看到她，我看到她对着方向盘砸了一拳。我离卡车越来越近，现在她变得很绝望。她跨过前座从乘客门跑了出去，朝树林里冲去。她跑得很快，但我比她更快。伸出的树枝刮过她的胳膊和腿。她被一块岩石绊倒，正脸朝下栽在一堆树叶里。她站起来继续跑，越跑越累，越跑越慢。她大哭着求我放过她。

可我很生气。

我抓住她的头发。她的双腿仍在向前跑，但脑袋被恶狠狠地拽了回来。她摔在了坚硬的地面上。她还没来得及叫喊我就压在了她身上，一百八十多斤的重量压在她瘦小的身体上。她喘息着求我住手，但我没有，我气疯了。她疯狂地大哭起来，眼泪不断从脸上流下，混杂着血水和泥，还有我的唾沫。她蠕动着朝我唾了一口。我确信她此时有一种濒死的体验，她看到她的一生从眼前闪过。我告诉她她是多么愚蠢。然后我用枪抵住她的头，竖起击锤。

她停止挣扎，瘫倒在地。

我按得很用力，枪管在她脑袋上留下一个印记。我可以这么做，我可以杀了她。

她是个傻瓜，是个该死的白痴。我用所有的善念克制着自己不要开枪。我做这一切是为了她，我救了她。她认为她是谁，她凭什么逃跑？我用手枪狠狠按着她的脑袋，几乎把枪管按进她的脑壳。她大喊出声。

"你觉得很疼？"我说。

"求你了……"她请求着，但我没有听。我应该抓紧机会把她交出去。

我站起来，抓着她的头发，她号啕起来。"闭嘴！"我说。我抓着她的头发穿过了树林，把她推到我前面，让她自己走。"快点！"

她的腿看起来不能正常行走，她绊了一跤，摔倒了。"站起来！"我凶狠地说。

她知不知道如果达尔马抓到我，会对我做什么？一枪爆头已经是最轻松的解脱，是最迅速快捷的死亡方式。我会遭受所有的酷刑折磨。

我把她推上台阶，推进小屋。我狠狠摔上了门，但门又弹开了。我踢了它一脚，扔过去一张桌子抵住门。我把她拉进卧室，告诉她如果再让我听到她喘息似的哭泣，她就再也见不到太阳了。

加 布

救援前

我又一次开车去市中心，一周里的第四次了。我抱怨着这些路途对我汽车造成的损耗得不到报销。单程路途约十六公里，但路况太糟，开了近三十分钟。这是我不住在市内的一个原因。我在劳伦斯大道和布劳德威路[1]的十字路口徘徊了近十次，仍然没找到一个免费停车场，因此我又花了十五美元停车，要我说这简直就是抢劫。

抵达时酒吧还有几个小时才开。我怎么这么倒霉，我想。我敲了敲窗想引起酒保的注意。酒保正在给酒吧备货，我知道他听到了我的声音，但他没有理会。我又敲了敲窗，这一次，他朝我的方向看过来，我出示了我的警徽。

他开了门。

---

1 芝加哥的路名，为同纽约著名的百老汇加以区分，此处音译作布劳德威。

酒吧很安静，灯光昏暗，几缕阳光透过脏兮兮的窗户照进来。这个地方灰扑扑的充满烟味——当爵士乐和烛光营造出娱乐氛围时，你未必会注意到这些。

"我们七点开门。"他说。

"谁是这里的负责人？"我问。

"就在你眼前。"他转身返回吧台，我跟在他后面，坐在一把开裂的塑料椅子上。我从口袋里掏出一张照片，照片上是米娅·丹尼特。照片非常迷人，是上周夏娃·丹尼特借给我的。我向她保证不会把它弄丢或损坏，但我的衬衣口袋已经让它一角皱起了，这令我觉得很糟。对丹尼特太太而言，这是一张"非常米娅"的照片，或者她所认为的自由奔放的女子形象，有着深金色长发、蔚蓝的眼睛和率真坦诚的微笑。她站在白金汉喷泉前，泉水肆意喷溅着，芝加哥的微风拂过，喷泉溅在这个笑得像个孩子般的女子身上。

"你之前见过这名女子吗？"我问，把照片递过吧台。他用手拿着照片瞧了瞧。我让他小心些。我看到他脸上立刻浮现出一种了然的神情。他认识她。

"她常常来这里——就坐在那边的小隔间里。"他回答，冲我身后的小隔间点点头。

"你和她说过话吗？"

"说过，在她点饮料的时候。"

"就只有这些吗？"

"是啊，没别的了。出什么事了？"

"她上周二晚上在这里吗？大约八点左右？"

"上周二？老兄，我连我今天早饭吃的什么都记不太清。我只能肯定她之前来过这里。"他把照片递还给我。我讨厌他叫我"老兄"，我觉得这是种轻视。

"侦探。"我说。

"啊？"

"我是霍夫曼侦探，不是什么老兄。"然后我问："你能告诉我周二晚上是谁当班吗？"

"出什么事了？"他再次问道。我告诉他别担心，又问了他一遍周二晚上是谁当班，这一次我的语调有些挑衅，全然凌驾于他之上。他不太喜欢我这种不敬的态度，他知道只要他想就可以把我踢出去，但唯一的问题是：我有枪。

但不管怎么样他还是返回后面的房间，当他回来的时候两手空空。"是莎拉。"他说。

"莎拉？"

"她才是你需要问话的人。周二晚上'那张'桌子是她照应的。"他说着指了指酒吧后方一个脏兮兮的小隔间。"她不出一小时就会来这儿的。"

我在酒吧坐了一会儿，看着他准备一瓶瓶的酒，重新装满冰柜，数着钱放进收银机。我试图跟他寒暄，想干扰他计算那似乎是成千上万枚硬币的数目，而我数到四十九就数不清了。我慢慢地走来走去。

一小时内，莎拉·勒里希出现了，她从前门走进来，手中拿着围裙。她的老板和她密谈了几句，她将视线转向我，脸上露出担忧的表情，勉强挤出一丝微笑。我坐在桌边，假装四处搜寻着线索，尽管这里只有塑料小隔间和充当桌子的厚木板，还有小小的绿色装饰蜡烛，我考虑把它顺回家。

"你是莎拉？"我问。她说她是。我做了自我介绍并让她坐下说话。我把米娅的照片递给了她，"你见过这名女子吗？"

"见过。"她承认。

"你记得上周二晚上她在这里吗，八点左右？"

今天一定是我的幸运日。莎拉·勒里希的全职工作是医务助理，只在周二来这里赚点外快。由于只隔了一周的时间，因此她对米娅记忆犹新。她很肯定地说上周二米娅在这里。她说米娅总是在周二晚上过来，有时候独自一人，有时候和一名男子一起。

"为什么是周二？"

"周二晚上有诗歌评论会。"她说，"我猜这就是她经常来的原因。不过我始终不太确定她有没有在听。她好像总是心不在焉的。"

"心不在焉？"

"就好像在做白日梦。"

我问诗歌评论会究竟是什么玩意儿。我从没听说过。我想象着惠特曼和叶芝的作品被摔在地上的场景，但并不是这么回事。它是指听别人在台上朗诵自己的诗，但这使我更困惑了，谁会想听那东西？看来我得好好了解一下米娅·丹尼特。

"上周她是一个人吗？"

"不是。"

"那她和谁一起？"

莎拉想了一会儿。"和一个家伙。我之前见过他在这儿转悠。"

"和米娅一起吗？"我问。

"这是她的名字？"她问，"米娅？"我告诉她是的。她说她之前人很好——这句话里的过去时仿佛一辆货车迎面撞来。她说她总是很亲切，会给很多小费。莎拉希望一切安然无恙，但她能从我的问题里察觉也许事实并非如此。然而她没有追问发生了什么事，所以我也没有多说。

"周二和米娅在一起的男人……之前有和米娅一起来过吗？"

她说没有。这是她第一次见到他们在一起。他通常一个人坐在吧台边上。她会注意到他是因为他看起来很有魅力，神秘莫测——我记下了这个词，我得回去查查词典。米娅总是坐在这张桌子旁，有时候是一个人，有时候不是。但上周二晚上他们坐在一块儿，之后一起匆匆离去。她不知道这个男人叫什么名字。不过在我问起的时候她是这么形容他的：他个子很高，很强壮，顶着一头浓密的乱发，有一双深色的眼睛。她同意稍后去见一下肖像画师，看看他们是否能画出什么。

我又问了一遍："你确定他们是一起离开的吗？这非常关键。"

"我确定。"

"你有看到他们离开吗？"

"是的，哦，差不多是吧。我去给他们拿账单，回来的时候他们已经走了。"

"她看起来是自愿走的吗？"

"我觉得她好像迫不及待地要离开这里。"

我问他们是否是一起来酒吧的。她说不是，她不这么觉得。他是怎么来到米娅桌边的？她不知道。我又问："她知道他的名字吗？""不知道。""有谁知道他的名字吗？""也许没有。"他和米娅都是付的现金。他们在桌上留了五十美元，她之所以还记得，是因为对于五六瓶啤酒来说，这是非常慷慨的小费，比一般顾客给的都多。她记得她深夜里还向所有同事炫耀这事，把纸币上尤里西斯·辛普森·格兰特总统的脸飞快地给他们看了看。

当我离开酒吧的时候，我来回检查了下布劳德威路上那些装在餐厅、银行和瑜伽馆外监控的摄像头，想看看是否有线索能告诉我，米娅·丹尼特失踪的那个周二晚上，她究竟跟谁在一起。

科 林

救援前

她不吃东西。我给她送了四次饭，把满满一碗食物放在卧室的地板上，就好像我是个该死的厨师一样。她侧身躺在床上，背对着门。我走进去的时候她一动不动，但我能看到她在呼吸。我知道她还活着。但是如果她再这么长时间不吃东西，她会把自己饿死的。我可不是在开玩笑。

她像个僵尸一样走出卧室，她的头发纠缠在一起，脏乱如同鼠窝，散落下来遮住她的脸。她走进浴室，然后再走回来。我无视她，她忽略我。我让她把卧室的门开着，我要确保她不会在里面做什么蠢事。但她除了睡觉什么也没做，直到今天下午。

我外出劈柴，出了一身汗，累得快喘不过气来了。我飞快地跑进小屋，只想着一件事：水。

她站在屋子中央，脱得只剩蕾丝胸罩和内裤。她还不如死了好！她的皮肤五颜六色，头发乱糟糟地缠在一起，大腿上有一块鹅蛋大小的瘀伤，嘴唇干裂，眼眶发黑，身上到处是在树林中逃跑时留下的擦伤。她的眼睛红肿充血，眼泪从眼里流出来，滴在白化病般苍白的皮肤上。她的身体痉挛着，我眼睛可以看到的地方全是鸡皮疙瘩。她一瘸一拐地向我靠近，对我说："这是你想要的吗？"

我注视着她，目光落在她的头发上，然后拂过乳白色的肩膀，看向她苍白的未经护理的皮肤，锁骨处的凹陷，形状完美的肚脐，暴露的女式短裤以及修长的双腿。我看到她的脚踝肿得厉害，可能是扭伤了；看到她的眼泪滴在地板上，落在她赤裸的双脚前，落在宝石红的脚趾甲旁，落在弱不禁风的双腿边。我看到她流着鼻涕，不再抑制地放声哭泣，伸出一只手，颤抖着放在我的皮带上，开始解扣子。"这是你想要的吗？"她再次问。那一刻，我任由她将双手放在我的皮带上，任由她取下它扔到地上，任由她解开我牛仔裤上的纽扣并拉下拉链。我无法说出这不是我想要的。她和我一样，浑身臭烘烘的。她触碰我的时候，手冷得像冰。但这不是原因，这不是阻止我的原因。

我轻轻推开了她。"住手。"我低声说。

"让我做吧。"她恳求道。她认为这样会对她有利，认为这会令事情有所改变。

"穿上你的衣服。"我说着闭上眼睛。我不能再看她了。她站在我面前。"别——"

她拉着我的手朝她身上放。

"住手。"她并不相信我。"住手！"这一次我说得更响亮更坚定了。然后我又说了一句："你给我立刻住手。"说着我推开了她。我告诉她，穿上那该死的衣服。

我匆匆跑出小屋，抓起斧头开始劈柴，疯狂地发泄着精力。我完全忘记了喝水这回事。

夏 娃

救援前

现在是午夜时分，而我无法入眠，这种情况目前已经持续了一周。每日每夜，有关米娅的记忆无时无刻不在我脑海中翻腾：一岁的米娅穿着橄榄绿的泡泡裙，胖乎乎的大腿圆鼓鼓的，试图迈出步子，但失败了；她三岁时可爱的小脚丫上长着艳粉的脚趾甲；她在穿耳洞的时候号啕大哭，随后又在浴室镜子前把猫眼石耳环欣赏了很久。

我站在一片黑暗的开放式厨房里，灶炉上的时钟指向凌晨三点十二分。我在架子上盲目地摸索着甘菊茶，我知道我在某个地方藏了一盒子。但我也很清楚，想让我睡着，光靠甘菊茶是远远不够的。我想起米娅的第一次圣餐[1]，想起她把象征耶稣身体的圣饼放在舌尖时脸上抵触的表情。后来我在她卧室里听她笑着说起这事，当时只有

---

1 罗马天主教的一种仪式，一般是七八岁的儿童初次领食圣餐，表示正式被罗马天主教接受。

我跟她两个人，她说这块饼太硬了，嚼不动也咽不下，还说她当时差点被葡萄酒呛到。

然后一个念头来势凶猛，这种意识突然压垮了我：我的宝贝也许死了。我在午夜时分的厨房中央开始哭泣，跌坐在地板上，用睡衣的下摆掩着面，抑制住哭声。我想象着她穿着那条橄榄绿的泡泡裙，一下露出个没牙的微笑，抓着咖啡桌的边缘，费力地朝我张开的双臂走来。

我的宝贝也许死了。

我尽我所能地帮助查案，而且由于米娅的缺席，这个家变得对我来说非常沉闷又无关紧要。我在米娅住的社区待了整整一天，向经过的每个路人派发寻人启事。我把启事用胶带贴在路灯柱和商店橱窗上，米娅的照片印在艳粉色的纸上，不容忽视。我约了她的朋友艾安娜一起吃午餐，我们共同讨论了米娅失踪前最后一天的种种细节，渴望能够发现一些可以解释她的失踪的古怪之处。然而并没有什么异常。我搭霍夫曼侦探的车进了城，在他弄到米娅公寓的钥匙并勘查出那里并非犯罪现场以后，我们一起查看了米娅的物品——教学计划、通信簿、购物单、备忘录，试图在日常物品里找到线索，但我们一无所获。

霍夫曼侦探每天都会给我来电话，有时候一天会打两次。我们一天不说话就会觉得难受。我觉得他的声音和温和的性格令人安心，甚至在詹姆斯戏弄他的时候他都能保持友善。

詹姆斯说他是个傻瓜。

侦探想让我觉得我是第一个获知此案最新消息的人，但我很肯定我不是。他是筛选出好的方面之后才把这些琐碎的信息传递给我。这些零星的消息会让一个母亲脑海里涌现各种胡思乱想。

我无时无刻都会想到女儿也许已经死了：当我看到母亲牵着她们孩子的手；当我看到孩子们登上校车；当我看到街道柱子上贴着寻猫启事；或者当我听到一个母亲喊她孩子的名字。这种念头都会涌上我的心间。

霍夫曼侦探希望尽一切可能了解米娅。我去地下室翻找老照片，无意中发现了旧的万圣节服饰、合身的衣服、溜冰鞋和芭比娃娃。我知道还有其他案件，有其他像米娅一样失踪的女孩。我能想象出她们母亲的悲痛。我知道有些女孩再也回不了家。

侦探提醒我，没有消息就是好消息。有时候他会打电话来告诉我他没有查到消息，就是怕我在迫切地等着（事实上我一直如此）。他迁就我，保证会尽其所能找到米娅。他望着我的时候，我能从他的眼睛里看出这样的承诺；他还会在谈完事后多逗留一会儿，确保我不会情绪崩溃。

但我始终想着这件事。当我满脑子都是米娅的时候，我甚至觉得站立和行走是如此艰难，人活于世还要考虑政治、娱乐、运动和经济是如此不可思议。

不用说，我肯定不是最好的母亲。然而，我也不打算做一个糟糕的母亲。一切顺其自然。可事实上，做一个坏母亲轻易得像儿童的游戏，但做一个好母亲却艰难多了，那是一种不停歇的挣扎，一天二十四小时都面临着两败俱伤的处境。在孩子们上床许久以后，我想着那些把我们彼此困在一起的时间，想着我做了哪些事又没做哪些事，自责的苦恼折磨着我的灵魂。为什么我会让格蕾丝弄哭米娅？为什么我会朝着米娅大吼大叫只是为了让她闭嘴？为什么我会一有机会就溜到一个安静的地方？为什么我要快节奏地生活——让事情赶快做完——这样我就能独享私人空间？其他母亲会把孩子带去博物馆、花园、海滩，而我却尽可能地把我的孩子关在屋里，避免她们当众惹事。

夜里醒来，我躺在床上，想着：如果我再也没有机会弥补米娅怎么办？如果我再也不能在她面前做一个我一直都渴望成为的母亲——那种会花上大量时间陪孩子玩捉迷藏、会和女儿并肩坐在床上八卦中学里哪些男孩比较可爱的母亲。我常常憧憬着能和女儿们像朋友一样相处，我想象着我们一起购物、相互分享秘密，而不是像我和格蕾丝、米娅现在这样拘谨的义务关系。如果有机会，我会告诉米娅些什么？我在脑海中罗列了一番。我选择米娅的名字是因为我的曾祖母阿米莉娅（米娅是阿米莉娅的昵称），为此我否决了詹姆斯更喜欢的"艾比盖尔"。她四岁那年的圣诞节，詹姆斯熬夜到凌晨三点，为她组装她梦寐以求的玩具小屋。虽然她记忆中的父亲只会令她觉得不快，但是仍然有许多美好瞬间——教她怎么游泳，帮她准备四年级的拼写考试。我曾经不愿意在床前讲更多的故事书，现在我为自己的每一次拒绝而痛心，渴望着能够再有一起大笑着读《好脏的哈利》[1]的时光，哪怕五分钟也好。我在地下室翻了个底朝天都没找到从前属于米娅的那一本，因此我去书店又买了一本。我坐在她以前卧室的地板上，把书读了一遍又一遍。我爱她。我很抱歉。

---

[1] 两度凯迪克大奖获得者格雷厄姆经典作品,世界绘本史上的里程碑力作。

科 林

救援前

她整天躲在屋子里不出来。我不让她关房门，于是她就坐在床上。她坐在那里想心事。我不知道她在想什么，我一点儿都不在意。

她在哭，眼泪流遍了枕头，也许枕头套都湿透了。当她出来上厕所时，她的脸又红又肿。她试图压抑住哭声，仿佛觉得我听不到似的。然而这屋子很小，又全是木头做的，没有任何吸音材料。

她的身体很疼，我可以从她走路的样子看出来。她不能把重量放在左腿上，这条腿在她跌落林中的时候受了伤。她一瘸一拐地扶着墙走向浴室。在浴室里她伸出手指触摸着一块擦伤，那个瘀伤现在已经肿起且发黑。

她在另一间屋子里听着我的动静。我踱着步子去劈柴火，这些柴火足够在冬天取暖。然而这里并没有真正温暖起来。我确信她始终都觉得冷，哪怕她穿着秋裤裹着被子。炉子里的热量传不到卧室，但她拒绝出来取暖。

我猜我的脚步声会把她吓得手足无措。她只专注地听脚步声，等待最坏的事情发生。我试图让自己忙个不停。我打扫了小木屋，擦去蜘蛛网，捡走死甲虫，把它们倒进垃圾桶。我取出我们从镇里买的东西：罐头食品和咖啡，运动衫、肥皂和管道胶带。我修理了前门，用水和纸巾把厨房工作台擦拭干净。这一切都是在浪费时间。我从浴室地板上捡起女孩的衣服。我正准备冲她大吼，骂她懒鬼，斥责她就这么把脏衣服乱扔一地，但是随后我听到了她的哭声。

我把浴缸注满水，用一块肥皂把衬衫和裤子洗了，然后晒在外面晾干。我们不能永远这么下去。这间小木屋只是个临时过渡的住所。我绞尽脑汁想着接下来要怎么办，要是我早在决定把女孩带走保护起来前想过这些就好了。

她拖着脚从我身边走过，去用浴室。她被痛打了一顿，走路一颠一跛。我不觉得内疚，但我知道，那是我造成的，在屋外林中，在她试图逃跑的时候，我打了她。我告诉自己这是她自讨苦吃，我告诉自己至少她现在安静了，不再那么自以为是了。

现在她知道谁才是做主的人——是我。

我喝咖啡，因为自来水难喝极了。我让她也喝一些。我给她拿了水，但她拒绝了。她仍然不吃东西。我打算按住她，把那该死的食物硬塞进她的嘴巴。我不会让她饿死自己的，不会在发生这一切后就让她这么了结自己。

第二天早上，我走进卧室。"你早饭想吃什么？"我问。

她躺在床上，背对着门。半睡半醒时，她听见我走了进来。出乎意料的脚步声和在寂静中突兀响起的话语逼得她离开了床。

这一刻来了，她想着。她过于愣神，没有听见我在说什么。

她的双腿和被单纠缠在一起，身体想逃离我声音的方向，双脚却没来得及跟上。她摔倒在硬木地板上。她试图用脚挣脱被单，身体尽可能地远离我。她缩到墙边，颤抖的手紧紧抓住床铺。

我站在门口，穿着那套我几乎穿了一周的衣服。

她睁大眼睛惊恐地盯着我，扬起眉毛，张着嘴。她像看怪兽一样看着我，仿佛我是一个食人魔，要吃了她当早餐。

"你想要什么？"她哭着说。

"你该吃东西了。"

她强忍着说："我不饿。"

"真不幸。"我告诉她她没有选择。

她跟着我走进了另一间房里，看着我把据说是鸡蛋液——但看起来闻上去都像是狗屎——的东西从盒子倒进平底锅里。我看着它们变成褐色，那味道足以令人作呕。

她讨厌我身上的一切。我知道。我能从她的眼睛里看出来。她讨厌我站着的样子，讨厌我的脏头发和下巴上的一圈胡茬。她讨厌我的手，看它们用平底锅煎蛋的样子是多么丑。她讨厌我看她的样子，讨厌我说话的语调和我嘴里吐出的词。

她最讨厌的，是看到我口袋里的枪。这把枪无时无刻不在胁迫着她乖乖听话。

我告诉她，从现在起她不再被允许待在卧室里了，只有睡觉的时候才能进去。就这么决定了。一天里的其他时间她必须留在外面，这样我就能监视她，确保她吃了喝了拉了。该死的，我就好像在照顾一个婴儿。

她吃的和一个婴儿差不多，这儿咬两口，那儿咬两口。她说她不饿。不过她吃的那些够她活下去了，这才是最重要的。

我留意着她，防止她像上次一样试图逃跑。当我们睡觉的时候，我把一张比较笨重的桌子推到门口，这样万一她试图逃跑，我就会听到动静。我的睡眠很浅，睡觉的时候把枪抱在身边。我搜查了一下厨房的抽屉，确保没有留下刀具。只有那把我一直带在身上的小折刀。

她没有什么该死的话要对我讲，我也不会试图跟她聊天。何必呢？我不可能永远待在这儿。到春天就会有游客前来，很快我们就要离开。让女孩见鬼去吧，我想。很快我就要离开，抛下这女孩，坐上飞机离开。在警察找到我之前，在达尔马找到我之前，我得远走高飞。

但是，肯定有什么东西令我犹豫不决，有什么东西阻止我坐飞机离去。

加　布

救援前

　　我站在丹尼特家的厨房中间。丹尼特太太在水槽边忙碌着，刮除晚餐盘里剩余的食物。我看到法官的盘子被舔得干干净净，而她的盘子里则浪费了一块牛里脊和一堆豌豆。这个女人就在我眼前日益消瘦。热水流出来，蒸汽喷涌到了房间里，她将手浸在里面，但似乎感觉不到烫。她使劲擦拭着瓷器，我从未见过一个女人如此洗盘子。

　　我们站在厨房中央的岛式橱柜台前。这是一个非常华丽的厨房，带有胡桃木橱柜和花岗岩工作台。厨房用具全都是不锈钢制品，包括两台我的意大利籍母亲愿意用一条胳膊和一条腿去换的烤箱。我想象着一个不用费尽心思把食物保温到晚餐前的感恩节，有了烤箱，父亲抱怨土豆有点儿冷的话也不会把人惹哭。

　　岛式橱柜台上放着一张男人的肖像，放在我和法官面前。这是一张男士素描，是我们的画师在局里根据酒吧女服务员的描述画的。

"就是这个男人吗？就是这个人绑架了我的女儿吗？"我把画像从马尼拉纸质信封里抽出来的时候，丹尼特太太喊了起来。她已经忍不住落下眼泪，背过身去不再参与对话，试图让自己忙于洗盘子，在流水声的掩饰下静静哭泣。

"上周二晚上，有人看到米娅和这名男子在一起。"我回答，虽然这时候她已经背对了我。在我们面前的画像上，是一个粗鲁的男子。他的外表虽然看起来没什么教养，但也并不像恐怖片里的蒙面人。他只是和丹尼特不是同一类人。我也不是。

"所以呢？"丹尼特法官问。

"所以我们认为，他可能与米娅的失踪有关。"

他站在岛式橱柜台的另一边，摆弄着一套抵我两三个月工资的西装。他的领带被解开扔在肩膀上。"有什么证据表明米娅不是自愿和这个男人在一起的吗？"

"呃，"我说，"没有。"

法官已经在喝酒了，今晚他喝的是苏格兰威士忌加冰块。我想他可能喝醉了。他说话有点含糊不清，并且连连打嗝。

"假设米娅只是想和这男人去鬼混，那又如何？"

他以一种跟白痴说话的口气对我说。但我提醒自己，我才是那个主管案件的人，我才是那个佩戴闪亮警徽的人。调查由我来主导，而不是他。

"丹尼特法官，案件开始调查已经有八天了。"我陈述道，"而米娅失踪已经有九天了。据她同事说，米娅很少会耽误工作。而在您的妻子看来，这种懒惰、不负责的行为，并不符合米娅的性格。"

他又喝了一口威士忌，并很快把杯子扔在柜台上。这声音把夏娃吓了一跳。"她当然有不检点的行为。非法入侵，破坏财物，携带大麻。"随后为了惹怒我，他又补充说："我只举了其中的一些例子。"他脸上的表情扬扬自得，自以为是。我盯着他，无法做出评论。我鄙视他的虚张声势。

"我查过违警记录。"我说，"米娅从没做过这类事。"事实上她的档案毫无瑕疵，甚至连一张超速罚单都没有。

"是啊，不会有记录的，现在怎么会有记录呢？"他这么一问我就明白了——他把记录抹去了。他借口离开一会儿，去把酒杯倒满。丹尼特太太仍然在擦洗盘子。我不由自主地走到水槽边，把水龙头朝冷水的方向推了推，这样这可怜的女人就不会再被烫到手了。

她看着我，吃了一惊，仿佛才刚刚被烫到一般。她低语着："我本该告诉你的。"她的眼里充满悲痛。没错，我想，你本该告诉我的。但我忍住了这话，听她说下去。"但愿我能说他是拒绝接受现实。但愿我能说他是太过悲伤，拒绝相信米娅是真的离开了。"

这时丹尼特法官恰好回来，听到了妻子最后的剖白。屋子里很安静，有一瞬间，我做好了准备迎接他的雷霆之怒。但什么事都没发生。

"米娅的行为并非你想让侦探以为的那么出乎意料，不是吗，夏娃？"他问。

"噢，詹姆斯。"她哭着边说边试图用抹布擦干手，"那已经是很多年前的事了。当时她还在念高中，她犯了一些错误，但那已经过去很多年了。"

"那你对现在这个米娅又了解什么呢，夏娃？我们和女儿维持着这样的关系已经很多年了。我们已经几乎不了解她了。"

"那你呢，法官阁下？"我模仿着他那副高高在上的样子说。我讨厌他瞪着她的样子，她在他的目光下自惭形秽。"你又了解米娅什么呢？是最近从她档案里删去的不良品行吗？"我问，"交通罚单？卖淫？聚众吸毒？"我不用多想就知道，为何她档案里青春期的违纪记录凭空消失了。"它们妨碍了丹尼特的好名声，不是吗？这整件事情——如果调查结束后发现米娅只是外出鬼混去了，如果她安然无恙，只是寻欢作乐去了——这看起来也不怎么光彩，不是吗？"

我看过新闻，对政事大都熟悉。今年十一月，丹尼特法官将准备参加改选。

然而我不由自主地去想，米娅的不端行为是否只存在于她的青春期，还是说不仅仅只发生在青春期？

"你最好给我小心点儿。"法官警告说。然而后面的夏娃呜咽着说："卖淫，詹姆斯？"尽管这不过是一个假设而已。

他忽略了她。我想我们都忽略了她。

"我只是在试图找到你的女儿。"我说，"也许她是去干某些蠢事去了。但我想了一会儿，觉得也许她不会。想想看，接下来会怎么样呢？如果最后发现她死了，我很肯定你会革了我的职。"

"詹姆斯。"他的妻子想阻止他说下去。我在同一句话里用了"女儿"和"死"，这几乎让她哭了出来。

"让我把话挑明了吧，霍夫曼。"他对我说，"你要找到我的女儿并把她活着带回来。你要确保自己做好准备应对各种情况，因为米娅远比你想的要复杂。"他断言道，随后他拿起苏格兰威士忌走出了房间。

科　林

救援前

　　我发现她正站在浴室的镜子前注视着自己。她不认识镜子里的自己：金属丝般硬的头发和懒于护理的肌肤，还有身上开始愈合的擦伤。它们不再肿胀发紫，而是变成了黄色，且皮肤开裂。

　　她从浴室走出来的时候，我正在等她。我斜靠在门框上，她出来的时候不小心撞到了我，她盯着我仿佛我是某个徘徊在她身边的野兽，让她紧张得无法呼吸。"我不是有意要打你的。"我说着揣测着她的心思，但她没有说话。

　　我用冷冰冰的手轻轻抚摸她的脸颊，她向后退去，躲开我的触摸。"好多了。"我看着她的瘀伤说。

　　她从我身边走过，离开了。

　　我不知道我们这样过了多少天，我已经忘记了时间。我试图去想什么时候是周一，什么时候是周二，但最终，日子开始变得糊里糊涂。每一天都是一样的：她躺在床上直到我强迫她起床，坐下和我一起吃早餐；然后她拉把椅子到窗边，坐下盯着外面看，想着心事，做着白日梦，渴望去除了这里以外的任何地方。

我一直在想要如何离开这里。我已经有了足够的现金，可以搭飞机去某个地方，然后就此离开。但是当然，我没有护照，因此我最远也只能到加利福尼亚州的特卡特或加利西哥。我离开这个国家的唯一方式是去找蛇头偷渡或者游过格兰德河[1]。但是把自己弄出国只解决了一半问题，其他事情我还没完全想好要怎么处理。我在小屋里踱着步，想着究竟要怎样使自己摆脱这乱成一团的困境。我知道眼下我在这里很安全，但是我们躲得越久，我躲得越久，结局就将越糟。

我们定了规矩，有些是直接说好的，有些是无须言明的。她不能碰我的东西。我们每次只用一格厕纸，可能的话我们就晾干不擦。我们用最少的肥皂保证自己不会发臭。我们不能浪费东西，不能开窗。我告诉她，万一我们在小屋周围遇上了什么人，那么她的身份是克洛伊，不是米娅。事实上，她可能也忘记了她曾经叫米娅。

她来月经的时候，我们从字面意义上了解了什么叫流血事件。我看到了垃圾袋里的血迹，问："这该死的是什么东西？"我很后悔我问了。我们用一些被遗弃的白色塑料袋把垃圾装了起来，在深夜确保不会被人看见的时候，开着车把垃圾丢在某个旅馆后面的大垃圾桶里。她问为什么不能直接把它们扔在屋外，我反问她是否想被

---

[1] 位于美国和墨西哥之间的河。

饿熊吃掉。

窗外吹来寒风，但炉子里的暖意可以帮助我们御寒。白天变得越来越短，夜晚来得越来越早，直到小屋完全被黑暗占据。这里有电，但我不想开灯引起别人注意。我只在晚上开一盏小灯，卧室一片漆黑。夜里，她躺在寂静中，竖着耳朵听。她等着我从阴影中出现，结束她的生命。

但在白天，她坐在有风吹入的窗边，看着树叶飘落在地上。屋外的地上堆满了枯叶，湖面的景色一览无遗。现在秋天已经基本结束了，我们在非常靠北的地方，几乎到了加拿大。我们被隔绝在这个无人居住的世界，四周一无所有，只剩荒野。她和我一样明白这一点，这就是为什么我带她来这儿的原因。现在唯一担心的就是熊了。但话说回来，熊是要冬眠的，很快它们就将全部睡去。这么一来，我们只要防着自己不被冻死就行了。

我们不怎么交谈，只说一些必要的话——午饭准备好了；我要去洗澡了；你去哪儿？我要去睡觉了。我们从不闲聊，一切都在静默中进行。由于缺少对话，我们可以听到一切声响：肠胃咕咕叫的声音、咳嗽声、吞咽声、夜里屋外风的呼啸声，还有鹿踩在落叶上的声音。此外还有一些幻想中的声音：碎石地上的汽车轮胎声、小屋楼梯上的脚步声、说话声。

她可能希望它们是真实的，这样她就不必再等待了。恐惧会杀死她的。

夏　娃

救援前

我第一次见到詹姆斯的时候只有十八岁，当时我和女伴们刚来美国。我年轻又天真，被芝加哥这样的大都市给迷住了。当我们这些女孩登上飞机的时候，一种自由感在我的骨子里蔓延开来。我们是乡下女孩，习惯了只有几千人的小村庄，习惯了乡村的生活方式，习惯了和一群目光短浅、循规蹈矩的人为伍。但是突然之间，我们被带到了一个全新的世界，被带到了喧嚣的大都市中央。我在见到它的第一眼就爱上它了，被迷得神魂颠倒。

起初是芝加哥诱惑了我，给了我一切希望：高大的建筑，成千上万的人以及他们走路时自信的姿态和昂首阔步穿越繁忙街道时脸上自信的表情。那是 1969 年，我们所熟知的那个世界正在发生改变。但说实话，我对此毫不关心，我完全不在乎那些。我只在乎自己，像每个十八岁姑娘所期待的那样：我关注男人看我的眼神；我穿迷你裙——我母亲从不会让我穿这么短的裙子。我非常青涩，却渴望着成为一个女人，而不再当个孩子。

在我的家乡英格兰乡村，等待我的是从一出生就已决定好的命运：我会嫁给我生命中认识的某个男孩，嫁给某个在小学里拽过我辫子或叫过我名字的人。大家都知道，奥利弗·希尔想娶我。他从十二岁起就不断向我求婚了。他的父亲是英国国教的教区牧师，母亲是那种我发誓绝不要当的家庭主妇：那种把丈夫的命令当成圣言来听从的女人。

詹姆斯比我大，这点很令人兴奋。他是个世界主义者，非常有才气。他的谈话慷慨激昂，无论是在谈论政治还是天气，人们都会围着他听完最后一句。我第一次见到他的时候是夏天，在市中心的一家餐厅里，当时他和一群朋友围坐在一张大圆桌旁。他的声音深沉而洪亮，盖过了餐厅嘈杂的背景音乐，使你情不自禁地去聆听。他用他的风度、傲气和热烈的语调吸引着你。在他周围，所有人都盯着他，期待着他的幽默调侃、妙语连珠，然后每个人——不管是朋友还是陌生人——都被逗得几乎笑出眼泪。一些人爆发出一阵欢呼喝彩。他们似乎全知道他叫什么名字，包括在其他桌用餐的客人和餐厅员工。屋子另一头的酒保大喊着："再说些什么吧，詹姆斯！"几分钟内，啤酒罐就摆满了那张桌子。

我忍不住盯着他看。

我不是唯一这么做的，我的女伴们也全都朝他暗送秋波。他同桌的女子只要一有机会就毫不犹豫地靠近他：拥抱他或拍拍他的胳膊。一名长发及腰的深肤色女子斜靠过去跟他说悄悄话。只要能接近他，做什么都好。他比我见过的任何人都要自信。

当时他在念法学院，这是我后来了解到的，在我第二天早晨在他身边醒来的时候。我和我的女伴都没到喝酒的年纪，所以很显然那一晚不计后果的放纵是出于我对他的痴迷。当时我情不自禁地走向他的圆桌，坐到他的身边。当他用胳膊环住我的肩膀，我看到那个长发女子脸上露出羡慕的表情。詹姆斯奉承着我的英国口音，仿佛这是有史以来最棒的事情。

当时的詹姆斯尚不是他日后所成为的那个男人，当时的他和现在有很大不同。那时候他连缺点都可爱迷人，他的逞强是种魅力，而不是现在这样令人难堪的虚张声势；很久以前他擅长说甜言蜜语，而不是现在这样选择讲侮辱人又难听的话。我们在一起曾经很快乐，完全被对方迷得神魂颠倒无法自已。然而我嫁的那个男人，现在已经完全消失了。

每天早上在詹姆斯上班后，我做的第一件事情就是给霍夫曼侦探打电话。我像往常一样等着詹姆斯出门，直到我听到车库门关上，他的 SUV 开上车道，我才从床上起来。当我手捧一杯咖啡站在厨房中央时，绑架了米娅的那个男人的脸突然浮现在我眼前。我盯着时钟，看着分针缓慢地滑过一圈，从八点五十九变为九点整。我拨出了那个变得日渐熟悉的电话号码。

他接起电话，讲话的声音专业而权威："我是霍夫曼侦探。"我想象着他在警局里的样子，听着电话那头喧闹的背景声，知道有许多警官正努力为他人解决问题。

我花了一会儿时间鼓起勇气，对他说："侦探先生，我是夏娃·丹尼特。"

他在说我名字的时候，声音变得柔和起来："丹尼特太太，早上好。"

"早上好。"

我想起昨晚他站在我们厨房里的样子，当詹姆斯跟他讲述米娅过往的时候，这个好心肠的男人脸上露出呆呆的表情。然后他匆匆离开了。我脑海里反复回响着他"砰"的关上前门的声音。我从未试图向霍夫曼侦探隐瞒米娅的任何事情。坦白说，对我而言，她过去的行为并不重要。但我绝不希望侦探对我有所误会。他是我和米娅之间的唯一联系。

"我必须打电话给你。"我说，"我一定要解释一下。"

"有关昨晚的事情？"他问。我说是的。

"你不需要解释。"

但无论如何，我都要解释清楚。

米娅的青春期……至少可以说，是非常艰难的。她迫切渴望被他人接纳，渴望变得独立。她很冲动，容易被欲望所驱使，缺少常识。她的朋友让她感受到了家人所没有给予的认可。在同龄人中她很受欢迎，她是被需要的，而这种感受对米娅来说自然很兴奋。她的同伴让她觉得快乐到了极点，她愿意为她的朋友们做一切事情。

"也许米娅交错了朋友。"我说，"也许我本应该更关注她和哪些人在一起。但我注意的只是她的成绩从 B⁻ 变成了 C⁻，放学后她不再在餐桌上学习，而是回到卧室里关上门把自己锁在里面。"

米娅陷入了一场性格认同危机。她身体里有一部分渴望成为大人，但其余部分仍然是个孩子，她尚不能像她日后那样进行思考和推理。她常常沮丧挫败，很少为自己考虑。詹姆斯的漠不关心只会让这一切变得更糟。他不断把米娅同格蕾丝对比：格蕾丝二十多岁了，已经离家去上大学——上的当然是他的母校；他说格蕾丝即将以优等生的身份毕业，正在进修拉丁语并为上法学院做准备，而且她已经接到了法学院的录取通知。

起初她犯的只是典型的青春期问题：上课说话、不做作业。她很少邀请朋友来家里。当她的朋友来接她的时候，米娅会去车道上迎接他们，并且阻止我向窗外偷看。你做什么啊？她问，这种尖锐的语调曾经一度只属于格蕾丝。

她十五岁的时候曾在半夜偷偷溜出家，被我们发现了。这是她第一次出逃，此后还发生了很多次。她忘了关掉家庭报警器，所以在她出逃的时候，整座房子开始发出刺耳的铃声。

"她是个不良少年。"詹姆斯说。

"她只是个青春期少女。"我更正说。我看着她头也不回地爬进一辆停在我们车道尽头的车里。报警器尖锐地响着，詹姆斯咒骂了一句，试图记起密码是什么。

形象就是詹姆斯的一切，他一直都很注重。他总是担忧着自己的名誉，担心别人对他的想法或看法。他的妻子必须是个花瓶样的角色，在我们结婚之前他就告诉过我这点。而我当时居然很高兴能充当这样的角色。当他不再邀请我去参加工作晚宴，当他的孩子不再需要参加公司的圣诞派对，我没有问这意味着什么。当他成为一名法官后，我们就好像全都不存在了一样。

这样一来，你们可以想象当当地警官把那个喝得醉醺醺的十六岁少女从派对上拽回家的时候，詹姆斯是怎样的感受。他穿着法官长袍站在门口，恳求警官不要把这事宣扬出去。

他冲她厉声尖叫，即便她当时难受得在卫生间里呕吐，几乎支撑不住自己的头。他咆哮着说那些得寸进尺的记者有多爱报道这类事情：丹尼特法官的青春期女儿涉及未成年饮酒事件。

当然，在詹姆斯的力保下，这事从来没上过报。他花了很大的代价保证米娅的名字从不会成为当地小报的版面点缀，这次不会，下次也不会——她和她那帮不守规矩的朋友试图从当地酒店窃取一瓶龙舌兰的时候不会；她和同样一帮朋友把车停在格林湾路零售商场后面吸大麻被抓的时候也不会。

"她在青春期。"我对詹姆斯说，"青春期的孩子们就是会犯这样的错。"

但哪怕是我自己，对此也不太确定。在格蕾丝所有的青春期问题里，从没有涉及违法，我甚至连超速罚单都没收到过。但是米娅却会被关在当地的拘留所里，与此同时詹姆斯则请求甚至要挟当地执法机关，让他们不要提起控告，或者把控告从米娅的档案记录里删除。他收买了他们，不让他们提及米娅和其他不听话的孩子所犯下的过失。

他从不担心米娅，也不关心她因为内心不满而做出的不良行为。他只担心米娅的行为是否会对他自己造成不良影响。

他没有想过，如果他让米娅像个寻常孩子一样为自己的错误付出代价，那么她肆无忌惮的行为也许就会停止。事实却是，她可以随心所欲地做一切事情，而不承担任何后果。其他所有事情都不像她的罪行这样令她父亲烦恼过，这是她人生中头一回引起了他的注意。

"我偷听了米娅和她朋友的电话，听到他们打算去商场盗窃，仿佛我们付不起钱似的。每当米娅用这样或那样的借口借了我的车之后，我车里总有一股香烟的味道。可是，当然，我的米娅是不抽烟的。她不抽烟不喝酒，也不——"

"丹尼特太太，"霍夫曼侦探打断我，"青春期的定义是，这时期的孩子完完全全要做他们自己。他们受到同伴的影响，他们藐视父母的权威。他们会顶嘴，会尝试一切他们能够做的事情。这时期，青少年的目标就是安全地度过青春期，不留下永久的伤痕。你对米娅的描述并没有什么太反常的地方。"他认可道。

尽管我认为他不过是想说些好听的，让我觉得不那么难受。

"在我十六七岁的时候，不知道做过多少蠢事。"他坦白并飞快罗列了其中一些：喝酒、小交通事故、考试作弊、抽大麻……他轻声对着电话筒说："哪怕是好孩子，也会有从商场偷一对耳环的冲动。青少年相信他们是天下无敌的——相信没有坏事会发生。直到后来我们才意识到，事实上，坏事真的会发生。而那些完美无缺的孩子，"他补充说，"才是真正令我担心的。"

我向他保证米娅自十七岁以后就已经发生了改变，我迫切想让他认识到米娅已经不再是一个不良少女。"她变得成熟了。"但事情远不止这样。米娅已经绽放成了一朵年轻漂亮的花，她变成了我小时候盼望有朝一日能成为的那种女人。

"我相信她变了。"虽然他这么说，但我不能就此中断这个话题。

"她的确有过两到三年轻率大意的岁月，但后来她完全变了。她仿佛在漆黑隧道的尽头看到了光亮——她快要十八岁了，马上可以彻底摆脱我们了。她知道她想要什么。她开始制订计划，期盼着一个完全属于她自己的地方，期盼着自由。她想帮助他人。"

"帮助青少年。"他说。我沉默了。因为我发现他和我女儿虽然素昧平生，但却比我自己更了解她。"她想帮助那些烦恼不安、不被理解的少年，那些和她当时一样的少年。"

"是的。"我轻声说。但米娅从没对我解释过这些。米娅从不曾坐在我身边告诉我她是如何和这些孩子相处的。她比任何人都了解这些青少年所面临的困境，了解那些混沌不明的情感，了解他们是如何挣扎着游上水面呼吸的。我从来不懂这些。对我来说这太深奥了，我弄不清米娅是如何同这些孩子交流的。然而这并不是非黑即白、非穷即富的事情，这是复杂的人性。

"詹姆斯永远忘不了那个场景——忘不了他的女儿待在当地拘留所的样子。他心里老是想着这些年里他是如何努力不让米娅的名字留在记录里的，想着他对她有多失望，她又有多不听话。她拒绝去法学院更是火上浇油。米娅对詹姆斯而言是个负担。他从没接受过这个事实——从没接受她如今已经是个坚强独立的女性了。在詹姆斯看来——"

"她糟透了。"霍夫曼侦探评论道。我很感激他替我说了这个词。

"没错。"

我想起自己的十八岁，情感压倒一切常识的十八岁。我想，如果在1969年那个七月的晚上，我没有去市中心那家爱尔兰小酒吧，一切会怎么样呢？如果当时詹姆斯不在那里，没有发表一番关于反垄断法的演说；如果我没有全神贯注地聆听，直到他说完最后一句话；如果我没有在他把目光转向我的时候深深迷上他；如果他没有把联邦贸易委员会和企业并购这类世俗的事情讲得如此振奋人心；如果他的桃花眼没有在与我对视的时候乱放电，一切会怎么样呢？

要不是母性的直觉告诉我这件事另有隐情，我内心有一部分是能够理解詹姆斯的观点的。

尽管我永远不会承认它。

然而，我的直觉告诉我，我的女儿出事了，是很糟糕的事。不祥的预感冲我尖叫，让我在午夜里惊醒：米娅出事了。

科　林

救援前

我告诉她我们要外出了，这是我第一次让她走出小屋。"我们需要捡树枝，"我说，"用来生火。"很快就会下雪了，到时候树枝都会被埋起来的。

"我们有柴火。"她说。她盘腿坐在窗边的椅子上，盯着外面树顶上方飘浮的灰色云层。

我没有看她："我们需要更多的树枝，为了过冬。"

她慢慢站起来，伸了个懒腰："你打算把我的命留那么久？"她问道。她套上那件丑陋的栗色运动衫。我没有回应她的问题。我们向外走去，我就走在她身后，"砰"的一声关上了纱门。

她走下台阶，开始从地上捡树枝。地上有很多被暴风雨摧落的树枝，它们很潮湿，粘在泥泞的盖满枯树叶的地上。她将树枝扔在台阶底部，堆成一堆，把手在裤腿上擦了擦。

我们把洗好的衣服晾在露台栏杆上。我们是在浴缸里洗衣服，用的是一块肥皂，但这总好过什么都不用。当我们再次穿上它们的时候，它们总是又冷又硬，有时候还湿答答的。

湖上笼罩着一层厚厚的雾气，朝着小屋飘来。这是个令人压抑的天气，天空布满乌云马上就会下雨了。我告诉她，动作快点。我不知道这些树枝能用上多久，沿着小屋已经摆了一墙边的柴火了。每天我都会带着斧头外出，劈开倒在地上的大树，拿走主要的枝干。不过我们还是会去捡树枝，这样，我才不会觉得无聊。对此她没打算抱怨。她趁机呼吸着屋外的新鲜空气，她不知道她是否还会再有这样的机会。

我看着她收集树枝。她用一只胳膊抱着它们，弯下身子用另一只去捡更多的。这是一个轻快而优雅的动作。她的头发披散在肩后，这样就不会挡着眼睛。她一直捡着树枝，直到胳膊抱不下才停下喘口气。她直起腰伸展了一下身体，然后又弯下去。当她拿不动更多的时候，便把它们抱去小屋边上。她拒绝和我进行眼神交流，尽管我很肯定她知道我在看她。每搬一个来回她就试着走得更远一些，她的蓝眼睛牢牢锁定湖的方向，自由的方向。

天开始下雨，是一瞬间的倾盆大雨。前一分钟还什么事都没有，后一分钟我们就全湿透了。女孩抱着一捆树枝从远远的另一端开始奔跑。整个过程中我一直盯着她，确保必要时可以把她逮回来。我觉得她不会那么蠢，蠢到再一次犯傻。

我已经开始把树枝拖向小屋。我把它们堆在炉边。她跟着我走进屋内，放下手中的树枝，然后又走下楼梯去拿新的。我没料到她

会如此配合。她的动作比我慢一些。她的脚踝仍在康复中，才刚刚
能正常走路一两天。我们在楼梯上擦肩而过，我未经思考地对她说
了抱歉。她什么都没说。

她换了一身衣服，把湿衣服挂在客厅的窗帘杆上。我已经把屋外
的衣服收了进来，挂得屋内到处是。反正炉火会把它们烘干的。小
屋湿气很重，屋外的气温已经降到零下 12℃至零下 9℃之间。我们在
小屋里走来走去，留下一串湿脚印。树枝上的雨水滴在木地板上积起
一个水坑。我让她从浴室拿块毛巾，把能擦的都擦一下。剩下的迟早
会干的。

我做着晚餐，她沉默地走向椅子，盯着窗外的大雨。雨水不
断地敲击着小屋屋顶，发出噼里啪啦的声音。我的一条裤子挂在
窗帘杆上，阻挡了她的视线。大地渐渐变得模糊不清，世界被雾
气所笼罩。

我扔下一只碗，她吓了一跳，责备地瞪着我。我的动静很大，
我知道，我不会试着变安静的。我把碗砸在厨房的工作台上，"砰"
的甩上橱门，我重重地跺着脚，勺子从我手里掉落，哐当一声摔在
工作台上。炉子上的壶烧开了，水溢在炉子上。

黄昏降临，我们静静地吃饭，感谢雨声缓解了沉默。我看着窗
外漆黑一片的天空，打开了小灯，开始用树枝生火。她用眼角的余
光看着我，我好奇在她眼里这是怎样的场景。

突然我听到屋外传来"砰"的一声，我跳了起来，"嘘——"我
让她噤声，尽管她一个字都没说。我伸手把枪抓在手里。

我朝屋外瞥了一眼，看到是烧烤架被风吹翻在地，顿时放下心来。

　　她盯着我瞧，看着我拉开窗帘朝外面庭院看了一下，这只是以防万一，怕真的有人在那里。我拉上窗帘，重新坐下。她仍然在看我，紧盯着我运动衫上一块两天前留下的污痕，我手背上深色的毛，还有我放松地拿着枪的姿态，仿佛那把枪没有本事取人性命似的。

　　我看着她问："怎么了？"她懒散地靠回窗边的椅子上。她的头发又长又卷。她脸上的伤口正在愈合，但眼神中仍带着痛苦。虽然她离我差不多三米远，但她仍然能感受到我拿枪按着她的头，而且她知道我还会再次这样做，这只是时间问题。

　　"我们要在这儿做什么？"她问。这个问题很刻意，很不自然。她终于鼓起勇气问了。她从我们一抵达这儿就想问了。

　　我恼怒地长叹一口气。"这不用你担心。"很久以后，我回答。这只是一个敷衍的让她闭嘴的答案。

　　"你想从我这儿得到什么？"她又问。

　　我脸色僵硬，面无表情。我不想从她那儿得到什么。"没什么。"我说。我用树枝随意地拨弄着火苗，没有看她。

　　"那就放我走吧。"

　　"我不能。"我拿下一件运动衫，把它摊平在我脚边的枪旁。炉火使室内很温暖，至少炉边是暖和的。卧室很冷，她睡觉时穿着一层层的衣物：秋裤、运动衫和袜子。但仍然冻得发抖，要过很久才能睡着。

　　我知道，因为我去看过她。

　　她再次问我，我想从她那儿得到什么。我肯定是想要得到某些东西的，她说，不然我为什么要在自己的公寓里绑架她，并把她带到这儿。

"有人雇了我干这件事。把你绑了带到瓦克街地下车道去，在那儿让你下车。就是这样。我本应该在那儿把你放下车然后离开的。"

瓦克街地下车道在市中心的双层街道底部，是一条我不知道究竟有多长的地下隧道。

我从她眼里读出了困惑。她转过脸，看向窗外黑暗的夜色。

她不明白这些话的意思：任务，把你放下车然后离开。她宁愿相信一切是随机发生的，某个疯子选择绑架她，仅仅是为了好玩。

她说她对瓦克街地下车道的唯一了解是，她和她姐姐小时候喜欢跑去下面玩，直到那里点亮绿莹莹的灯光才回家。这是她第一次跟我说她的私事。

"我不明白。"她说。她渴望知道答案。

"我不知道全部细节，只听说是为了赎金。"我说。我有点儿生气，不想谈论这个话题。

"那为什么我们会在这里？"她用眼神恳求我解释清楚。她看着我，眼里混杂着迷惑、沮丧和自负。

这真他妈是个好问题，我想。

在我绑架她之前，我曾在网上调查过她。我了解她不少事情，尽管她认为我什么都不知道。我见过她那一家子社交名流的照片，他们全都穿着名牌衣服，看起来既有钱又焦虑。我知道她父亲是何时当上法官的，也知道他即将参加改选。我在网上看过关于他的新闻，我知道他是个蠢货。

有其父必有其女。

我想告诉她，算了吧，闭上嘴。但我说的却是："我改变了主意。没人知道我们在这里。如果他们发现了，就会杀了我们。我和你都会死。"

她站起来，开始绕着屋子漫步。她的脚步轻轻落在地板上，双臂环抱着自己。

"他们是谁？"她恳求着问道。这些词——杀了我们，我和你——令她惊讶得屏住呼吸。也许是雨声更大了，她斜倚过来听我说话。我盯着小屋的木地板，回避着她期待的眼神。

"你不用担心。"我说。

"是谁？"她又问了一遍。

于是我跟她讲了达尔马的事情。大多数时间她都安静地听着。我告诉她，那天他找到我，递给我一张她的照片。他要我找到她，并把她交给他。

她转身背对我，用一种责问的语气说："那你为什么没有这么做？"

我看着她从头到脚都流露出对我的憎恶，心想也许我的确应该那么做。我应该把她交给达尔马，这样就完事了。现在我本应该在家里，拿着很多钱买吃的喝的，付账单，付按揭贷款。这样我也无须担心是否留下了什么蛛丝马迹，家里出了什么事，她要如何在这里生存下去，我在逃跑前要怎么处理她。我发现自己始终都在想这事，一晚上没睡着。在我不担心达尔马和警察的时候，我想的都是她，我想着她要怎么独自待在这个破旧的屋子里。如果我像我本该做的那样，把这女孩交出去，那么一切就都结束了，我唯一担心的只剩下警察是否会来抓我。但是当然，这对我来说并不是什么新鲜事。

我没有回答女孩的这个愚蠢的问题。有些事情她不必知道，她不必知道我为什么改变了主意，我为什么把她带到这里。

不过我把我知道的关于达尔马的事情都告诉了她。我不知道我为什么这么做。我猜这样她就会明白我并不是在说着玩，这样她就会害怕了，这样她就会觉得和我待在这里是最好的选择，是她唯一的选择。

有关达尔马这个人，我知道的大多是道听途说。谣传他是从非洲回来的童兵之一，接受过洗脑并被强迫杀过人。他曾因还不出债务，在西部的一间废弃仓库里殴打了一名商人。达尔马杀过一个九岁，也许是十岁的男孩，他的家人付不出钱赎他，因此他枪杀了那个孩子，并把尸体的照片寄给他父母，幸灾乐祸地刺激他们。

"你在撒谎。"她说。但是她的眼里充满恐惧，她知道我没有骗她。

"你怎么能如此肯定呢？"我问，"你知道如果你落到他手里，他会做些什么吗？"

我能想到的是强奸和折磨。他在朗代尔有个藏身处，住宅位于南霍尔曼，我曾去过一两次。我猜他会把女孩关在那里——一座砖房，门前是开裂的台阶，满是污渍的地毯、电器，水渍和霉斑沿着天花板向墙面蔓延，破裂的窗户用塑料薄膜包裹着。女孩则坐在屋子中间的折叠椅上，被绑着并塞住嘴。她什么也不能做，除了等待。等待着达尔马和他的手下来找点乐子。哪怕法官支付了赎金，我猜达尔马也会让一名手下枪杀她的。为了销毁证据，他们会把她丢在某个垃圾箱里，或者某条河里。我把这些告诉了她，然后说："一旦你惹上这种麻烦，就再也不能全身而退了。"

她什么都没说，没有对达尔马做评价，但我知道她在想他的事情，知道达尔马枪杀九岁男孩的魔鬼形象已深深印刻在她脑海里。

加　布

救援前

　　警长批准了我在周五晚间新闻里播出嫌疑犯的画像。然后我们开始不断接到群众的消息。人们纷纷开始拨打热线电话，说他们见过我们的嫌疑犯。但有人说他是史蒂夫，有人则说他是汤姆。有位女士说她好像昨晚和他一起搭乘过 L 线列车，但不能完全肯定（他有和女士在一起吗？不，他是一个人）。有人说他好像见过嫌疑犯在州街上的办公大楼里当看门人，但他肯定那男子是西班牙裔，这与我的调查不符。我让两个新手接听热线电话，试图从僵死的局面里找出真正的线索。到了早上，来电的主要内容变成了这样：没有人知道他究竟是谁，或者他的假名字太多，多到足以让新手徒劳无功地查一辈子。这种现状令我很烦恼。我们的嫌疑犯也许比我预想中更有经验。

　　我花了很多时间思考他。即便没有见过他，甚至连他的名字都不知道，我也可以猜到很多。冰冻三尺，非一日之寒。一个人的暴力和反社会行为绝不是由单独的某个因素引发的。我猜凭他的社会经济地位是无法同丹尼特这种家庭住在一个社区的。我猜他从没上过大学，或者很难找到工作并保住饭碗。我猜他小时候并没有和很多大人建立有意义的人际关系，他甚至可能完全没有这样的关系。他也许感觉到被孤立了，也许缺乏父母的关爱，也许婚姻有问题，也许曾受过虐待。他的家庭也许缺少情感，不太注重他的教育。他的父母可能不会在睡前替他掖好被子，也不会给他读故事书。他们可能都不去教堂。

他童年时未必会虐待动物，但他可能过度活跃，是个惹事精。也许他曾心灰意冷、违法乱纪或者扰乱社会。

他可能永远觉得自己处于失控状态。他学不会能屈能伸，他不知道什么是同情心，不知道除了拳头和枪，还能用什么解决冲突。

我上过社会学课程，遇到过许多罪犯，他们有着完全相同的人生轨迹。

他未必吸毒，但也许吸。他未必在低收入家庭住宅区长大，但也许的。他未必参加过帮派，但也不排除这种可能性。他的父母未必会有枪支，但我可以肯定他得不到太多拥抱。他的家庭不会在晚餐前祈祷。他们不会一起野营或窝在沙发上看一晚上电影。我可以肯定他的父亲从没辅导他做过代数作业。我能猜出他童年时被遗忘在学校没人去接的情况至少发生过一回。我能猜出在他生命中的某个时刻，没人关心他在电视上都看些什么节目。我能猜出他曾被某个他信任的蠢货扇过耳光。

我匆匆换着台，浏览着电视节目：公牛队状态不佳，伊利诺伊大学队刚被獾队打败。对我来说，今晚没什么好的电视节目。在最终选定看《这是南瓜大仙哦，查理布朗》[1]前，我把电视机里的一百多个收费频道从头到尾换了一遍——谁说金钱不能买到快乐？电视画面恰巧切换到丹尼特法官的脸，他在六点档新闻里做新闻发布会讲话。"搞什么啊。"我说着调高了音量，以便听听他在说什么。你也许会认为侦探长应该在那里参加新闻发布会，或者至少知道发生了些什么。但取代我去参加的是警长，他和丹尼特法官在他进入私人事务所之前就已经认识很久了，他们还在地方检察官办公室的时候就成了朋友。拥有强大朋友做靠山的感觉一定很棒。光彩照人的夏娃站在丹尼特法官身边，握着他的手——我敢肯定这是预先安排好的，因为我从未在这对夫妇身上看到任何对彼此感情的流露。格蕾丝站在她身边，朝着摄像头暗送秋波，仿佛这是她的表演首秀。法官看起来似乎真的因为他女儿的失踪而悲痛不已，但我很肯定事先有律师或政治顾问告诉过他，该说什么，该做什么，告诉他该怎么表现每个细节：例如手牵手的动作，或者片刻的走神，并做出一副试图重新镇定下来的样子——我知道他从没失去过冷静。一切都虚伪透了。一名记者试图提问，但是被丹尼特一家的代言人拒绝了。法官和他家人被护送上了人行道，回到他们富丽堂皇的住宅。警长在节目中说了很久，告诉全世界他派了最好的侦探来调查这个案子，仿佛这能令我得到满足似的。然后画面切换到密歇根大街的一个工作室，有新闻主播在那里简要概述了米娅·丹尼特的案件——镜头前闪过了嫌疑犯的肖像画——然后电视画面转到了芝加哥南区高层建筑的火灾。

1　史努比动画片。

科　林

救援前

我讨厌这么做，但没有其他办法。我不相信她。

我等她走进浴室，然后拿着绳子跟了进去。我想到了我们在大马雷买的管道胶带，但这用不上。周围没有人，她的尖叫不会被听见。

"你要做什么？"

她站在水槽前，用一根手指刷着牙。看到我拿着绳子闯入了浴室，她的眼里满是恐惧。

她试图逃跑，但我用胳膊困住了她。这很容易。这些天里她很虚弱，她甚至都没尝试挣扎。"我没有别的办法。"我说。她激动地说着我是一个可恶的骗子。我用绳子系上她的手腕，然后绑在水槽的底座。太天真了。她永远别想离开那里。

我在离开前确认了下前门已经锁好，然后走了。

我在童子军时期学会了大多数事情。我四年级时候的老师是军队领导，当时我还是个在乎老师看法的孩子。

我不记得自己获得了多少枚勋章——剑术、徒步、皮划艇、野营、钓鱼、急救。我学会了如何用猎枪，如何辨别寒流来袭，如何在暴风雪中生存，如何生火。我还学会了怎样打结——八字反穿结、水结、安全结。你永远不知道这些什么时候会派上用场。

我十四岁的时候试图和杰克·戈尔斯基一起离家出走。他是个家住街边的波兰人。我们失踪了三天，在警察找到我们前，我们已经一路来到了科科莫[1]。我把帐篷扎在一片废弃墓地的百年老墓边上。杰克在出门的时候往双肩包里塞了一瓶戈尔斯基太太的伏特加。他们发现我们的时候，我们还醉醺醺的。当时是三月，我们用木头生起一堆火。杰克被岩石绊倒，摔伤了膝盖。我带了急救箱，里面装着从家里拿的绷带和纱布，我用绷带替他包扎了一下。

我曾和杰克·戈尔斯基及他的父亲去打过一次猎。我晚上住到他们家，第二天凌晨五点起床。我们穿上迷彩服，出发前往森林。他们非常专业，带了各种工具：十字弓、步枪、望远镜、夜视镜、弹药等。我是个外行，穿着一件前一天在沃尔玛刚买的森林绿汗衫。杰克和他父亲穿的都是戈尔斯基先生在越南战争中所穿的格斗服。戈尔斯基先生发现了一头白尾鹿，那是一头带角的雄鹿，真是美极了。我简直无法移开视线。这是我第一次打猎。戈尔斯基先生认为应该让我开第一枪，这样才公平。我匍匐就位，盯着它看。它那双

---

1 美国印第安纳州霍华德县的县治，面积四十多平方公里。

黑色的眼睛正视着要射击的我。

"别着急,科林。"他告诉我。我想他一定看到了我的胳膊抖得像个娘炮。"冷静点。"

我没有命中目标,把雄鹿吓跑了。

戈尔斯基先生说大家一开始都这样,下一次我就会走运些了。杰克管我叫胆小鬼,然后他就拿枪上阵了。我看着他枪杀了一头小鹿,子弹正中它双眼之间,一旁的母鹿眼睁睁地看着自己的孩子死去。

下一次他们邀请我一起打猎的时候,我称病推托了。不久之后,杰克因为用他父亲的手枪威胁老师而被送去了少管所。

我沿着公路开着车,途经鳟鱼湖路的时候,突然想到:我可以一路开下去,笔直经过大马雷,开出明尼苏达州,去往格兰德河。我已经把女孩给绑起来了,她没有办法离开那里,没有办法给警察打电话告发我。哪怕她把手上的绳子解开了——她做不到的——也需要好几个小时才能走到市区。到时候,我已经在南达科他州或者内布拉斯加州的某个地方了。警察会发出全面通缉,但这女孩只知道我叫欧文。除非她仔细看过我的驾照,我才可能会担点风险。我随意地想着这个主意,考虑着抛弃那间简陋的小屋逃跑。但这其中有太多环节可能出错。也许现在警察已经知道了我和这个女孩在一起。也许他们已经查出了我的名字。也许现在我已经被全面通缉了。也许达尔马已经出卖了我,以此来报复和惩罚我。

但这些并不是阻止我离开的唯一原因。女孩被绑在浴室水槽边的样子浮现在我脑海。她身处一片荒野,而现在是旅游淡季,没人会发现她,她会被活活饿死。春天来临时,回归的游客会被小屋里腐烂的尸臭味吸引过来。

　　这种想法使我把车开上了回程，它让我无法匆忙逃走，尽管我很想这么做，也需要这么做。尽管我知道，我留下来的每一天，都相当于往自己的棺材上多敲了一枚钉子。

　　我不知道我离开了多久，至少好几个小时了。我回到小屋，摔上门，拿着刀出现在浴室门口。我看到女孩开始恐慌起来，但我什么都没说。我在她身边蹲下，切断绳子，伸手拉她站起来。可她推开了我。我一下失去平衡，伸手去扶墙。她双腿无力，用手指解开绳子，绳子已经把手腕磨破了皮，又红又肿。

　　"你为什么这么做？"我问。我抓起她的手近距离看了看。她在那儿坐了一整天，试图挣脱绳子的束缚。

　　她用尽全力推搡我，那力气并不大。我抓住她的胳膊，阻止她打我。我看得出来，我抓着她不放的动作把她弄得很疼。

　　"你觉得我会就这么把你留在这儿？"我问。我推开她，转身离开，走远些了才说："电视上全是你的脸，我不能把你带在身边。"

　　"你上次就带着我的。"

　　"但现在你出名了。"

　　"那你呢？"

　　"没人在乎我在哪里。"

　　"你说谎。"

　　我站在厨房里取出买的东西。空纸袋掉在了地板上。她看着靠在门边的新钓鱼竿。

　　"你去了哪里？"

"去买些东西。"我简短地回答。我变得很恼怒，把罐头食品扔进橱柜，"砰"的关上了门。然后我停了下来。我停下很久，看着她。这种事不太常发生。"如果我想要你的命，那你就会死。外面的湖几乎都结冰了，在开春前他们是不会找到你的。"

她看着窗外冷冰冰的湖，午后的薄雾笼罩着它。一想到她的尸体会淹没在这样的湖水里面，她忍不住打了个寒战。

然后我采取行动了。

我从橱柜里取出枪。她转身要跑。我抓住她的胳膊把枪塞进她手里。这举动让我们两个都大吃一惊。她手里摸着枪，感受着那金属的沉重，愣在了原地。"拿着。"我坚持说。她不想要。"拿着枪！"我大叫起来。她用颤抖的双手拿住它，差点把它掉在地上。我抓起她的手，让她握住枪，把她的手指放到扳机上。"就是那儿。你感受到了吗？就是那样开枪的。你瞄准我开枪啊。你不是认为我在对你说谎吗？你不是认为我要伤害你吗？枪里装着子弹，你只要指着我开枪就行了。"

她站着，手里拿着枪，一脸木然，不知道刚才究竟发生了什么。她把枪举了一会儿，发现它比自己想象的重多了。她拿枪指着我，我盯着她，直面她。开枪，开枪啊。她的眼里满是不安，双手摇摇晃晃地举着枪。她没有开枪的勇气，我知道。但我还是想证实一下。

我们就这么站着，站了二十秒，三十秒，甚至更久。她垂下握枪的手，走出了房间。

夏 娃

救援后

她告诉我她做了怎样的梦。原来的米娅从来不会这么做。原来的米娅不会告诉我她脑袋里在想些什么。但这个梦确实困扰着她。那是一个反复出现的梦境，她夜复一夜地梦见它，已经数不清有多少个晚上了，但梦的内容总是同样的。她大约是这么说的：她躺在白色的塑料躺椅上，身处一间小木屋内的大客厅里，里面无所不有。椅子靠着墙，正对大门。她蜷缩在椅子上，用一条粗糙的毛毯盖着腿。她非常冷，控制不住地发着抖，但她睡得很熟，疲惫的身体摊开在椅子的扶手上。她穿着一件过时的栗色运动衫，正面有潜鸟图案的刺绣，下面缝着 L'é toile du Nord 的字样。

在梦里，她看着自己睡着了。屋内的黑暗紧紧包围着她，令她窒息。她能感觉到恐惧还有别的什么东西。更多的东西——害怕，惊恐，不祥的预感。

当他触碰到她胳膊的时候，她畏缩了一下。她告诉我，他的手冷得像冰。她感觉到大腿上有一把枪，压在麻木的双腿上。她以蜷成一团的姿势躺了一整晚，现在腿都是麻的。太阳升起来了，微弱的光线照进肮脏的窗户里，旧式的格子窗帘还拉着。她抓起枪，对准他，竖起击锤。她的表情很冷漠。米娅对枪械一无所知。她说所有她知道的，都是他演示给她看的。

枪很重，她颤抖的双手握着它，感觉很别扭。但在梦里她能感受到那种决心：她可以杀了他。她可以这么做，可以要了他的命。

他很镇定，一动不动。他在她面前摆正了一下姿势，直到完全挺直腰杆。他看起来很平静，但眼神中仍然流露出了悲痛，以紧锁的眉头和悲观的情绪回应着她的凝视。他没有修面，胡茬几天后长成了络腮胡。他刚从床上起来，脸上满是印痕，眼角还有弥留的睡意。他的衣服因为睡了一整晚而显得皱巴巴的。他站在躺椅边，隔着一段距离她都能闻到异味。

"克洛伊。"他用镇定的声音说。她说那是一种很温和、很舒心的声音，哪怕她确信他们都知道，他完全可以从她猛烈颤抖的双手中抢过枪杀死她。可是他并没有这么做。"我做了鸡蛋。"他说。

然后梦就醒了。

其中有两样东西引起了我的注意：一个是运动衫上的 L'é toile du Nord 字样，另一个是鸡蛋。还有化名为克洛伊的米娅拿着一把枪的事实。下午米娅像往常一样回卧室午睡，我找出了笔记本电脑，打开搜索引擎，输入那个法语单词。我应该在很久以前的高中课堂上学过这个词，但我早忘了。其中一个点击靠前的页面显示，这个词的意思是：北方之星，明尼苏达州的座右铭。这毫无疑问。

如果这个梦根本就不是梦，而是来自她的记忆，是她在明尼苏达州的回忆，那为什么她会拿着一把枪呢？或许更重要的是，为什么她不拿枪杀死科林·撒切尔？这场事件又是如何告终的？我很想知道。

但我安慰自己说，梦只是一种象征。我搜索了梦的解析，尤其是有关鸡蛋的。我无意中发现了一个释梦词典，在它的解释中，每件事情都开始变得有意义。我脑海中浮现出那一刻的画面：米娅躺在床上，像婴儿般蜷缩在被子下面。她去睡觉的时候说她觉得不太舒服。我记不清这话我听过多少次了，我常常把这当成是疲劳和紧张所引起的不适。但我现在明白，可能不仅仅是这样。我的手指僵在键盘上，开始哭泣。会是那样吗？

据说孕吐是有遗传的。我怀这两个女孩的时候害喜非常严重，怀格蕾丝的时候更糟糕一些。我听说通常都是头胎的时候反应最厉害，看来这没说错。许多个日夜，我一直蹲在马桶边上，一直吐着，直到除了胆汁我再也吐不出别的为止。我总是觉得很疲倦，前所未有地嗜睡，光是睁开眼睛都觉得筋疲力尽。詹姆斯无法理解我的反应。他当然不懂，他怎么会懂呢？有些事情没经历过是永远无法明白的，哪怕在此过程中我无数次想要去死。

根据释梦词典的解释，鸡蛋在一个人的梦里可能代表着某个脆弱而全新的事物。生命最初的形式。

科 林

救援前

我醒得很早，拿着钓鱼竿，带上在商店买的钓具盒走到湖边。我花了一小笔钱买渔具，还买了螺旋钻和撇油器，在湖面冻住的时候用。这并不是说我打算在这儿待那么久。

她套上运动衫，步行来到湖边。她刚沐浴过，头发还是湿的，发梢在冷空气里变硬。室外一直很安静直到她过来。太阳才刚刚升起。我陷入沉思中，努力说服自己家里一切还安好，试图对自己洗脑说冰箱里有充足的食物，而且她也不会摔下来摔坏屁股。就在我开始相信这些话的时候，全新的恐惧又涌入我的脑海：我忘了生火，她会冻死的；她没有关前门，有牲畜闯进去怎么办呢？然后我试着安慰自己：我生火了，我当然生火了。我花了十分钟想象自己把室温升到了约20℃。至少现在现金应该已经寄到了，有足够的钱帮她熬过去，撑上一段时间。

我从小屋里带了把躺椅，我坐在椅子上，脚边放着一杯咖啡。我惊讶地看着女孩朝湖边走来。她穿得那么少，裤子根本不挡风。树上光秃秃的，叶子都掉光了，减缓不了风速。寒风把她冰冷的头发吹到脸旁，钻进她卡其布的裤腿里和衬衣的领口处。她已经在瑟瑟发抖了。

我确实生了火。千真万确——20℃。

"你来这儿做什么？"我问，"你会把自己冻死的。"

然而她不请自来地坐下了，坐在湖岸上。我本可以让她回去的，但我没有。

地上很潮湿，她双手环腿坐着，以这个姿势取暖。

我们没有说话。我们不必说话。能够待在外面，她已经心满意足。

小屋内的气味很难闻，一股霉味。也许你认为在这么多天以后，我们应该已经习惯了，但其实这味道仍然很刺鼻。屋内和屋外一样冷。我们必须在冬天到来前储存足够多的木柴。在那之前，我们只在晚上才生炉子。白天屋内的温度肯定跌至10℃以下。虽然她身上裹了一层又一层衣物，但我知道她始终都不觉得暖和。北方的冬天严寒刺骨，冷酷无情，我们从不知道天竟然能冷成这样。过不了几天就十一月了，现在是暴风雨前最后的平静。

一小群潜鸟翱翔在湖面上方的天空，往南飞去。它们是还留在北方的最后几只鸟了，春天才出生，现在刚有足够的力气进行长途飞行。其他鸟都已经离开了。

我猜她之前从没钓过鱼，但我钓过，我还是个孩子的时候就开始钓鱼了。我拿着鱼竿，身体一动不动，注视着水面的浮子。她知道她现在要保持安静，她知道她的声音会把鱼吓跑。

"喂……"我说。我用膝盖夹着钓鱼竿，脱下外套递给她。那是一件很大的保暖防雨衣，带着风帽。"在你冻死自己前穿上它。"

她不知道该说什么。她甚至都没说谢谢。这不是我们会做的事情。她把胳膊伸进宽大的袖子里，袖子比她的手臂宽两倍多，很快她就停止了颤抖。她把风帽戴在头上，躲避着寒冷。我不冷，即便我冷，我也不会承认。

鱼咬钩了。我站起来，猛拉着钓鱼线让鱼挂上钩。我开始后退，继续拉着线保持紧绷。鱼被拽出了水面，鱼鳍拼命拍打着，这时她转过了身。我把鱼扔在地上，看着它不安地扭来扭去，咽下最后一口气。

"你现在可以看了。"我说，"它死了。"

但她做不到。她没有看。直到我用身体挡住视线，她才转过身。我俯视着这条鱼，从它嘴里取出钩子。我在鱼钩末端装上一条虫，把鱼竿递给女孩。

"不用了，谢谢。"她说。

"你之前从没钓过鱼？"

"没有。"

"你那个阶层的人不会教你这种事情吧？"

她知道我是怎么看她的，一个被宠坏的有钱人家的女孩。她的其他特质还有待证明。

她从我手里夺过钓鱼竿。她不习惯让别人告诉她怎么做。"你知道要怎么做吗？"我问她。

"我会弄明白的。"她打断我。但她甚至连明白的边儿都没摸着，我不得不帮她抛出鱼线。她坐在岸边等着，想让鱼都离开。我坐在椅子上，喝着已经冷掉的咖啡。

　　时间流逝。我不知道过了多久。我进屋倒了更多的咖啡，然后上了厕所。当我回到湖边，她说她很惊讶我没有把她绑在树上。太阳升起来了，努力想让白天变得温暖，但却徒劳无功。

　　"你可以认为自己很走运。"

　　我适时地问起了她的父亲。

　　起初她很沉默，盯着湖面，异常安静。她看着树木在湖面投下长长的影子，听着吱吱的鸟鸣。"他怎么了？"她问。

　　"他是个什么样的人？"我问。但说真的，我知道他是个怎样的人，我只是想听听她怎么说。

　　"我不想谈这个。"

　　我们安静了一会儿。然后她打破了沉默。

　　"我父亲是个富家子，"她说，"继承了很大一笔财产。"然后她告诉我：他的祖上世代都是富人。他们的钱多得都不知道要拿去干什么。"足够供养一个小国家了。"她说。但他们没有这么做，他们把所有财富都留给了自己。

　　她告诉我他父亲的事业是如何备受瞩目的。我知道这点。"大家都认识他。"她说，"这一切让他变得骄傲自负。我父亲对钱贪得无厌，这导致了他的贪污受贿。很多事情他做出来我并不觉得惊讶，接受贿赂就是其中之一。只不过他从不会被抓住。"

　　"对他来说，形象就是一切。"她说。然后她又跟我谈起她姐姐格蕾丝。她说她就跟她父亲一样，自大、虚伪，只会享乐。我看了她一眼。格蕾丝不是唯一一个有这些特质的人。她自己也是一个有钱混蛋的女儿，她的人生太过一帆风顺。

我比她认为的更了解她。

"随你怎么想。"她说,"但我和我父亲是不同的人。"非常不同。她说。

她告诉我,她和父亲从来就相处不好,无论是童年还是现在。

"我们很少说话。偶尔的几次交谈也不过是种障眼法,以免引起别人注意。"

格蕾丝是一名律师,是她父亲的宠儿。"她和我完全没有共同点。"女孩说,"她就是他的翻版。我父亲从没资助过我上大学,但是却供格蕾丝读完了大学和法学院。他给她在市中心买了一栋公寓,其实她本来可以自己付钱的。而我,每个月要自己付八百五十美元的房租,大多数时候都几乎掏空所有积蓄。我请求父亲给我工作的学校捐款,也许能建立一个奖学金项目。他一笑而过。但他却让格蕾丝在市中心顶级的律师事务所里工作,她每小时对客户的收费超过三百美元。几年内她就可能成为合伙人。我父亲曾经也想让我变得像她一样。"

"那你呢?"

"我是个多余的人,总是闯祸,令他不得不采取行动掩盖我犯的错。"

她说她从来就吸引不了父亲的注意。她五岁时的即兴表演引不起他的兴趣,她十九岁时在画廊挂出的首幅作品也引不起他的兴趣。"而格蕾丝则相反,她的每个举动都牵动着他的心。她像他一样聪明,能言善辩,她说的话激动人心、富有成效,而不是——带来错觉——我父亲喜欢这么描述。我所拥有的这些错觉有一天会让我成为艺术家。那是我母亲对于现实的错觉。"

她说的好像她受了不公的待遇似的,这令我很恼火,仿佛她的人生充满了不幸。她完全不知道什么才是真正的不幸。我想起那间薄荷绿的活动房屋，想起在临时住房里看着外面的风暴，看着自己的家被吹倒。"这么说，我应该为你感到难过了？"我问。

一只鸟开始鸣叫，远处，另一只鸟回应着它的呼唤。

她的声音很平静："我从没让你替我难过。是你提了问题，而我给了回答。"她坦言。

"但你完全是在可怜你自己，不是吗？"

"不是这样的。"

"你永远都是个受害者。"我毫不同情她。这女孩对真正的不幸一无所知。

"不。"她反对我。她把钓鱼竿塞进我手里。"拿着。"她说。她拉下外套拉链，周围的冷空气令她瑟缩了一下。她把衣服扔在我身边的地上。我没去管它，一句话也没说。"我回去了。"

她还没走出六米远，我便开口道："那赎金呢？"

"赎金怎么了？"她恶声恶气地说道。她站在一棵大树的影子里，双手叉腰。十月的冷风吹起她的头发。

"你父亲会支付赎金吗？"我问。如果他像她所认为的那样讨厌她，那么他是不会付一分钱去赎她的。

她陷入了思考。我知道她在思考，这的确是个好问题。

如果她父亲不支付赎金，那么她就会丧命。

"我猜我们永远都不会知道答案。"她说完就走了。我听到她双脚踩过地面上的树叶，听到远处的纱门吱呀一声打开，然后又被关上。我知道，现在我是一个人了。

加 布

救援前

我行驶在这世上最完美的一条林荫道上。红枫和黄杨的树冠遮蔽在狭窄道路的上方，它们的树叶如雨点般落下。现在时间还太早，玩"不给糖就捣乱"的孩子们尚未到来，这些小孩还得在学校待上一两个小时。但这些价值百万隐藏在无可挑剔的绿植和草坪后面的豪宅已经在等候他们了。那些草坪其实很需要割草机……然而这附近没人敢去修理他们的草坪。房屋全都被干草堆、玉米秸秆和连着干净茎干的浑圆南瓜装点起来。

当我进入砖砌车道时，正看到邮递员合上丹尼特家的邮箱。我把我的破车停在丹尼特太太的轿车边，挥手朝邮递员打招呼，就像我也住在这里似的。我走向那个砖块砌成的邮箱，它比我家厕所还宽敞。

"下午好。"我说着伸手取今天的信件。

"下午好。"他回答，把一沓信放到我手里。

外面很冷，天色一如既往的灰暗，和我记忆中的每个万圣节一样。灰色的云层下降到地表，直到你再也分不清大地和天空。我把信件夹在胳膊下面，双手插进口袋，沿着车道向前走。

每次我来的时候，丹尼特太太总会冲过来开门。开门前她非常有活力，脸上充满热情，直到她看到是我，于是微笑消失不见了。她不再瞪大眼睛，有时候还会叹口气。

我知道这不是针对我。

"哦。"她说，"侦探先生。"

每次门铃响起，她都确信是米娅回来了。

她在一套瑜伽服外围着一条芥末色围裙。

"你在做饭？"我问，尽量不让自己被那股味儿呛到。她要么是在做饭，要么就是有头小兽爬进地下室死掉了。

"是在试着做饭。"她已经从我身边走过，留下一扇开着的门。我跟着她进厨房的时候，她紧张地笑了一下。"我在做千层面。"她说着切下一块马苏里拉芝士，"你之前做过千层面吗？"

"我只做速冻比萨。"我说。我把信件放在岛式橱柜台上。"我想让你少跑一趟。"

"噢，谢谢。"她说。她放下芝士刀，伸手去拿保险公司的效益解说信。她四处走着寻找开信刀，这时炉子上的意大利香肠开始变焦。

我其实对千层面有所了解。小时候我无数次看母亲做这道菜。我们的厨房太小，她会被我绊倒。当时我总给她捣乱——饭好了吗？饭好了吗？——我一边问着，一边在厨房地板上玩火柴盒做的汽车。

我从抽屉里找出一把木勺，搅拌了一下。

"我怎么……"她没头没脑地问着，回到了厨房。"噢，侦探先生，你不必这样的。"她说。但我告诉她我不介意。我把勺子放在煮锅旁。她在分理信件。

"你有见过这么多垃圾吗？"她问我，"目录册、账单。每个人都想要我们的钱。你有听说过这个——"她举起信封，凑近看了看那个慈善机构的名字，"——莫厄特－威尔逊综合征？"

"莫厄特－威尔逊综合征。"我重复道，"我可没得过。"

"莫厄特－威尔逊综合征。"她又说了一遍，把信封放在一堆信件上，一起放入墙上花哨的文件夹中。我想这封莫厄特－威尔逊综合征病院的信肯定会被重新拿出来，他们很有可能会得到一张支票。"丹尼特法官一定做了什么了不得的事情，所以能享受到千层面作为嘉奖。"我说。我母亲总是在做千层面，它没什么特别的。但是对像夏娃·丹尼特这样的人来说，在家做一顿这样的饭却是少有的款待。当然，这取决于你是否能把它吃完。从菜色来看，我很庆幸自己没被邀请留下用餐。我很擅长看人，我确信丹尼特太太在厨房里只会一招。她也许拥有烧鸡的配方，也可能会把水烧开，但仅此而已。

"这不是给詹姆斯做的。"丹尼特太太说着从我身后走到炉子前。黑色氨纶上衣的袖子从我背上摩擦而过。我敢肯定她没有注意，但我却注意到了。在她离开后不久，我仍然能感受到那种触感。她把一堆洋葱扔进煮锅里。它们吱吱作响。

我知道今天是米娅的生日。

"丹尼特太太？"我问。

"我不会这么做的。"她发誓道，全身心投入地去烹饪那块焦黑的肉。在不久前，她还对此不屑一顾。"我不会哭的。"

然后我注意到了气球。许多气球装点着屋子，全是石灰绿和洋红色，显然是有人特别喜欢它们。

"这是给她的。"她说，"米娅喜欢吃千层面，喜欢各种各样的意大利面。她是唯一一个总是愿意吃我做的菜的人。我并没有期待她出现，我知道她不会来。但我不能……"她的声音渐渐变弱。我在她背后看到她双肩抖动，眼泪落在意大利香肠上。她可以怪罪洋葱，但她没有。我没有看她，把视线锁定在那块马苏里拉芝士上。她找出瓣蒜，开始用手掌将它碾碎。我不知道丹尼特太太还有这习惯，这看起来非常健康。她把大蒜放入煮锅里，猛地从橱柜里拿出调料罐子——罗勒、茴香、盐和胡椒——把它们"砰"的放到花岗岩工作台上。丙烯酸盐瓶从工作台边缘滚落到硬木地板上。它没有摔碎，但盐撒了出来。我们盯着一地的白色晶体，想的是同样的事情：霉运来了[1]。是七年的霉运吗？我不清楚。不过我坚持说："在左边肩膀上撒点盐[2]。"

"你确定不是右边？"她问。她的声音很惶恐，仿佛这件打翻盐的小事故能决定米娅是否能回家来。

"是左边。"我回答。我知道我是对的，但为了安慰她，我说："哦，管它呢。为什么不两边都撒一点儿呢？这样就万无一失了。"

1　西方有种说法，如果有人不慎打翻了盐罐，或不小心将盐撒在地上，意味着家庭可能发生不和，是一种凶兆。

2　西方人认为在左肩撒盐可以摆脱霉运。

她照办了，然后把手在围裙前面擦了擦。我蹲下去捡盐瓶，而她则弯腰把其余的盐归拢到手掌里。突然间，在我们还没意识到之前，我们的脑袋"咚"地撞在了一起。她用手捂着被撞的地方，我情不自禁地把手伸向她。我问她没事吧，然后说我很抱歉。我们站起身，丹尼特太太第一次笑了出来。

上帝啊，她美极了。尽管这个笑声很不自在，就好像她随时都可能哭出来一样。我曾经和一个情绪多变的女孩约会过，前一分钟她还狂热得想征服整个世界，但下一分钟却突然变得非常沮丧，连床都懒得下。

我想知道丹尼特法官是否曾经——在这一切发生后，哪怕有一次——伸出胳膊把这名女子圈在怀里，告诉她一切都会好起来的。

当她平静下来后，我问她："你能想象米娅真的回家来吗？就在今晚，假如她在那扇空无一人的门边出现。"

她摇摇头，她想象不出。

"你为什么会成为一名侦探？"她问我。

这并没有什么深刻的理由，说起来还挺尴尬的。"我被任命这个职位，显然是因为，我是名好警察。但我成为警察是由于我大学时的朋友选择了军校，除了跟随他，我没有更好的选择。"

"可是你喜欢你的工作吗？"

"是的，我喜欢我的工作。"

"它难道不令人沮丧吗？我几乎都不看晚间犯罪新闻。"

"的确有很多糟心的时候。"我说。不过后来我列出了许多好事，把我能想到的全说了：取缔一间毒品实验室，找到丢失的狗，抓到某个在包里藏了小折刀去上学的孩子。"还有找到米娅。"我总结，然而我并没有大声说出口。我心想：如果我能找到米娅并把她带回家，如果我能把丹尼特太太从困扰她的可怕噩梦里唤醒，那么我的工作就很有价值。那将比我们每天所遇到的那些悬而未决的案子和一切不道德的行为都要重要。

她继续回去做千层面。我告诉她，我想问她一些有关米娅的问题。我一边看着她把面条、芝士和肉片摊平在平底锅里，一边和她讨论着那个女孩。女孩的照片如魔法般涌现，每次我进门，都会看到有越来越多她的照片散落在屋内。

米娅第一天去上学，虽然嘴里牙齿掉了一半，但依然咧开嘴微笑着。

米娅脑袋上肿起一个包。

米娅的小瘦腿伸出连体泳裙，用胳膊划着水。

米娅准备毕业舞会。

两周前人们也许不知道格蕾丝·丹尼特有个妹妹，但现在，仿佛她才是这个家里唯一的存在。

科 林

救援前

还好我有一块可以显示日期的手表，不然我们都弄不清时间了。

我没有一早就做那件事情。她已经有一天多没有跟我说话了。对于我的刺探，她很生气，但更生气的是她自己居然和盘托出了。她并不想让我了解任何跟她有关的事，但我已经知道得足够多。

我一直等到我们吃完早饭，吃完午饭。我让她独自生闷气。她无精打采地在小屋里徘徊着，顾影自怜。她噘着嘴。她从没想过我有很多地方可以去，不一定非得待在这里。但她大约觉得，这是她的不幸，是她一个人的不幸。

我不会做什么夸张的表示。等到她洗完午餐的盘子并把手在毛巾布上擦干，我把东西给了她。我几乎是把它扔在她身边的柜台上的。

"这是给你的。"

她瞥了一眼柜台上的笔记本。那是一本速写本，还有十支自动铅笔。

"只有这么多笔芯，别一下全用光了。"

"这是什么？"她傻傻地问道。她当然知道这是什么。

"这是给你打发时间的东西。"

"可是——"她开口道。她没有马上把话说完。她把笔记本拿在手里，用手抚摸着封面，草草翻阅着空白的内页。"可是——"她结结巴巴的，不知道该说什么。我希望她什么也不要说。我们什么都不需要说。"可是……为什么？"

"万圣节到了。"我给不出更好的答案。

"万圣节。"她喃喃道。她知道这不仅仅是万圣节，并不是每一天你都会变成二十五岁。"你是怎么知道的？"

我给她看了我手上的秘密——一块我从某个傻瓜身上偷来的表，上面显示着小小的数字：31。

"你怎么知道那是我生日？"

诚实的回答是，我在绑架她前曾花时间在网上搜索她的信息。但我不想告诉她那个，她不需要知道在绑架她之前，我是如何跟踪了她好几天的。我跟着她上下班，从她卧室的窗户窥视她。"我调查过。"

"调查。"

她没有说谢谢这类词——请，谢谢，对不起——是和解的标志，我们并没有到那一步。也许我们永远都不会和解。她拿着笔记本凑近自己。我不知道我为什么这么做。但我不想再看到她盯着那该死的窗户，于是我花了五美元买了纸张和铅笔。这些鬼玩意儿应该会让她开心点。当地的装备店里不出售速写本，因此我不得不一路开回大马雷，去某家书店里买。我外出的时候把她绑在了浴室的水槽边。

夏　娃

救援前

　　我为她策划了一场生日派对，万一她回来了呢？我邀请了詹姆斯、格蕾丝还有我的姻亲：詹姆斯的父母、兄弟和兄弟的妻儿。我去了一趟商场，买了一些我觉得她会喜欢的礼物：大多都是服饰——那些她喜欢的农妇衫、套头毛衣，还有现在女孩子们爱戴的大颗珠宝。由于米娅的事已经上了电视新闻，我几乎一出门就会遇到好奇的人群。在杂货店里，妇女们都盯着我看。她们在我背后窃窃私语。我现在更喜欢陌生人，而不是想要谈论这件事的朋友和邻居。因为我一谈起米娅，就控制不住自己的泪水。我匆匆穿过停车场，甩掉那些一开始跟踪我的新闻采访车。在商场里，售货小姐看着我的信用卡好奇道，丹尼特是否就是电视上的那个女孩。我说了谎，装出一副不知情的样子，因为我无法跟她解粹，这会让我烦躁而崩溃。

我用印有"生日快乐"字样的包装纸将礼物包裹起来，把礼盒堆在一起，系上大大的红丝带。我做了三盘千层面，买来意式面包做蒜蓉面包，还做了色拉，并从烤箱里取出蛋糕。蛋糕浇了一层巧克力奶油糖霜，是米娅的最爱。我用杂货店里买的二十五个气球装点了屋子，挂上恶搞的生日横幅——那是女孩们童年起就有的家庭惯例。然后打开 CD 机播放轻松的爵士乐。

然而没人来参加派对。格蕾丝声称要和某个合伙人的儿子约会，可我并不相信这话。虽然她不敢承认，但这些日子里她的确如坐针毡，她知道自己信誓旦旦的满不在乎只是一种掩饰策略，很可能她更多的注意力都已聚焦其中。但格蕾丝选择抽身离开，而不是坦然面对。她装出一副若无其事的样子，仿佛米娅的境况对她毫无影响。可是当我们对话时，当她嘴中漏出米娅的名字——当她徘徊在那里，失神地领会着那个名字——我能从她的声音里听出，其实她妹妹的失踪令她备受折磨。

詹姆斯坚持认为我不能举办一场没有主角的派对，因此他背着我给他的父母还有布莱恩和马蒂打了电话，告诉他们整件事都是一场闹剧，根本就没有什么派对。可是他并没有对我这么说，至少在八点前还没有。在他终于下了班漫步回家之后，他盯着厨房问道："你在搞什么鬼？为什么这里有这么多千层面？"

"为了派对啊。"我天真地回答。也许客人们只是都迟到了而已。

"根本就没有派对，夏娃。"他说。

他像往常一样给自己调了一杯睡前饮料，但在回自己的办公室过夜之前，他突然停下来看我。这种行为很少见，他是真的在看我。我不会弄错当时他脸上的表情：悔恨的眼神，皱巴巴的皮肤，紧绷的嘴巴。这种情绪显露在他的声音里，和他隐秘而沉重的话语里。

"你还记得米娅的六岁生日吗？"他问。我记得的。今天早些时候，我曾坐下翻阅过影集，所有的生日派对都一一在眼前闪过。

但是詹姆斯居然也记得，这令我很惊讶。

我点点头。"我记得，"我说，"那一年米娅想要一只狗。"确切地说，是一只藏獒，一只忠诚的警卫犬，披着厚厚的易脱落的皮毛，体重通常超过一百磅。可家里不许养狗，詹姆斯说得很明确，生日不许养，永远不许养。这番话换来的是米娅的大哭大闹。詹姆斯通常不去理会，但那一次却花了一笔钱，从纽约市的玩具店定制了一只毛茸茸的藏獒玩具。

"我想我从没见过她这么高兴。"他边说边回忆起小米娅张开双臂抱住那只近一米高的动物玩具的情形。从另一头看，她合起的小手就像是一把挂锁。听到这儿，我开始明白：他在担心。詹姆斯第一次担心起我们的孩子。

"她还留着那只狗呢。"我提醒他，"就在楼上，在她房里。"我说。他说他知道。

"我现在都能看到她当时的样子。"他坦白说，"我能看到我把玩具狗藏在背后走进房间时，她兴高采烈的表情。"

"她很爱你送的礼物。"我说。然后他走进自己的办公室，郁郁地关上了门。

我完全忘记了要给邻居家的孩子们买万圣节糖果。门铃响了一整晚，我愚蠢地期待着姻亲们会来参加派对，因此每次都会把门打开。起初我是一个从储蓄罐里掏出零钱给孩子的疯女人，但在长夜将尽的时候，我切开了生日蛋糕并分光了它。那些不知情的家长不悦地瞪着我，而那些知情的家长则怜悯地打量我。

"你女儿有消息了吗？"邻居罗斯玛丽·萨瑟兰问道。她领着小孙子来玩"不给糖就捣蛋"的游戏，孩子们太小了，自己够不到门铃。

"没有消息。"我说着，泪水又涌入眼中。

"我们会为你祈祷的。"她说完，帮助那两个打扮成小熊维尼和跳跳虎的孩子走下了前台阶。

我回答她的是"谢谢你"，但心里想的却是这毫无意义。

科 林

救援前

我说她可以外出，这是我第一次允许她独自在外面待着。"待在能让我看到的地方。"我说。我正用塑料板把窗户遮上，为冬天做准备。这活儿我要干上一整天。昨天我修补了门窗的所有漏缝，再往前一天，我给管道做了保暖。她问我为什么要这么做，我像看傻子一样看她。"这样它们就不会开裂了。"我说。并不是我想待在这儿过冬，但除非我能想出更好的办法，否则我们别无选择。

她在门前停顿了一会儿，手中抓着速写本："你不出来吗？"

"你又不是小孩子。"我说。

她走了出去，向下走了大约一半台阶，然后坐了下来。我看向窗外。她最好别做出得寸进尺的举动。

昨晚下雪了，只是一场小雪。地上覆盖着一层棕色的松针叶和蘑菇，但很快它们就会枯死。湖上结了几片薄冰，冰层并不厚实，一到中午就会全部化掉。这一切预示着冬天很快就要来临。

她拂去台阶上的积雪坐下，在膝盖上摊开速写本。昨天我们一起出去坐在湖边，我抓鳟鱼时，她画了十几棵树，大地上竖起数根凌乱的线条。

我不知道我在窗边看了她多久。我并不太担心她会逃跑——她现在自己更清楚逃跑并不明智——但我还是这么看着她。我看着她的皮肤冻得通红，长发在微风里乱飘。她把头发拢在耳后，希望固定住它，但并不起作用。并非所有东西都喜欢受制于人。我看着她的手在纸面上来回移动，非常迅速，轻松自如。她拿着纸和笔的感觉跟我拿枪时的感受是一样的，仿佛一切尽在掌握中。只有这个时候，她才变得自信起来。正是这种自信吸引我留在窗边，保持警惕的同时又不由得心醉神迷。我想象着她的脸，因为她背对着我，我看不见它。她的眼神其实并没有那么无情。

我打开门走出去。门"砰"的一声关上，把她吓了一跳。她转过来看我究竟想做什么。她面前的纸上画着湖泊，一阵风吹过，湖面激起阵阵涟漪。有几只鹅栖息在薄薄的冰层上。

她试图假装我不在那里。但我知道，我的存在让她很难再做除了呼吸之外的任何事情。

"你是从哪儿学的那个？"我问。我看着外面的门和窗户，寻找是否还有漏缝。

"哪个？"她问。她把手放在画上遮住，这样我就看不到了。

我停下了手上的活。"绘画。"我讽刺地说，"不然你以为我问的什么？"

"我自学的。"她说。

"只是学着玩？"

"我想是的。"

"为什么？"

"为什么不呢？"

但她还是告诉了我，她很感谢两个人发掘了她的艺术天分：某个初中老师和鲍勃·鲁斯[1]。我不知道谁是鲍勃·鲁斯，所以她给我做了介绍。她说她过去常常在电视机前支起画架，摆好颜料盒，跟着他一起画画。她姐姐会告诉她，别做这些无聊的事情。她会管她叫失败者。这时候，她母亲就假装没听到这种称呼。她说她很早就开始画画了，躲在卧室里用蜡笔涂填色书。

"画得不错啊。"我说。但我没有看她，也没有看她的画。我从窗户上刮下漏缝里的旧填料。填料掉在我脚边的露台上，在地上形成一道白印子。

"你怎么知道？"她问，"你又没有看。"

"我看过。"

"你没有。"她说，"我知道那种冷漠的打量，我从出生起就被这样的目光看到现在。"

我叹了口气，默默咒骂了几句。她的手仍然盖在画上。"那我问你，这是什么？"她问。

"该死的，我听不懂你什么意思。"

"这幅画画得是什么？"

---

1 美国当代最负盛名的自然主义绘画大师。他有一个绘画教学节目叫"The Joy of Painting"。

我停下正在做的事，盯着那几只鹅，它们一只一只飞走了。"那个。"我说。她停止了这个话题。我朝另一扇窗走去。

"你这是干什么？"她问，举起了速写本。

我停下看了很久，有些粗暴地摆弄着漏缝。我知道她是怎么想的——这么对漏缝总比这么对我好。

"为什么你总是问这么多该死的问题呢？"我咆哮着。她沉默了。她开始画天空，画紧贴着地面的低低的云层。在某一刻，我突然说："这样的话我就可以不必再照看你了，这样你就会闭嘴让我清静一会儿了。"

"噢。"她说。她站起来，回到了屋内。

但这并不全是真话。

如果我想让自己清静一会儿，我可以买更多的绳子把她绑在浴室水槽边。如果我想让她闭嘴，我可以用胶带封上她的嘴。

但如果我是想弥补罪过，我就会给她买速写本。

当然，我也有过成长的经历。我小时候总是惹麻烦，殴打小孩、辱骂大人、成绩不及格、旷课。高中辅导员跟我妈建议让我去看精神病专家，她说我控制不住愤怒的情绪。我妈告诉她，如果她经历过我的遭遇，那么她也会很愤怒。

我爸爸在我六岁时离开了。他在我生命中出现的时间足够久，久到让我记住，但那段时间里他却从未对我和我妈有过真正的关怀。我记得那些家庭冲突的画面，不光是叫喊，还有扔东西和拳打脚踢。夜里我假装睡觉，却听到玻璃砸碎的声音、摔门的声音和尖声叫骂的脏话。我记得在他声称戒酒很久之后，他裤子口袋里仍然有空酒瓶和酒盖。

我在学校打架斗殴。数学老师说我会一事无成，我告诉他见鬼去吧。高中生物老师认为她可以帮助我通过她的考试，我让她滚蛋去。

我不想让任何人在乎我。

我不经意间过上了这样的生活。我在城市里某家自命不凡的餐厅里洗盘子，手上沾着别人吃剩下的东西。我从传送式洗碗机里把干净的盘子堆起来，滚烫的水溅在我手上。我的手指都快烫伤了，脑袋上滴着汗。这一切换来的只是最低薪资和一部分的服务生小费。我问是否能再额外工作几小时，说我手头很紧。我老板说："难道我们不是吗？"目前经济萧条，但他知道有个地方可以让我借到钱。不是银行。我想我可以解决这个问题。我会借一点儿钱，等下次发工资的时候还，但事情并没有这么顺利，我甚至付不出利息。我们达成了一个交易，某个大人物欠了他大约是我债款十倍金额的钱，如果我能让他还债，那我就不用还自己的了。我去了他位于斯崔特维尔的住宅，把他的妻女绑在了餐厅的古董座椅上，用一把借来的枪顶在他妻子的头上，看着他从莫奈的《睡莲》赝品画后藏着的保险箱里拿出几沓美元钞票。

我上了贼船。

几周后我被达尔马找上了。我之前从没见过达尔马。他漫步走进酒吧的时候，我正想着自己的事情。我是个任人摆布的新人，似乎所有人都有拿捏我的把柄。因此当达尔马说有人偷了他的东西，需要派人去取回来时，这种跑腿的活就只能是我干了。事后他给了我一大笔钱。我可以付房租，照顾妈妈，买吃的。

但我每挣一美元就更明白一分，我把自己出卖给了他人，我不再属于自己。

　　每一天她的活动范围都离小屋更远一些。有一天她走到了台阶尽头，另一天她去了草地，今天她一直走到了泥地，她知道我始终坐在窗边看着她。她坐在冰冷又坚硬的地上，越画人越僵硬。我想象冷空气包围着她，冻僵了她的手指。我看不到她在画什么，但我能想得出：树干和树枝。现在树上的叶子已经完全掉光了，只剩下树干和树枝。她画了一棵又一棵树，纸张很珍贵，每一寸她都不曾浪费。

　　她合上速写本，开始朝湖边走去，然后独自坐在湖岸。我看见她找了几块岩石，试图借助它们跳过湖面。但石头全都沉下去了。她站起来沿湖滨走了走，并没有离开太远。大约走了三四米，来到一个她之前从未到过的地方。

　　我并没有觉得她想逃走，或许她只是突然不想再一个人留在小屋里了。身后落叶的嘎吱声让她转了过来。我正踩着树叶朝湖边走去，双手插在牛仔裤的口袋里，脖子缩在衣领里。

　　"来查我的岗？"在我走到那里之前，她冷冰冰地问道。

　　我在她身边停下："我有必要吗？"

　　我们肩并肩地站着，什么都没说。我的外套摩擦着她的手臂，她退开了一步。我想知道，她到底能不能把这一切画完，把这幅景象画在她的速写本里：蓝色湖泊的形状、满地的落叶、深绿的松树、常青的乔木和辽阔的天空。她是否画了把树木上仅剩的落叶猛然刮下的飓风？是否画了那些侵吞着我们双手和耳朵的冷空气？

　　我转身离开。"你想走走，对吗？"我见她没跟上，便问道。她的确想散散步。"那我们走吧。"我说。我始终领先她两步，我们之间，只有死一般寂静的空气。

我不知道这个湖有多大。它非常大。我不知道它最深的地方有多深，也不知道它叫什么名字。湖岸很崎岖，岩石俯瞰着水面。常青树直接沿湖岸种着。那里没有沙滩，树木把湖整个包围了起来，相互挤成一团，彼此的枝干交叉着争夺雨露阳光。

树叶像泡沫一样在我们脚下咯吱作响。她试图在高低不平的地上保持平衡，我并没有等她。我们又继续走了很久，直到再也无法透过树木看到小屋。我敢肯定她的脚在那双愚蠢的鞋子里磨得生疼，那双我们离开时她穿的鞋子——昂贵的工作鞋。但冷空气和锻炼让人感觉还不错，至少我们不再坐在屋内自艾自怜。

她问了句什么话，但我没有听见。我等着她跟上。"什么？"我突然问。我不是那种会闲聊的人。

"你有兄弟吗？"

"没有。"

"那姐妹呢？"

"你非要说话吗？"

她从我身边走过，领先在前。"你非要这么粗鲁吗？"她问。我什么都没说。这是我们谈话的常态。

第二天她又出去了，在外面漫无目的地闲晃。她没有蠢到去那些我看不见的地方。至少现在没有，因为她知道那样她就会失去这项特权。

她害怕那些未知的事情，也许是达尔马，也许是她试图逃跑后我会采取的行为。恐惧把她留在了我的视线范围内。她是可以逃跑的，但是她无处可去。

她有枪，她可以朝我射击。但是显然，她还没学会要怎么用那该死的玩意儿。对她而言，就为这一点，也值得她留我在身边。

不过，在她有了枪之后，我不必再听那些埋怨的话了。她暂时得到了满足。她可以去屋外把自己屁股都冻掉，可以画上整整一天，上帝才知道她在画些什么。

她回来得比我预想中的快，胳膊里抱着一只脏兮兮的猫。我并不讨厌猫，但我们的食物很稀缺，柴火也很稀缺。这里我们两个人待着就已经很挤了，更别提三个了。而且，我可不是个会分享的人。

她的眼里带着祈求。

"如果再让我在屋里见到这只猫，"我说，"我就打死它。"

我现在没心情做善事。

加　布

救援前

我们似乎等了无限久——实际上才不过三周左右——我们终于得到了一条有价值的线索：一名住在肯莫尔高层公寓的印度妇女肯定地说，我们的嫌疑犯是她的邻居。显然她之前曾离开过一阵，现在刚从电视上看到他的脸。

于是我带上我的副手，又一次开往市中心。高层公寓位于住宅区，肯定不是市内最好的街区，但也不是最差的。比最差的要好得多。住在这儿的人承担不起像莱克维尔区或林肯公园那样优等街区的费用，他们是形形色色的刚来美国的移民，种族非常多元化。街道上林立着各民族风味的餐厅，不光有中餐厅和墨西哥餐厅，还有摩纳哥、越南和埃塞俄比亚餐厅。尽管很多元，但这儿的大多数居民还是白人。夜晚走在附近是相对安全的。住宅区因精彩夜生沽而闻名，这里是历史悠久的剧院和酒吧的聚集地。许多知名人士会来这儿为像我这样的小人物演出。

我找到公寓大楼，把车平行停在别人车旁。我再也不想给芝加哥市捐赠额外的美分去停车了。我和假小子似的女警一起走进楼内，乘电梯来到单元房外。门上了锁，无人应答。这并不奇怪。因此我们请求房东让我们进去。房东是一位老太太，她跛着脚走到我们身边，拒绝出借钥匙。"现在你谁都没办法相信。"她说。她告诉我这栋单元房被出租给了一名叫塞莱斯特·曼弗雷多的女子。她得查查她的档案。她对这名女子没什么了解，只要她能按时付房租就好。

"不过当然，这间公寓可能是转租给别人了。"

"我们要怎么知道它是否被转租呢？"我问。

老太太耸耸肩："我们没办法知道。租客被允许转租自己的单元房，不然就得付违约金。"

"没有相关文件吗？"就好像医生不签字就没法从药店买速达菲[1]。

"这我没法管。租客只需要支付房租。如果出了什么事，那是他们的问题，不是我的过错。"

我拿过她手里的钥匙，开门进去。房东挤进屋里，站在女警和我身边。我不得不反复要求她别碰任何东西。

我无法肯定最初是什么震惊了我：打翻在地的灯，大白天灯泡还亮着，女士手提袋里的东西在地板上散落一地。我从口袋里掏出一副橡胶手套，在公寓内走着。厨房工作台上堆着一沓信件，下面压着一本过期的图书馆借书。我检查了一下收件人地址，每一封都

1　一种感冒药。

是寄到市内的邮政信箱给一个叫迈克尔·柯林斯的人。女警戴上橡胶手套，朝手提袋走去。她检查了一下手提袋，找出一个钱包。里面有一张驾照。"是米娅·丹尼特的。"她大声说，尽管理所当然我们两个都知道肯定是这样。

"我要电话录音。"我说，"还要收集指纹。我们需要彻底搜查一下这栋大楼，每间单元房都要查。这里有安全监控摄像头吗？"我问房东。她回答说有。"我需要你提供十月一日以后的所有记录。"

我检查了墙面，是混凝土的。房间里如果发生了什么，没有人听得到。

科　林

救援前

她想知道我干这样的事会得到多少报酬。她问得太多了。

"我什么该死的东西都得不到。"我提醒她，"我只有在完成任务以后才有钱拿。"

"那他们说事成后会给你多少？"

"这不关你的事。"我说。

当时我们都在浴室里，占了所有地方。她正要进来，而我则要出去。我不会费心去告诉她水冷得像冰似的。

"我父亲知道这事吗？"

"我告诉过你，我不清楚。"

赎金应该会找她父亲去要，这我知道。但我完全不知道发现我没有带着女孩出现，达尔马会做什么。

她嘴里带着凉气，深金色的长发结成一团。

她在我面前关上门，我听到水流声。我试图不去想她脱掉衣服走入刺骨水流中的情形。

她走出来时，正用毛巾擦着发梢。我在厨房里吃着格兰诺拉麦片和冻冰的牛奶。我已经忘记了真正的食物吃起来是什么滋味。我把所有现金在桌上摊开，数着我们还剩多少钱。她看了眼现金。我们还没有分文不剩，目前还没有。这是件好事。

她告诉我，她一直觉得会有某些满腹牢骚的罪犯把她父亲枪杀在法院台阶上。在她的声音里我听出了别样的意味。不是她觉得这事会发生，而是她希望。

她站在走廊里。我可以看到她在发抖。但她没有抱怨说冷，这一回没有。

"在成为法官之前，他是一名诉讼律师。他参与过许多集体诉讼，比如石棉案件。他从不保护好人。间皮瘤、石棉肺[1]——人们正死于这些可怕的疾病，而他却试图为大公司节省上一两笔钱。他从来不谈论他的工作。他说律师和当事人之间有保密条款，但我知道他只是不想说而已。就这么回事。但我会在晚上他睡着后，偷偷溜进他办公室。起初我的窥探是因为我想找出他有外遇的证据，寄希望于我母亲能真正离开他。当时我还是个孩子——十三四岁的样子。我不知道什么是间皮瘤，但我有足够的阅读水平。咯血、心悸、皮下肿块，将近一半的感染者在确诊一年内病逝。甚至你不在有石棉的环境中工作也会被感染——那些沾染在工人衣服上的石棉同时也

---

1 长期吸入石棉粉尘可引起以肺纤维化为主的石棉肺，主要症状是咳嗽和呼吸困难。石棉纤维在肺中沉积亦可导致肺癌和恶性间皮瘤。

害死了他们的妻儿。

"他越成功，我们就受到越多威胁。我母亲会收到恐吓信。他们知道我们住在哪里。还会有恐吓电话打来。他们诅咒格蕾丝、我母亲和我都痛苦地死去，就像他们的妻儿一样。

"然后他成了一名法官。他的脸出现在一切新闻里。所有的头条都有他的名字。他一直都在被人骚扰，但不久之后我们都不再关注那些非实质性的威胁。这让他变得狂妄自大，他觉得自己很有影响力。他惹怒越多的人，他的工作就越成功。"

我无话可说。我不擅长这种扯淡，我应付不来闲聊，当然也无法说出宽慰。事实上，对那个威胁野孩子以获得最大利益的卑鄙小人，我一无所知。他们就是这么办事的。像我这样的家伙都是被蒙在鼓里的。我们执行任务的时候并不清楚真正的原因。这样我们就无法推脱责任。我也不会尝试去推脱。我知道如果我这么做了会有怎样的后果。达尔马告诉我去把那女孩抓来，我没问为什么。这样当警察抓到我并把我关进审讯室的时候，我就无法回答那些狡诈的问题。我不知道是谁雇用了达尔马，也不知道他们想从那女孩身上得到什么。达尔马让我去抓她，我就照做。

然后我改变了主意。

我把凝视着碗的视线移到她脸上。她用眼神恳求我说些什么，说些郑重的忏悔，把一切解释给她听。那将帮助她理解为什么自己会在这里。为什么抓的是她，而不是她那恶毒的姐姐，或者那个傲慢的法官。她迫切地想要了解这一切的答案。为什么眨眼间一切就都变了？她的家庭，她的人生，她的存在。她徒劳地探求着，认为我会知道答案，认为某个像我这样的下层人能帮她得到答案。

"五千美元。"我说。

"什么？"这不是她预期听到的话。

我从椅子里站起来，椅子在木地板上打了个滑。我的脚步很响。我打开水龙头用水冲碗，把碗扔到水槽里，吓了她一跳。我转向她："他们会给我五千美元。"

夏　娃

救援前

我在浪费时间。

有时候我不想起床，只要起床第一个想到的就是米娅。我在午夜哭醒过来。永无止境的长夜里，我匆匆跑下楼，这样就不会吵醒詹姆斯。在我清醒的时候，悲痛永远折磨着我。在杂货店里，我确信看到米娅在谷类货架旁购物，我几乎要伸手拥抱一个完全陌生的人，然后我及时回神制止了自己。之后在车里，我崩溃了，几个小时我都无法离开停车场，盯着那些和孩子一起走进店里的母亲：他们手牵手穿过停车场，母亲抱起小孩放进购物推车的篮筐里。

连续几周我看着她的脸在电视屏幕上闪过，此外还有那个男人的画像。但现在这个世界上还有更重要的事情在发生。我想，这既有好处也有坏处。这些天里记者很少来烦人了，不再像以前一样在车道上追着我，在我外出办事的时候跟踪我。骚扰电话和采访请求也不再有。我可以拉开窗帘，窗外不再有成群的记者在我们屋前的人行道上一字排开。但他们的撤离同样令我担忧。他们对米娅·丹尼特这个名字的兴趣已经逐渐减淡，他们已经厌倦了等待也许永远都不会有的头版头条——米娅·丹尼特重返家中，或者是，丹尼特女孩被证实死亡。这就像冬日低沉的乌云一样徘徊在我头顶，我永远都不会知道真相。我想到了那些不幸的家庭，他们十年，有时候是二十年之后才找回了自己爱人的遗体。我在想我会不会也成为其中之一。

当我哭累了，就放任自己宣泄心中的愤怒。我把进口的意大利水晶杯在厨房墙上砸碎，全都砸完后，又开始扔詹姆斯奶奶留下的整套餐具。我用尽全力尖叫着，那是一种肯定不属于我的野蛮声音。我在詹姆斯回家前清理了混乱的厨房，把成千上万的碎片倒进垃圾桶，放在枯死的蔓绿绒下面，这样他就看不到了。

我花了整整一下午看着知更鸟南飞，飞过密西西比河之类的地方去南方过冬。某天它们停在我们屋后的门廊上，有十几只，又肥又冷，为即将到来的旅行准备着任何能找到的食物。那天下雨了，到处都是蠕虫。我看了它们好几个小时，它们离开的时候我很难过。它们还得过好几个月才会回来，这些红肚子的小鸟是报春的使者。

另一天，来了许多瓢虫，成群结队地在后门晒太阳。那天风和日丽，非常温暖，气温超过 15℃，阳光充沛。这正是那种我们渴望在秋日里拥有的小阳春，树叶的颜色也是最好看的时候。我试图数清有多少只瓢虫，但它们分散开去，之后又来了很多，根本弄不清它们的数量。我不知道我看了它们多久，我很好奇瓢虫会怎样过冬。它们会死吗？几天后，当冰雪覆盖大地，我想起那些瓢虫，哭了起来。

我想起米娅小时候我们一起做过的事。我走到游乐场，在秋千上坐下。从前在格蕾丝白天去上学以后，我常带着米娅来这里。我用手抓着沙盒里的沙子，坐在长凳上注视着那些孩子，注视着那些还能牵着孩子的幸运母亲。

但是我想得更多的是那些我没有做的事情。当詹姆斯告诉米娅，高中化学得 B 并不够好时，我袖手旁观了；当米娅把她花了一个多月在学校画的令人惊叹的印象派绘画带回家，却被詹姆斯嘲笑说"如果你把时间花在化学上，你可能会得 A"时，我也没有安慰她。我想着当时的自己，小心地用眼角的余光看着这一切，什么话也说不出，也没能对詹姆斯指出当时我们女儿脸上茫然无措的神色，因为我害怕他生气。

当米娅告知詹姆斯她不打算去上法学院时，他说她别无选择。她当时十七岁，青春期的荷尔蒙正疯狂肆虐，她恳求道："妈妈。"她的声音很绝望，她希望我插手干预，哪怕就这一次。我在洗盘子，试图竭尽全力回避这个对话。我记得当时米娅脸上的绝望，还有詹姆斯满脸的不悦。两害相权取其轻。

"米娅。"我说。我永远不会忘记那天。电话铃在响，但我们谁都没有理睬。厨房里有股焦味，我开着窗散味，春天的冷风吹进窗里。如果我们没有全神贯注在米娅的激动情绪里，也许我们会欣赏一下窗外的阳光。

"这对他来说非常重要。"我说，"他想让你变得和他一样。"

她冲出了厨房，上楼摔上了门。

米娅梦想着去念芝加哥艺术学院，她想要成为一名艺术家。

这是多年来唯一一件对她来说很重要的事情。但詹姆斯拒绝了她。

米娅开始倒数着十八岁生日的到来，开始打包把离家时要带走的东西装进盒子里。

鸭子和鹅从头顶飞过，一切都离我而去。

我不知道米娅是否也在某处看着这片蓝天，看着相同的景象。

科　林

救援前

我们有的是思考的时间。许多思考的时间。

那只该死的猫现在一直在这儿转悠，女孩从自己的晚餐里省下一些残羹剩饭喂它。她从壁橱里找到一条被蛀坏的毯子，在我卡车后备厢里翻出一只空盒子，给那个蠢东西做了张临时的床。她把它安置在屋后的小棚里，每天都给它带点儿吃的过去。

她给那该死的东西取了个名字叫克努。她没特意告诉我，但我听到她今天早上用这名字叫它。她发现它没睡在自己的床上，现在有些担心。

我坐在湖边钓鱼。如果吃鳟鱼意味着我不必再吃那些冻硬的东西，那我愿意余生每天都吃它。

我钓到最多的是白斑狗鱼，其次是大眼蓝鲈，有时候是鳟鱼，我能从背面的光斑上分辨出来。而且它们总是最先上钩的笨蛋。这些鱼每年都会有储备，大多数是鱼苗和小鱼，有时候也有刚满一年的幼鱼。小嘴鲈鱼钓起来最麻烦。在我把它们钓上来之前，我打赌它们是大鱼，结果实际大小只有预期的一半。这混蛋力气真大。

我大部分时间都在想我们要如何渡过这一关，想着我要如何渡过这一关。食物快吃完了，这意味着又得去商店了。我有钱，只是不知道会不会被人认出来。而且我离开的时候要把这女孩怎么办呢？法官女儿的失踪是一条爆炸性新闻，这点我敢用性命担保。任何店员都会记住她，并打电话给警察。

这让我不禁想到：警察有没有发现她失踪的那一晚是和我在一起？我的脸是不是也像她一样，也上了那该死的电视？也许这倒是件好事，我告诉自己。我想的不是自己，我也许会被抓，但是如果瓦莱丽在电视上看到了我的脸，看到我是芝加哥女子失踪案的疑犯，那么她会知道要怎么做的。她会知道我不能再去她那儿保证她桌上有食物，保证她的房门安全关上了。她会知道她需要做什么。

在女孩没注意的时候，我从钱包里拿出了一张照片。照片放了很久，已经有点破旧。我常常把它从钱包里取出又塞回，所以它的边缘皱巴巴的。我猜测着我在欧克莱尔路边商店抢来的钱是否已经寄到了，猜测着她是否知道钱是我寄的。我把五百多美元塞在没有寄信人地址的信封里，她收到钱的时候应该已经知道我惹上麻烦了。

我不是个多愁善感的人，我只需要知道她安然无恙。

她应该不是独自一人。至少我是这么告诉自己的。邻居每周会去她那里一次，取信件并照看一下她。他们会看到这笔钱的。当我没有在星期天出现，他们会知道的。但万一他们还没有在电视上看到我呢？万一瓦莱丽没有在电视上看到我，没有去照看她，以保证她的生活起居呢？我试图说服自己：瓦莱丽在那里，一切会没事的。

我几乎快相信了这话。

这天晚上我们待在屋外，我准备晚餐烤鱼。没有木炭，我在找其他能用来生火的东西。女孩坐在门廊上，裹着一条从屋内带出来的毯子。她的眼睛扫视着下方的地面，想知道那只该死的猫去了哪里。她已经两天没见到它了，很担心。外面越来越冷了，那小东西迟早会冻死。

"我猜你并不是银行职员。"她说。

"那你觉得是什么？"我问。

她把这个回答当成否认。

"那你是做什么的？"她问，"你工作吗？"

"工作啊。"

"是合法工作？"

"为了生活下去，我做我需要做的事情。就像你一样。"

"我可不这么认为。"她说。

"为什么？"

"我有正当的生计，我纳税。"

"你怎么知道我不纳税？"

"你纳税吗？"她问。

"我的工作，"我说，"是正当的营生。我纳税。我给某个房产中介办公室的厕所拖地，我洗盘子，我给卡车装箱。你知道他们目前付我多少薪水吗？最低工资。该死的，你知道靠最低工资要怎样养活自己吗？我同时打两份工，每天工作十三到十四小时。我的工资要付房租、买食物。像你们这样的人也有工作——什么样的？一天只工作八小时，而且还有暑假可以逍遥。"

"我教暑期班。"她说。这话说得很蠢。我还没看她，她就意识到了这点。

她不知道那是种怎样的生活。她甚至没法想象。

我抬头看着天空，看着给我们做出预警的黑色云层。不是要下雨，而是要落雪。天很快就要下雪了。她把毯子裹得更紧了，在冷风里颤抖着。

她知道我永远都不会放她走。我的损失远比她大。

"你之前干过这样的事？"她说。

"干过什么？"

"绑架。拿枪抵着某个人的头。"这并非一个问句。

"也许有。也许没有。"

"你抓我的时候手上并不干净。"

我已经生起了火，把鱼放在烤盘上，它们已经开始变焦。

"我从不骚扰那些无须被骚扰的人。"

哪怕是我，都知道自己没说真话。

我把鱼翻了个身。它们烤熟的速度比我想象得快。我把它们移到烤架边缘，以免烧焦。

"情况可能会更糟。"我信誓旦旦地对她说，"情况可能会糟得多。"

我们在屋外吃了晚餐。她坐在地板上，背靠着露台的木制扶手。我要给她拿椅子，被她谢绝了。她把双腿伸到身前，在脚踝处交叠着。

风吹过树林。我们都转头去看，树枝上的叶子被吹落在地。

就在这时，我们听到了脚步声，踩在地面枯萎树叶上的脚步声。起初我以为是猫，但是后来却发觉，骨瘦如柴的小猫是不会有这么沉重、这么谨慎的脚步的。我和女孩相互看了一眼，我竖起手指放在嘴唇上，轻声地"嘘"了一声。然后我站起身，本能地想去掏那把并不存在的枪。

加　布

救援前

我想等找到一些铁证之后再去和丹尼特一家谈话，但事情没按我想的发展。我正狼吞虎咽地吃着一块油腻的意大利牛肉三明治时，夏娃·丹尼特来到警局，询问前台她是否能和我谈话。当她走到我桌边时，我还在用一叠纸巾擦拭着脸上的肉汁。

这是她第一次来警局。哦天哪，她和这儿真是格格不入。她和我们这些在这儿走来走去的醉酒输家太不一样了。

她还没来到我桌边，香水味就先飘了过来。她迈着庄重的步子走过房间，一路上那群王八蛋都盯着她看，嫉妒地看着她踩着高跟鞋停在我面前。局里每个人都知道我在负责丹尼特的案子，他们一直都在打赌，想看看我是否会把事情搞砸。我甚至都看到警长押了赌注，他说要是我们两个都失业了，他需要钱。

"你好，侦探先生。"

"丹尼特太太。"

"我有好几天没接到你的电话了。"她说,"我就想来问问,是否有任何的……消息。"

她带着把雨伞,水滴在油毡地板上。她的头发被外面的狂风吹成了一团。天气很糟糕,风很大,还很冷,不是一个适合外出的天气。"你可以打电话来。"我说。

"我正好外出办点事。"她说。但我知道她在说谎。除非有要事在身,没人愿意在这样的天气外出。这是一个适合穿睡衣躺着看电视的天气。

我把她带到了审讯室,请她坐下。那是一间昏暗的房间,没什么光线,一张大桌子上点着蜡烛,桌边有两张折叠椅。她把伞放在地上,但握紧了手提袋。我要帮她脱外套,她谢绝了。这里很冷,是那种直接渗入骨头里的湿冷。

我在她对面坐下,把丹尼特的档案放在桌上。我看到她打量着那个马尼拉纸的信封。

我看着她,看着她那双柔和的蓝眼睛。她的泪水已经开始在眼里打转。随着日子一天天地过去,我所能想到的只有悲观的念头:要是我永远都无法找到米娅呢?显然丹尼特太太每过一小时就变得更脆弱。她的双眼沉重而浮肿,看起来已经很久没睡好觉了。我无法想象如果米娅永远回不来的话,她会怎么样。我想着丹尼特太太是如何度过这些日日夜夜的,想象着她独自失魂落魄地坐在大宅邸里,幻想着她孩子身上可能发生的各种可怕的事。我觉得自己极有必要去保护她,回答那些让她夜不能寐的重要问题:谁干的?在哪里?为什么?

"我正要给你打电话。"我平静地说，"我只是想再等一些好消息来。"

"是出事了吧。"丹尼特太太说。这不是一个问句。她说得好像她始终都知道出事了，因此今天才会来警局一样。"不是什么好事情吧？"她把手提袋放在桌上，摸索着寻找纸巾。

"是有消息，但现在没什么事。我还没完全弄明白它意味着什么。"如果丹尼特法官在这里，一定会抨击我的一知半解。"我们认为已经查出了米娅失踪前和谁在一起。"我说，"有人认出了新闻里的照片，我们去了他的公寓，发现了一些米娅的物品——她的手提袋和外套。"我打开档案，把一些照片放在桌上。其中几张是前几天跟我一起去的新人在公寓里拍的。丹尼特太太拿起一张手提袋的照片，那是一种斜挎式的手提袋，它躺在地板上，一副太阳镜和一个绿钱包掉在了镶木地板上。丹尼特太太用纸巾擦了擦眼睛。

"您有认出什么吗？"我问。

"那是我挑选的，那个手提袋，是我买给她的。他是谁？"她连珠炮似的问道。她看了一下其他照片，每张都看了一会儿，然后把它们排成一排。她的双手在桌上交叠着。

"是科林·撒切尔。"我说。我们用在住宅区公寓大楼内收集的指纹查出了这名男子的真实身份，还有他在公寓里使用的所有别名——信件和手机的名字——一个是化名，一个是文字游戏。我们从过去的抓捕记录里调出了他的面部照片，同法庭素描进行了对比，一切吻合。

我看到丹尼特太太的双手在我面前颤抖着，她试图控制自己，但是失败了。我想都没想地握住了她的手，她冷冰冰的手渐渐在我手里变暖。她是没来得及把手藏到膝盖间，希望可以隐藏自己内心的恐惧。

"摄像监控器里有几个镜头。科林和米娅大约在晚上 11 点左右走进公寓，后来又离开了。"

"我想看看录像。"她的话让我吃惊。她的回答很坚定，不是那种我之前常从她那里听到的优柔寡断。

"我觉得这并不是个好主意。"我说。夏娃现在最不需要看到的就是科林·撒切尔把她女儿裹胁出公寓的样子，还有女孩眼里的悲痛。

"事情很糟。"她断言。

"还没下定论。"我骗她，"我不想给你错误的印象。"但事实上并没有什么被误解：男人匆匆从电梯里出来，一脸警惕，确保没有人看到他们。女孩满眼恐惧，正在哭泣。他嘴里说着什么，我确信是在骂脏话。公寓里一定发生过什么。更早一些的录像里，他们像两只相思鸟一头扎进爱的小巢，并没有什么特别的地方。

"但她还活着？"

"是的。"

"他是什么人？"她问，"这个科林……"

"科林·撒切尔。"我松开握着丹尼特太太的手，伸手从马尼拉纸的信封里取出他的犯罪档案。"他曾因为许多轻罪被逮捕过——小偷小摸、非法入侵、携带大麻。他因诈骗坐过牢，也因不间断的敲诈勒索案件被通缉审讯。据他最后一位缓刑监督官说，他前几年就失踪了，所以本来就是个通缉犯。"

我没法解释她蓝眼睛里的惊骇。作为一名侦探，我对类似"非法入侵""敲诈勒索"和"缓刑监督官"的词语习以为常，但丹尼特太太只在《法律与秩序》¹的重播里听到过这些词。她还没法理解这些意味着什么。这些词语本身就令人困惑和难以掌握。她很害怕像这样的人绑架了她的女儿。

"他绑架米娅想要什么？"丹尼特太太问。我已经反复问过自己无数遍同样的问题。随机的犯罪非常少见，大多数受害者都认识攻击他们的人。

"我不知道。"我说，"我毫无头绪。但我向你保证，我会查清楚的。"

科 林

救援前

女孩把她的盘子放在身边的木质露台上，然后站到我身边，一起朝木栏杆外眺望着。密林里出现了一个妇女，五十多岁的样子，一头深褐色的短发，穿着牛仔裤、法兰绒衬衫和一双登山短靴，她正冲我们挥手，就像认识我们似的。我脑子里闪过一个新念头：这是一个陷阱。

"噢，谢天谢地。"这个妇女说着走进了我们的领地。

她擅自闯了进来。这是我们的地盘，没有人应该出现在这里。我感到很胸闷。她手里拿着一个水壶，看起来已经走了很多路。

"我们有什么能帮上忙的吗？"这些话从我嘴里脱口而出，我甚至都没弄清楚发生了什么，也不知道自己在做什么。我的第一个想法是：拿枪打死她。把她的尸体抛到湖里然后逃走。但是我已经没有枪了，我不知道女孩把它放在哪里。但我可以把她绑起来，然后去小屋里搜找藏枪的地方。也许是在卧室的床垫下，或者木墙的某个缝隙里。

"我的轮胎漏气了，车就停在大约离这儿八百米的路上。"她说，"这里是我发现的第一间还没被废弃的小屋。我一直在走啊走……"她说着停顿了一下，喘着气，"我可以坐下来吗？"她问。女孩点点头。她在台阶底层坐下，大口喝着水壶里的水，就像一个在沙漠里困了很多天的人。我把女孩的手紧紧抓在手里，觉得自己几乎都要捏碎了她的骨头，直到她发出一声抱怨。

我们完全忘记了晚餐这回事，但那位妇女提醒了我们。"抱歉，打扰你们了。"说着她指了指地板上的盘子，"我只是想问一下你们，能不能帮我修理轮胎，或者帮我打电话叫人。我的手机在这儿收不到信号。"她说着举起手机，给我和女孩看。她再次为她的打扰向我们道歉。她不太清楚她打扰了什么，那并不仅仅只是一顿晚餐。

我转头看向女孩。现在她的机会来了，我想。她可以告诉这个妇女真相，告诉她有个疯子绑架了她，把她囚禁在这座小屋里。我屏住呼吸，等着各种可能出错的环节：等着女孩告发我，等着这名妇女参与抓捕我。她也许是一名便衣警察，或者是达尔马的人；也许她看过电视新闻，迟早会认出这个女孩就是她电视上看到的那个。

"我们没有电话。"我说。我想起我在简斯维尔市某个加油站把女孩的手机扔到了垃圾桶里，又在抵达小屋的时候切断了电话线。我不能让她进屋，不能让她看到我们这几周的生活状态：简直像两个在逃的罪犯。

"但我可以帮你修理。"我不情愿地说。

"真抱歉麻烦你。"妇女说。同时女孩说："我就留在这儿洗盘子吧。"她蹲下身去捡盘子。

我绝不会答应这种事情。

"你最好一起来。"我对她说，"我们也许需要你的帮助。"

但是那名中年妇女却说："噢，请别这样。我可不想大晚上的让你们两个都跑出门。"她紧了紧身上的法兰绒衬衫，说外面很冷。

但即使妇女保证她会当个绝佳的助手，不需要额外帮助，我也肯定不会让女孩独自留下。她请求我别在这样的夜晚把女朋友拖出家，她说外面很冷。夜幕很快就要降临。

但我不能丢下她。我不能把她留在这里，她可能会逃跑的。我想象着她飞快穿过树林的画面，也许等我修完轮胎回来的时候，她已经逃到了两公里之外。到时候天全黑了，我不可能在漆黑的林子里找到她。

妇女很抱歉给我们造成了这么大麻烦。我想象着用手掐住她的脖子，压着她的颈静脉中断脑部供氧。也许我就该这么做。

"我就是要去洗盘子。"女孩平静地提出反对，"这样我们之后就不必去管这种小事了。"她调皮地看了我一眼，暗示着今晚会有更亲密的活动。

"我想你应该一起来。"我温和地说，伸手搭在她手臂上，仿佛我无法忍受片刻的分离。

"你们是度蜜月吗？"她问。

我说："对，类似度蜜月。"然后转身对女孩轻声说："你要一起来——"我凑得更近，补充道："不然这女人不会活着离开这里。"一刹那，她变得异常安静。然后她把盘子放在地上，我们一起朝卡车走去，坐进车里。我和妇女坐在前面，女孩坐在后座。我猛地收起副驾座上的绳子和胶带，希望这位妇女什么也没看到。我把它们塞进杂物箱里，关上了车门。然后转身笑着问她："在哪里？"

在卡车上，妇女告诉我们，她来自伊利诺伊州南部，和几名女伴一起住在旅馆，还去边界水域划了船。她从手提袋里拿出照相机，给我们看了照片：四个中年女士在船里，她们戴着太阳帽，围着篝火喝葡萄酒。这让我的感觉好了一些：这不是个陷阱，我想。这些照片就是证明。她是和女伴一起来边界水域划船的。

不过，她告诉我们——就好像我在意这种事似的——她决定再多待两天。她刚离婚，不想那么快就回到空无一人的家里。刚离婚，我想，那么家里没有人等她回去，她得过一阵子才会被人发现失踪——也许是几天，也许更长时间。有足够久的时间让我逃跑，等人们发现她的尸体，我已经逃得足够远。

"然后我就到了这儿。"她说，"我在回市区的路上轮胎漏气了。肯定是撞到了岩石，"她说，"或者是钉子。"

女孩淡淡地回答："肯定是的。"但我几乎听不进去。我们在一辆小汽车前停下。但在我们下车前，我先观察了一下周围的密林，看看树后是否藏着警察、望远镜、来复枪。我检查了一下，确认轮胎的确是漏气了。如果这是一场埋伏，没有人会如此煞费苦心地为我下套。现在我下了卡车，走近那辆被弃的车，也许我会被按倒在地，被人铐上手铐。

我注意到那名妇女正看着我，看我从卡车底部拿出工具，除去毂盖并拧松螺母，顶起汽车更换轮胎。妇女在喋喋不休地讲着划船和明尼苏达州北部的森林、红葡萄酒和麋鹿——她曾在旅途中看到过一头雄鹿，长着巨大的鹿角，漫步穿过树林。我怀疑她在试图串联线索，试图回忆自己是否在电视上见过我们。但我提醒自己，她是和女伴们在偏僻的地方，她们划船、围坐在篝火边、喝着葡萄酒，她没时间看电视。

我把手电筒推到女孩手里，让她拿着。现在天已经变黑了，而且附近没有路灯。我们对视的时候，我用目光威胁着，提醒她不要提起"枪""绑架"和"救命"等字眼，否则我会把她们两个都杀掉。我知道我会。我好奇她是否会听话。

当妇女问起我们的旅途，我看到女孩变得像石头般沉默。

"你们要在这儿待多久？"妇女问。

女孩答不上来的时候，我说道："大约再待个一周吧。"

"你们从哪里来？"她问。

"格林湾。"我说。

"是吗？"她问，"我看到是伊利诺伊州的牌照，还以为——"

"只不过是还没有时间去换而已。"我说，暗骂自己居然犯这样的错误。

"那你们是伊利诺伊州的吗？"她问。

"是的。"我说。但我没告诉她具体是哪里。

"我有个亲戚在格林湾。实际上就在城外，在苏阿米科。"我从没听过这个鬼地方。不过她还在絮絮叨叨地讲着，说她亲戚是某个中学的校长。她有一头暗褐色短的像老太太一样的头发。对话渐渐终止的时候，她笑了起来，笑得有点紧张。然后她试图找其他话题，随便什么都好。"你们都是绿湾包装工队[1]的粉丝吗？"她问。我骗她说我是。

我尽快换上备用轮胎，放低汽车，旋紧螺母，站起身看着那名妇女。我在想我是否要放她走——放她回市区后，她可能会发现我们的身份并给警察打电话——或者我该用扳手砸她的头，把她永远留在这林子里。

"我无法表达我有多感谢你们。"她说。我想起了自己的母亲，如果换成是她躺在这片荒无人烟的林子里，尸体还可能被熊吃掉呢。我对自己说，没事的，外面这么黑，我几乎看不到她，她也看不到我。我握紧手中的扳手，想着用多大力气敲击才能杀了她，得敲多少下？她是有力气反抗，还是直接倒地而亡？

"如果没有找到你们，我真不知道自己要怎么办。"她上前一步，握着我的手说，"我还没问你们的名字。"

我抓着手里的扳手，觉得手在颤抖。用工具比赤手空拳杀死她要好得多，自己也不需要多动手。我不必在她挣扎的时候盯着她的眼睛，猛击一下，一切就都结束了。

"欧文。"我说，握了握她冷冰冰又皱巴巴的手，"这个是克洛伊。"她说她叫贝丝。我不知道我们在那条黑漆漆的路上沉默地站了多久。我看着工具箱里的铁锤，心跳得很快。也许用铁锤更好。

可是后来，我感到女孩把手放在我的胳膊上，她对我说："我们

1　一支位于美国威斯康星州绿湾市的美式橄榄球球队，成立于1919年，是国家橄榄球联盟(NFL)唯一一支非盈利性质、由公众共同拥有的球队。2002年NFL调整分区后包装工队属于国联北区。

该走了。"我转向她,知道她看出了我的想法,看出了我握紧扳手准备敲击的姿势。"走吧。"她又说。她的指甲掐进我的皮肤里。

我把扳手放进工具箱,放回卡车底部。我看着妇女进入自己的车里,慢慢开走了。车子在密林里拐了个弯,消失不见了。

我大口喘气,满手是汗。我打开卡车门,坐进车内,试图缓过气来。

夏　娃

救援后

　　我们坐在等候室里，詹姆斯、米娅和我。米娅挤在我们中间，就像奥利奥饼干里的奶油夹心。我双腿交叠，沉默地坐着，双手放在膝盖上。我盯着对面墙上的画——是房间里诺曼·洛克威尔[1]许多作品中的一幅——画的是一个老人用听诊器听小女孩的样子。詹姆斯也跷着腿坐着，脚踝搭在膝盖上，随手翻着一份《家长》杂志，发出不耐烦的声音。我请求他安静一会儿。我们等了三十多分钟才见到医生。她是詹姆斯一个法官朋友的妻子。我在想，看到房间里的所有杂志封面都是婴儿照片，米娅是不是会觉得很奇怪呢？

　　人们打量着她。我听到许多陌生人低语着米娅的名字。我拍拍她的手，告诉她别担心，别理他们就行了。但这对我们来说都太难

1　美国20世纪早期的重要画家及插画家，作品横跨商业宣传与爱国宣传领域。

办到。詹姆斯询问接待处他们是否可以快点办事，然后一名红色短发的女子离开去查看什么事费了这么久工夫。

我们没有告诉米娅她今天来这里的真正原因。我们没有谈论我的怀疑，而是告诉她，她最近身体不舒服，我们很担心。詹姆斯推荐了一个医生，她有个发音很难的俄国名字。

米娅告诉我，她有自己的医生，她已经在那里看了五六年的病。但詹姆斯摇头拒绝了，他说瓦库克夫医生是最好的医生。她从没想过这会是名妇产科女医生。

护士叫了她的名字。可是显然，在她喊米娅的时候，詹姆斯用手肘推了推她才引起她的注意。她把杂志放在椅子上，我宠爱地看着她，问她是否需要我陪着。"如果你想来就来吧。"她说。我等着詹姆斯提出异议，可他保持了沉默。

护士在给米娅量身高体重的时候奇怪地盯着她看，她把可怜的米娅看成某个知名人士，而不是可怕案件的受害者。"我在电视上见过你。"她羞怯地说，好像她不确定是大声说出来好，还是藏在心里好。"我在报纸上读过你的新闻。"

米娅和我都不知道该说什么。米娅已经看过了她失踪期间的新闻剪报。我试图把它们藏在她看不到的地方，但她还是看到了，是在她从我抽屉里找针线缝衬衫上掉下的纽扣时发现的。我不想让米娅看到这些，害怕它们会影响到她。但她还是读了每一篇报道，直到我打断她。她读着自己的失踪，读着警察的怀疑，读着之后的报道里对她可能已经死亡的猜测。

护士把米娅带去卫生间做尿检。过了不久，我在检查室见到了她。护士在那里给她测血压和脉搏，然后让她脱掉衣服穿上袍子。

米娅开始脱衣服，我背过身去。这时护士说，瓦库克夫医生马上就会过来。

瓦库克夫医生看起来严肃而阴沉，年纪接近六十岁。她突然走进房间对米娅说："你最后一次来例假是什么时候？"

米娅肯定觉得这个问题非常奇怪。"我……我不知道。"她说。医生点点头，也许她这时候才想起来，米娅得了失忆症。

她说她会做个经阴道B超检查，探测器会用避孕套或某种橡胶套包起来。她什么都没解释，让米娅把脚踩在镫形架上，直接把仪器设备送入她的身体。米娅皱着眉头，央求着问她在做什么，想知道这和她汹涌而来的疲惫、无精打采、几乎从一早上就开始的昏昏欲睡的状态有什么关系。

我保持着沉默，渴望离开这里，去等候室坐在詹姆斯身边，但我提醒自己，这里米娅需要我。我任由视线在房间内转悠，避免去看医生的侵袭性检查和米娅脸上显而易见的困惑和不适。然后我决定把我的怀疑告诉米娅。我应该向她解释一下疲乏和晨吐并不是急性应激障碍的症状。但也许她不会相信我。

我发现这间检查室就和医生一样沉闷。室内冷得足够杀死细菌，也许是有意调成这样的温度。米娅赤裸的身体上起了一层鸡皮疙瘩，她除了一件袍子什么都没穿，这肯定起不到保暖作用。天花板上是一排明亮的荧光灯，把中年医生头顶的每根白发照得分明。她板着脸，没有微笑。她是典型的俄国人长相：高高的颧骨，细长的鼻子。

但是她说话并不带俄罗斯口音。"患者确认怀孕。"医生声明道，仿佛这是个常识，是件米娅应该知道的事情。我双腿发麻，在房内一把额外的椅子上坐下。这把椅子是给那些要当爸爸的兴奋男人准备的。

不是给我的，我想。这把椅子不是给我的。

"怀孕二十二天以后婴儿才有心跳。它并不总是这么早就会显现，但这里就有，很微小，几乎注意不到。看到了吗？"她把屏幕转向米娅。"看到那轻微的蠕动了吗？"她问道，指着那个几乎是静止的一团黑色。

"什么？"米娅问。

"这里，让我看看是否可以看得更清楚些。"医生说。她把探针向前推进，在米娅阴道里探得更深。明显的疼痛和不适让米娅挪动了一下身子，医生让她别动。

但米娅所疑惑的并不是医生解释的那些，她不是看不到医生指在哪里。我看着米娅把手放在自己的腹部。

"这不可能。"

"给你。"医生说着取出了探测棒，递给米娅一张纸。黑白灰奇妙地组合在一起，像一张抽象艺术画。这张照片跟米娅自己出生前的那张非常相像。我用颤抖的手抓住手提袋，胡乱地在里面摸索着纸巾。

"这是什么？"米娅问。

"这就是婴儿，是超声波照出来的照片。"她让米娅坐起来，取下自己手上的橡胶手套，扔进垃圾桶里。她的话冷冰冰的，声音单调得像重复了数千遍似的：让米娅每隔四周来复诊一次，直到怀孕三十二周为止；之后每隔两周来一次，几周之后就每周来一次。他们需要做很多检查：验血、羊水穿刺（如果愿意的话）、葡萄糖耐量试验、B群链球菌检测。

瓦库克夫医生告诉米娅，如果她有兴趣的话，可以在二十周的时候来检查一下婴儿的性别。"你想检查这个吗？"

"我不知道。"米娅只能说出这样的话。

医生问米娅，她是否还有别的问题。她只有一个问题，但她问不出声。后来她清了清喉咙，又试着问了一次。那个声音非常弱，有气无力，跟低语似的。"我怀孕了？"她问。

这件事是每个小女孩的梦想。在她们年纪小得还不明白婴儿是哪里来的时候，就已经开始想着这件事了。她们随身带着洋娃娃，像母亲般照顾它们，并想了很多婴儿的名字。米娅小时候总是会想些非常花哨的名字，用舌尖念出来，比如伊莎贝拉、萨曼莎和萨凡娜。后来有个阶段，她认为每个名字都应该以"妮"结尾：珍妮、丹妮、罗妮。她从没想过她可能会生个男孩。

"是的，你现在大约怀孕五周了。"

事情不应该是这样的。

她用手抚摸着子宫的部位，希望能感受些什么：心跳或者轻微的踢动。当然现在还为时过早，但她仍然希望能感受到体内的律动。可她什么都没有感受到。她转过身，发现我在哭泣。我从她的眼里看到了空虚，她觉得体内空荡荡的。

她对我倾诉道："这不可能。我不可能怀孕。"

瓦库克夫医生拉过一把圆转椅坐下。她把长袍披在米娅腿上，用缓和一些的声音问："你不记得发生过这事？"

米娅摇头说不。"是杰森吧。"她说。但是她马上摇了摇头。"我已经好几个月没和杰森在一起了。"她扳着手指数，九月、十月、十一月、十二月、一月。"五个月。"她总结。这数字显然对不上。

我当然知道，杰森不是孩子的父亲。

"你还有时间决定要怎么做，你还有选择。"医生给米娅看了宣传册，关于收养孩子和堕胎的。这些对她来说发生得太快，她一下子无法理解。

医生派人去叫詹姆斯来，给米娅留了几分钟让她穿好衣服，然后护士会带他进来。等候的时间里，我问米娅能否让我看看那张超声波照片。她把它递给我，单调地重复着那句"这不可能"。我拿着那张照片，注视着我的孙儿，我的亲骨肉，开始哭了起来。詹姆斯进屋的时候，我的哭声转成了呜咽。我试图抑制住眼泪，但就是做不到。我从墙上的纸巾盒里猛拉了几张纸巾，擦干眼泪。瓦库克夫医生回来的时候，我再也抑制不住哭泣，恸哭着说："他强暴了你！那个混蛋强暴了你！"

但是，米娅仍然什么都感觉不到。

科　林

救援前

冬天来了。我们醒来的时候天正在下雪，小屋内的温度已经降到了零下 7℃。

这里没有热水。她把能找到的所有衣服都套上了。她穿上两条秋裤和那件难看的栗色运动衫。她套上一双袜子，抱怨着她讨厌穿袜子，但不穿脚又会冷。她说她一直很讨厌袜子，甚至在还是小婴儿的时候，就会扯下脚上的袜子，扔在婴儿床边的地板上。

我之前从不承认我冷，但这天真是冷极了。我一醒来就开始生火。我已经喝了三杯咖啡了。现在，我坐在桌边，把一张破旧的美国地图摊在桌上。这是我在杂物箱里找到的，和一支墨水几乎干涸的钢笔放在一起。我正圈着我们离开这个鬼地方的最佳路线。我思考着沙漠地区，拉斯维加斯和加利福尼亚州的贝克之间的某个地方——某个温暖些的地方。我想着要如何绕路去印第安纳州的加里，首先我们的卡车不能被高速公路巡警发现。我认为我们必须抛弃这辆卡车，想办法偷辆新的，并祈祷这样的事情别被报道出去；或者我们可以跳上一辆货车，要是那里有人在找我们，可能会成为我们的阻碍。尤其是加里附近，也许会有人守在那里，想着万一我还有胆量回家。也许警察会用她来诱捕我，也许他们已经在我加里老家的附近安排了一个监视队，等着我自投罗网。

真该死!

"要去哪里吗？"女孩看着地图问。我把它折起来，放到一边。

我没回答她的问题。"喝点咖啡吗？"我反问。我知道我们不能在沙漠里待太久。待在沙漠里是不可能过上任何接近正常的生活的，如何活下来都是问题。我当即决定，我们不能去沙漠。唯一的可能就是去国外了。然而我们的现金已经不够坐飞机，所以在我看来，有两种选择：北上或南下，去加拿大或墨西哥。

但是当然，出国是需要护照的。

这时我突然意识到了我必须要做什么。

她摇头说不用了。

"你不喝咖啡？"

"不喝。"

"你不喜欢？"

"我不喝带咖啡因的饮料。"

她告诉我，她喝过很长时间的咖啡因饮料，但这让她神经焦虑紧张。她无法安静地坐着。当咖啡因引起的兴奋消失后，取而代之的只有极度的疲劳。所以她又会喝一杯咖啡。这是个恶性循环。"当我试图戒掉咖啡因，"她说，"就会觉得头疼乏力。只有激浪汽水[1]才能让我觉得舒服些。"

但我还是给她倒了一杯咖啡。她双手捧着温暖的马克杯，把脸凑到杯子边缘，感受着升腾而起的蒸汽。她知道她不该喝，但她还是喝了。她把杯子举到唇边，停在那里，然后喝了一小口，滚烫的液体从她食道一路灼烧下去。

她呛到了。"小心点。"我说得太迟了，"很烫。"

我们除了坐在那里大眼瞪小眼以外，并没有什么别的事可做。因此当她说她想给我画像的时候，我同意了。反正我也没有其他事可干。

坦白说，我并不愿被画。一开始没什么大不了的，但后来她要求我坐着别动，向前看并且微笑。

"算了吧。"我说，"我不干了。"我站起来。真见鬼，我才不要坐在那里对她微笑半小时呢。

"好吧。"她让步，"别笑了。哪怕你不看我都行，只要你坐着别动就好。"

她让我站到炉火边，替我摆姿势，冰冷的手按在我的胸口上。她压低我的身子让我坐到地板上。我的背几乎要贴到炉子了，火焰差不多要在我的衬衫上烧出一个洞来。我开始出汗。

---

1 百事可乐公司产品。1940年，美国田纳西州的Barney和Ally Hartman两兄弟在调制烈酒的时候，无意间创造出了激浪饮料。1964年，百事可乐集团为了进入柠檬味碳酸饮料市场，收购激浪品牌。

我想到她上一次触碰我的情形，她的手不顾一切地试图脱下我的衣服。而我上一次碰她，是扇了她一耳光。

房间很昏暗。深色松木组成的墙和天花板挡住了一切光线。我数着墙上的松木木材，由十五块层层叠起。小窗户里没有太阳光照进来。

我看着她，觉得她其实并没有那么糟糕。

最初那一晚在我的公寓里，她很美。她用充满信任的蓝眼睛看着我，丝毫料想不到我会干这样的事情。

她坐在地板上，斜靠着沙发，抱着双腿把速写本放在膝盖上。她从包里取出铅笔，按出铅芯。她歪着脑袋，头发散乱地垂在一边。她的目光勾勒出我脸部的轮廓和我鼻子的弧度。

不知道为什么，我有把她男友揍一顿的冲动。

"我收买了他。"我承认道，"你的男朋友。我给了他一百块钱，让他那天晚上去忙其他事情，不来见你。"

他没问为什么，我也没说。那个胆小鬼只是从我手里抓过钱，然后就跑得无影无踪了。我没告诉她，我曾用枪在厕所里指着他。

现在一百块钱可以买很多东西。

"他得去工作。"她说。

"那不过是他告诉你的原因。"

"杰森总是工作到很晚。"

"这大约也是他的说辞。"

"是真的。"

"有时候，也许是吧。"

"他很成功。"

"在说谎方面很成功。"

"你收买了他，那又怎样？"她生气地说。

"你为什么会跟我回家？"我问。

"什么？"

"那天晚上你为什么会跟我回家？"她忍住情绪，没有回答，假装埋头作画，愤怒又急躁地在纸面上涂画着。"我不知道这个问题这么难回答。"我说。

她的眼神变得激动，额头青筋暴起，流下冷汗，双手颤抖。她气极了。

"我喝醉了。"

"喝醉了？"

"是的，我喝醉了。"

"因为只有这样，像你这样的人才会跟我这种人回家，是吗？"

"因为只有这样，我才会跟你回家。"

她看着我，我好奇她看到的是怎样一个人，她认为她看到的又是怎样一个人。她觉得我不在乎她的冷漠，但她错了。

我脱下运动衫，扔在我那双走路声音很大的靴子边，身上还穿着汗衫和牛仔裤，也许在她眼里我永远就穿着这两件衣服。她在纸页上草草画着我的脸，用狂乱的线条和阴影描绘出她眼中那个炉火前的恶魔。

那一晚她喝了不少酒，但还没有醉到不省人事的地步。她清醒地知道自己在做什么，她很喜欢我的触碰。当然，这是在她知道我真正的身份之前。

我不知道我们沉默了多久。我听到她的呼吸声，听到铅笔划过纸张表面的声音。我几乎可以听到她脑子里的想法，她的敌意和愤怒。

"这就像抽烟和吸大麻。"最后我对她说。

这话把她吓了一跳，她试图缓口气："什么？"

她没有停止作画。她几乎假装自己没有在听，但我知道她在听。

"我的人生，我所做的事情。香烟，大麻，你第一次尝试的时候，就知道那不是好东西。但你说服自己说没事的——你可以应付它们。试一次，就一次，就是想了解它们究竟是怎样的。然后突然间，你被卷了进去。即便你想，你也无法脱身。这并非是因为我特别需要钱——虽然我的确需要。而是因为如果我试图抽身，那么我就会被杀。会有人告发我，我会在牢里度过下半辈子。我从来就没有说不的选择。"

她停下画画。我不知道她要说什么。我确信肯定是些自作聪明的评论。但她没有。她什么都没说。但她额头的青筋消失了，手也不再颤抖。她的眼神柔和下来。她看着我，点了点头。

夏 娃

救援后

我看到詹姆斯从大厅急急地冲进米娅的卧室。在门外，他的脚步声非常响，很快把米娅从睡梦中惊醒。她从床上跳起来，害怕地睁大眼睛，心脏在胸腔里烦躁不安地怦怦直跳。她花了好一会儿才意识到自己在哪里：一些还挂在衣橱里的她高中时期的衣服，黄麻地毯，还有一张她十四岁时就贴着的莱昂纳多·迪卡普里奥的海报。然后她的心跳平复了下来。她记起来她在哪里了——她在家里。她很安全。她把头埋进手中，开始哭泣。

"你需要穿上衣服。"詹姆斯说，"我们要去见见那个研究精神病的人。"

他一离开，我就走进卧室，帮米娅从衣橱里挑出合适的套装。我试图缓解她的恐惧，提醒她这里是我们的家，她很安全。"没有人会伤害你。"我向她保证。可是这话连我自己都不确定。

米娅在车里吃着一片我带的烤面包。她一点儿也不想吃，但我每隔几分钟就从副驾驶座上转过身，对她说："再吃一口吧，米娅。"仿佛她又变成了那个四岁的孩子，"就再吃一口。"

我感谢罗兹医生一大早就为我们挤出时间来。詹姆斯把医生拉到一边说悄悄话，我替米娅脱了外套，然后目送着米娅和罗兹医生消失在紧闭的门后。

罗兹医生今天早上会和米娅谈谈孩子的事情。米娅不肯接受她子宫里胎儿存在的事实，我猜我也一样。她几乎都说不出那个词：孩子。这个词困在她的喉咙里吐不出来，每次詹姆斯或者我提起这个话题，她都发誓说这不可能是真的。

但我们认为，也许让米娅和罗兹医生谈谈会有帮助。罗兹医生既是专家，也是个能公平看待此事的旁观者，她今天早上会和米娅讨论一下她目前面临的选择。可我已经能够想象出米娅的反应。"我面临的选择是什么？"她会这么问。而罗兹医生则不得不再次提醒她孩子的事情。

"让我把话挑明了吧，夏娃。"米娅和医生一离开房间，詹姆斯就对我说，"我们不能让米娅怀着那个男人的私生子。她要把孩子打掉，而且要尽快。"他停顿了一下，条理分明地思考着："有人问起，我们就说这个孩子没能活下来。米娅的这种情形对她造成了很大的精神压力。"他说，"因此孩子没能幸存。"

我没有评论。我根本没法评论。我看着詹姆斯，他膝盖上摊着一份协议。他的眼睛匆匆浏览着它，对它的关注超出了对我们的女儿和她未出世的孩子。

我试图说服自己，他心里还有点良知，但我不确定是不是真的有。

他之前不是这样的。詹姆斯并非一开始就对他的家庭漠不关心。安静的午后，詹姆斯在工作，米娅在午睡。我不禁翻找出詹姆斯和女儿们在一起的美好时光：老照片上他抱着襁褓中的格蕾丝或米娅；家庭录像里，詹姆斯和年幼的女儿在一起的片段。我听着他哼摇篮曲——那是一个完全不同的詹姆斯。我追忆着女孩们的生日派对、第一次上学，以及其他詹姆斯不会错过的特殊日子。我翻开相册找出詹姆斯教米娅和格蕾丝不用辅助轮骑自行车的照片，一起在漂亮的酒店泳池里游泳的照片，或者第一次在水族馆看鱼的照片。

詹姆斯来自一个非常富有的家庭。他的父亲是一名律师，祖父也是，可能连曾祖父都是律师，但说实话我并不清楚。他的兄弟马蒂是州众议员，另一个兄弟布莱恩是市内最好的麻醉师之一。马蒂的女儿詹妮弗和伊丽莎白分别是企业律师和知识产权律师。布莱恩有三个儿子，一名企业律师、一名牙医和一名神经学家。

詹姆斯需要维持自己的形象，尽管他从不敢大声说出来，但他一直都在和兄弟们竞争：谁是最有钱的，谁是最有影响力的，谁是丹尼特家最出色的。

对詹姆斯来说，要做就做最好的。

下午我偷偷走进地下室，仔细查看旧鞋盒里的照片，想向自己证明那都是真的，那些闪烁着父爱光芒的时刻并不是我的想象。我找到一张米娅五岁时画的画，画很粗糙，米娅在上面用稚嫩的大字写着：爸爸我爱你。画上是一个高个子和一个小个子，他们没有手指头的于紧紧牵在一起。他们脸上是夸张的微笑，画的四周贴满了贴纸——大约三十多张红色和粉色的心形贴纸。某天晚上詹姆斯下班回家后，我把这张画递给他看。我不知道他盯着它看了多久，一分钟或者更久，然后他把它带进了办公室，用磁石贴在黑色的文件柜上。

"这是为了米娅好。"他开口打破了这令人窒息的沉默，"她需要时间来治愈。"

但我怀疑事情是不是真的这样。

我想告诉他，还有另一种选择，比如收养。米娅可以把孩子交给那些无法生育的家庭。她可以让某个不幸的家庭变得非常快乐。但詹姆斯从来不会这样看待事情。他总会做出各种假定推测：假如养父母不想带这个孩子呢？假如这个孩子有天生缺陷呢？假如这个孩子长大后找到米娅，再一次毁了她的生活呢？

相反，堕胎则是个快捷的解决方案。詹姆斯是这么说的。他从没想过这样做负罪感就会缠着米娅一辈子。

罗兹医生结束了与米娅的交谈，陪着她走进等候室。我们离开前，她伸手放在米娅的胳膊上说："没有要你今天必须做出决定，你还有很多时间去考虑。"

但我看到詹姆斯眼里的神情表明，他已经做出了决定。

科　林

救援前

我睡不着，这不是我第一次失眠。我试图数羊、数猪，什么都行，现在我在屋里来回踱步。每个夜晚都很难熬，每个夜晚我都在想她，但今晚更糟糕，因为我手表上的日期提醒我，这是她的生日。

屋里漆黑一片，突然间，我的脚步声不再是这里唯一的声音。

"你吓死我了。"我说。我的眼睛不习惯黑暗，我几乎辨不出她的轮廓。

"对不起。"她撒谎。"你在做什么？"她问。我妈妈总是责怪我走路的声音太重，她说这简直能把死人给吵醒。

我们没有开灯。黑暗中我们撞在了一起，谁都没有道歉。我们避开对方，回到各自的位置。

"我睡不着。"我说，"试图消除杂念。"

"什么杂念？"她问。起初我是沉默的，起初我不打算告诉她，她不需要知道。

可是后来我还是说了。屋内足够黑，黑到我可以假装她不存在。但这并不是原因，并不是因为这个。是因为她的话，她说："当我没问。"然后她准备离开房间。这让我有了倾诉的冲动，我想让她留下来。

我说我的父亲在我还是个孩子的时候就离开了，但这根本不重要，反正他一开始的存在也如同不存在一样。他酗酒，去酒吧赌博。我们的日子本来就很拮据，他却还在铺张浪费。我说他是个好色之徒，是个骗子。我告诉她，我艰难地懂得了生活的辛酸：桌上并非总有吃的，浴室未必常备热水。反正也没人给我洗澡。可当时我才三岁，也许四岁。

我告诉她，我父亲的脾气非常差。我说我小时候总是很害怕他。对我，他只是常常叫骂一番。但对我母亲，他还拳打脚踢，不止一次。

他有时候也会工作，但更多时候是待业状态。他总是因为各种原因被解雇：旷工、醉酒、辱骂老板。

我的母亲永远都在工作。家里从来见不到她，因为她凌晨五点起床，要在杂货店面包房里工作十二小时。晚上她要去酒吧做服务生，男人会调戏她，对她动手动脚，叫她甜心和宝贝。我父亲叫她荡妇。他说她是个不中用的荡妇。

我说我的衣服是妈妈从二手店里弄来的，我们也会在垃圾清理日开车在镇上转悠，把能找到的东西都往妈妈的旅行车里塞。我们被人赶了不止一次。我们常常把车停在学校前面的加油站，睡在车里，这样我就能溜进卫生间里刷牙。后来那里的服务员想到个主意，他们说他们会打电话叫警察。

我告诉她我们每次在杂货店是怎么买东西的。我母亲只有二十美金，而我们得在篮子里放满我们需要的东西：牛奶、香蕉和一盒麦片。在收银台，最后的金额总是会超出二十美金，尽管之前我们已经在脑子里算了又算。这时候我们就必须进行选择——要香蕉还是要麦片。而后面的队伍里总有些讨厌鬼不耐烦地催我们快点。我记得有一次，有个和我同校的混蛋排在我们后面。接下来的两周里，我常听到学校有人说起，撒切尔的妈妈有多么穷，连那些便宜的香蕉都买不起。

我安静下来。女孩也什么都没说。其他任何女孩听了这话都会表示同情，会说她很为我难过，说这一切肯定很艰难。但这个女孩没有。并不是因为她不同情我，而是因为她知道，我要的并不是同情。

我从没对其他人提起过我的父亲。

我也从没对其他人说起过我的母亲。但现在我都说了出来。也许是因为无聊，我不知道。我们已经无话可说了。但不知怎的，我觉得我这么做不光是因为无聊，而是因为这个女孩让人觉得跟她说话很轻松自在，让我很想对她倾诉过往，摆脱长期积郁在我胸口的怨气。也许因为说出来之后，我就可以睡个好觉了。

"在我五岁或六岁的时候，她突然开始发抖。"我说，"起初是她的手。她的工作开始变得困难，她不停地掉东西、打翻东西。不到一年她就行动笨拙起来，她没法好好走路。她的双脚几乎动不了，胳膊也是。人们会用讨厌的目光盯着她，让她动作快点。她不再微笑也不再眨眼，她变得很沮丧，她没能保住工作，她太迟钝太笨手笨脚了。"

"帕金森病。"女孩说。我点点头，尽管她看不到。她的声音近在咫尺，但我看不见她脸上的表情，辨不清她蓝眼睛里的敏感情绪。

"医生是这么说的。"到我初中的时候，我妈妈必须在我的帮助下才能穿上衣服，永远都是汗衫，因为她拉不了拉链。到我高中的时候，我必须帮助她上厕所。她已经没有办法拿刀切食物，也不能拿笔写自己的名字。

她靠吃药缓解症状，但药物全都有副作用：恶心、失眠、梦魇。因此她停止了服药。我十四岁的时候开始工作，尽可能地多挣钱。但钱从来都不够用。那时候我父亲已经走了，他在她刚病倒的时候就离开了。我十八岁的时候从高中退学，离开了家。我以为我可以在大城市挣到更多的钱。我把我挣到的所有钱都寄给她，让她付医药费和买东西吃。这样她才不至于流落街头。但钱永远都不够。

后来有一天，我在餐馆里洗盘子。我问老板是否能再额外工作几小时，我说我手头很紧。我老板对我说："难道我们不是吗？"目前经济萧条，但他知道有个地方可以让我借到钱。

之后发生的事情，你已经都知道了。

加　布

救援前

　　我在加里市追查到了嫌疑犯的亲属：凯瑟琳·撒切尔——科林·撒切尔的母亲。我们发现撒切尔家的厨房抽屉里藏着一个手机，是用史蒂夫·莫斯（科林·撒切尔的化名）的名字注册的。我调出了通话记录，他几乎每天都给同一个人打电话，是住在印第安纳州加里市的一名中年妇女。另外还有三通电话引起了我的注意：在米娅失踪的那天夜里打给一个预付费手机的，还有十通相同号码的未接来电，打来的时间是第二天凌晨。我让技术师转出了里面的语音留言，我们全都围过来听那条消息。打电话的人想知道，女孩究竟在哪里，那个法官的女儿。为什么撒切尔没把她抓来。他听起来不太高兴。事实上，那个声音非常非常不高兴。他怒不可遏。

　　这时我才明白，科林·撒切尔是在替某个人效劳。

　　但那个人是谁？

　　我试图去追查这个预付费手机的机主。我知道它是在海德公园的一家便利店里买的。但店主是个印度男子，会说的英文不超过三个词，并不知道是谁买了它。显然那人付的是现金。我真倒霉。

　　我决定亲自去审问嫌疑犯的母亲。警长想利用他的威望派个人去加里市，但我拒绝了，我要亲自做。

　　在芝加哥，印第安纳州加里市的口碑并不好。我们觉得那是一个藏污纳垢的地方，大多数人都很贫穷，有大量黑人人口。密歇根湖沿岸坐落着许多大型炼钢厂，朝空气里排放着令人讨厌的烟雾。

　　警长想和我一起去，但我说服了他，独自动身了。毕竟，我们不希望把那个可怜的女人吓得说不出话来。我犯了个错误，我告诉丹尼特太太我计划今天动身。她没说要一起去，但她的确有过暗示。我小心地把手放在她胳膊上，保证说："我一定第一个给你打电话。"

　　路上花了大约两小时。虽然只有八十多公里，但90号州际公路上有许多半拖车，我只能以每小时不到五十公里的速度闲晃。我真不该在路边店里买咖啡，我开到加里时都快尿裤子了。我冲进加里市的加油站，感谢藏在衣服下面的武器让我畅通无阻。

　　凯瑟琳·撒切尔住在一个淡蓝色的牧场。坦白说，那房子还是五十年代的老房子，草坪长期没有修整，杂草丛生，盆栽都死光了。

　　我敲了敲纱门，在混凝土门廊上等着。门廊太破旧了，急需修理。天气很阴沉，是美国中西部典型的十一月天，非常沉闷。4℃左右的气温让人觉得冷飕飕的，尽管我知道，再过一两个月，这种天气将会是我们祈祷拥有的好天气。无人应门，于是我打开纱门敲了敲里面的木门。门边用生锈的钉子挂着一个花环。我轻轻一碰，门就开了。真见鬼，我心想。也许我应该带上警长的。我伸手去拿枪，蹑手蹑脚地走进屋，叫着："撒切尔太太。"

我走进正门。屋里的一切都很落伍，以至于我不得不提醒自己，这里并非我奶奶的家。长绒地毯，木隔板，剥落的墙纸还有家具——所有的东西都很不搭调，比如开裂的灰褐色皮革边上是花纹图案的家具。

厨房里传来浑浊而跑调的哼唱声，这让我放下心来。我把枪悄悄放回枪套里，以免吓到那名女士。然后我的视线停在了一张照片上，照片里有科林·撒切尔，另一个我猜就是凯瑟琳，她盛装打扮着。小相框被放在一个约六十八厘米的电视机的顶部，电视机开着静音，在播放一部肥皂剧。

"撒切尔太太。"我又喊了一次，但仍然没有回应。我循着哼唱声来到了厨房，只见她用颤抖的手指试图剥开速冻快餐的塑料薄膜，一次，两次，三次；我看了她一会儿，敲了敲门框。她看起来非常老，足以当科林·撒切尔的奶奶了，我都怀疑我们是不是弄错了。她穿着睡袍，脚上是一双毛绒拖鞋，腿是光着的。我尽量不去想她睡袍下什么都没穿。

"夫人。"我说着，抬脚走上了乙烯塑料地板。这一次她转过身，我的声音几乎把她吓个半死，家里多了个完全陌生的人，她很害怕。我掏出警徽安抚她，我不是坏人，她没有生命危险。

"老天爷啊。"她结结巴巴的，伸出颤巍巍的手去捂胸口，"科林？"

"不，夫人。"我说着凑近了一些。"恕我冒昧。"我说，伸手越过她骨瘦嶙峋的身体，扯开了速冻快餐的塑料薄膜。我把湿漉漉的薄膜扔在后门边已经塞满的垃圾筐上。这是一份速冻儿童餐，里面有鸡块、玉米和布朗尼。

我伸手扶起撒切尔太太。令人吃惊的是，她接受了我的帮助。无论是走路还是站立，她都很不稳当。她非常小心地挪动着，脸上毫无表情。她弯腰拖着脚步。我相信她随时都可能摔倒。口水从她嘴里流出来。

"我是霍夫曼侦探。我是一名警察，我来是为了——"

"科林？"她又问了一遍。这一次她是在祈求。

"撒切尔太太。"我说，"夫人，您请坐。"我帮助她走到旁边的早餐桌上，她坐了下来。我把速冻快餐递给她，并从抽屉里找出一把叉子。但她的手一直在发抖，都没法把食物送进嘴里去。她直接用手去摸索着鸡块。

这名妇女看起来足足有七十岁，但如果她是科林·撒切尔的母亲，那她可能只有五十岁左右。她的头发全白了，尽管在前屋那张还不算太过时的照片里，它还是栗褐色。她看起来瘦骨嶙峋，因此睡袍显得大了一两号，像服装袋一样套在她身上。当然，撒切尔太太的皮肤上到处是红肿和瘀青，我想这肯定是经常摔倒造成的。

我知道这一切是为了一个名字，一个就在我嘴边的名字。

"你见过科林吗？"

她说她没有。我问她最后一次见他是什么时候。她不知道。

"你多久见科林一次？"我问。

"每周一次。他来给草坪割草。"

我从厨房的窗子看出去，外面的院子落了满地枯叶。

"他来照顾你吗？"我问，"给草坪割草，去杂货店买东西……"

她说是的。我看到橱柜上有腐烂的水果，被一群果蝇围着。我去看了看冰箱，找到一包冷冻青豆、一盒过期牛奶和两包速冻快餐。食品柜里也一样没什么东西：几个汤罐头——撒切尔太太很可能自己打不开，还有一些咸饼干。

"他帮你倒垃圾吗？"我问。

"是的。"

"他这样帮助你有多久了？一年，两年？"

"当时他还是个孩子。我生病了，而他爸爸……"她的声音弱了下去。

"离开了。"我帮她把话说完。

她点点头。

"那现在……科林和你住在一起？"

她摇摇头："他会过来，来看我。"

"但他这周没有来？"

"没有。"

"那上一周呢？"

她不知道。水槽里的餐具很少，但垃圾桶里全是纸盘子。他鼓励她用纸餐具——很方便，用完不用她自己洗——每周他来的时候会把垃圾扔掉。

"可他会帮我买东西、打扫卫生，会做——"

"各种事情。"

"他会做各种事情。但他已经有一阵没来了，是不是，撒切尔太太？"

墙上的日历还翻在九月。而冰箱里牛奶的过期日期是十月七日。

"我帮你把垃圾带出去好吗？"我问，"我看它已经满了。"

"好的。"她说。

我不忍直视她的抖动。说实话，这让我觉得难受。

我抓起那包讨厌的垃圾，把它提出垃圾桶，径直走出后门。垃圾散发出熏人臭气，我慢跑下三级台阶，把垃圾袋扔进我的车厢里，以供稍后调查。在确保没人看见以后，我偷偷看了他们的邮箱，将里面的东西一把抓了出来。一沓信堆得很高，几乎要掉到地上了。其中有一张来自美国邮政管理局的纸条，要求居民前去邮局领取额外的信件。邮递员已经把能塞的都塞进去了，直到里面再也没有任何空间。

回到屋里，撒切尔太太正在同玉米做斗争。我受不了这样的画面，怎么会有人连吃这该死的速冻快餐都如此费力呢？我走到餐桌边，坐在那名憔悴的妇女的对面，说："我来帮你吧。"我拿过叉子，喂她咬了一口。我有片刻的迟疑。如果有一天我可能也会需要被人喂食，那我情愿去死。

"科林在哪里？"她问道。

我慢慢喂着她，每次只给几粒。

"我不知道，夫人。恐怕科林遇上麻烦了，我们需要你的帮助。"我找出米娅·丹尼特的照片给她看，问她之前有没有见过她。

她闭上了眼睛。"电视。"她说，"我在电视上见过她……她是那个……哦，天哪，科林。哦，科林。"她开始呜咽起来。

我试图安慰她说我们还不知道真相，这只是一种推测。米娅可能是和科林在一起，也可能没有。但我知道，她是和他在一起。

我解释说我需要她帮忙找到科林。我说我们想确保他和米娅是平安的，确保他没遇上麻烦。但她并不信我。

她完全不再有兴趣吃晚餐。她畸形的身体垂到桌前，反反复复地说着"科林"。不管我问什么，她都是这个文不对题的答案。

"撒切尔太太，你能告诉我如果科林要藏起来，可能会躲到哪里去吗？"

"科林。"

"你能给我他朋友的联系方式吗？如果他遇上麻烦，他可能会联系谁？他的父亲呢？你有名片盒或者通信簿吗？"

"科林。"

"请试着回忆一下你们最后一次的谈话。他最后一次来这儿，你们有交谈过吗？也许打过电话？"

"科林。"

我受不了了，毫无进展。

"夫人，你介意我四处看看吗？我只是想看看这里是否有能帮助我找到你儿子的线索。"

这就像是从小孩手里拿糖果一样简单。别的母亲会起来反对，但撒切尔太太不会。她知道如果科林不回家，她会有怎样的下场。

她在早餐桌边哭泣着，我起身离开。

我走过餐厅、简陋的卫生间和主卧室，最后来到了科林·撒切尔十七岁时的卧室：深蓝色的墙，噢，还有芝加哥白袜队[1]的三角旗，以

---

1 美国职业棒球大联盟中的球队。

及一些从没被放回去的高中课本。壁橱里还挂着些衣服：一件足球衫和一条破洞牛仔裤。地板上还有一双脏兮兮的防滑鞋。墙上用图钉钉着20世纪80年代的运动员海报，壁橱里他母亲看不见的地方，则小心地挂着辛迪·克劳馥[1]的书刊插页照。有一条阿富汗毛毯被折起放在床头，可能是凯瑟琳双手还能动的时候编织的。墙上有个坑，也许是科林在一时气愤之下挥拳砸出来的。暖气片沿墙放在窗下，床边有个小相框，照片上是小时候的科林、美丽的凯瑟琳，还有一个男人的小半个脑袋，其余的都被撕掉扔了。

我东张西望地走回去。我走进主卧室，凌乱的床铺发出臭味，脏衣服积成一堆。百叶帘拉着，房间很昏暗。我开了一盏灯，可发现灯泡已经烧坏了。我猛地拉了一下壁橱里的绳索，微弱的光线照进屋内。这里有很多科林·撒切尔人生各个阶段的照片。他看起来和我并没有什么两样。从一个典型婴儿肥的小胖墩变成足球运动员，再变成美国头号通缉犯。玻璃板下压着蒲公英，这也许是他小时候采来送她的。有一张人物线条画，是他吗？一个无绳电话摔在地上。我把它捡起来放回底座上。电话已经没电了，充电将需要好几个小时。

我心中暗记着要拿到电话记录，并考虑进行电话监听。

在前屋，我用手指拂过落满灰尘的钢琴键。琴声已经走调了，但它引来了撒切尔太太，她跛着脚走进了屋里，下巴上还沾着玉米粒。她一时没站稳，我及时抓住了她的胳膊。

"科林。"已经数不清这是她第几次叫这个名字了。我把她放到

1　美国超级名模，也是全球第一批五大超级名模之一。后踏足银幕，同时也是电视人物、健身节目主持人。代表作品《公平游戏》。

沙发上，让她躺下，给她脑袋后面垫了个枕头。我找出遥控器，打开了电视音量。天知道她看了多久的静音。

橡木架上放着一排剪贴簿，记录着科林·撒切尔每一年的生活，一直到他十三岁。我取下一本，坐在皮革扶手椅里。我一页页翻开：童子军、家庭作业和进度报告；有一些树叶标本，是在午后散步时捡到并压在大本百科全书里做成的；新闻剪报、小型高尔夫赛比分、圣诞节清单；还有一张写给凯瑟琳·撒切尔女士的明信片，寄自明尼苏达州的大马雷，角落歪歪斜斜地贴着十五美分的邮票。明信片上印着1989年，图案是一片森林还有湖泊等美丽的自然景象。只有一行简单的字：爸爸糟透了。我想你。

这里面有大量照片，最旧的那几张已经泛黄并开始翘起。

我尽可能和凯瑟琳·撒切尔待得久一些，她需要陪伴。但她需要的不只是陪伴，她需要某些我给不了的东西。我说了再见，并承诺会保持联系，但我没有走，速冻快餐马上就会吃完，而且狠狠跌一跤就会要了她的命。

"夫人，我不能把你留在这里。"我跟她坦白说。

"科林。"她低声道。

"我知道。"我说，"科林会照顾你。可是科林现在并不在这里，而你也不能独自一人。你还有家人吗，撒切尔太太？有什么人可以打电话叫来吗？"

我把她的沉默理解为没有。

这让我觉得很奇怪。如果科林长期以来一直在照顾他生病的母亲，有什么事情会让他离开她呢？

我从撒切尔太太的壁橱里拿了一些东西，把它们放进包里。我还收集了几个药瓶。加里市有一家私人养老院，现在我得把她送过去。

我告诉撒切尔太太，我们要乘车外出。"请别这样。"在我带她去车里的时候，她请求着，"求你了，我想留在这里。我不想离开。"

我把外套披在撒切尔太太的睡袍外。她脚上还穿着那双毛绒拖鞋。

她尽可能地激烈反抗，但并没多大用。我知道她不想走，她不想离开她的家。但我不能把她留在这里。

一个邻居走出前廊，想看看我们究竟在吵什么。我伸出一只手，告诉他："这里没事。"我给他看了我的警徽。

我帮助她上了车，给她系上安全带。她在哭，我尽可能地把车开快，用不了几分钟我们就能抵达目的地。

我想起了我的母亲。

一名服务员推着轮椅在停车场接我。他把撒切尔太太从车里抱了出来，就像小孩子用胳膊抱毛绒玩具似的。我看着他把轮椅推进大楼里，然后迅速离开了停车场。

后来我戴着一副橡胶手套搜查了那个该死的垃圾袋。基本都是垃圾，除了一张天然气收据，上面的日期是九月二十九日——我只能假设撒切尔太太的使用资格被取消了——还有一张同一天的杂货店收据，总共三十二美元。足够维持一周的供给，科林·撒切尔计划在一周内回来的，他并没有打算消失。

我整理了信件——账单，账单，还是账单，还有过期的通知书。但仅此而已。

我想起了那张明信片，想起那片森林。我想也许大马雷在秋季是个很棒的景点，值得一去。

科 林

救援前

我告诉她我的母亲叫凯瑟琳。我给她看了我小心珍藏在钱包里的照片。这是一张老照片，大约是十几年前拍的。女孩说我的眼睛像她，严肃而神秘。我母亲脸上的微笑很勉强，露出一颗令她烦恼不已的歪斜犬齿。

"当你谈起她的时候，"她对我说，"你真心地笑了。"我母亲的发色很深，像我一样。但她的头发像剑一般笔直，我父亲的也一样。所以我的卷发是个谜，也许是某种隐性基因造成的结果，我猜。我从没见过祖父母，不知道他们是否是卷发。

我不能回家的原因有很多，但有一条我从未提起过：警察等着抓我进牢房。我初次犯法的时候是二十三岁，八年之前。我试图走正道，试图循规蹈矩，但这样我没法生活。我抢了一家加油站，把所有钱都寄给我母亲付药费。几个月后，为了她看病的费用，我又抢劫了一次。我弄明白贩毒可以挣多少钱后，也干过一阵那样的事，直到我被一名便衣警察抓住，在牢里待了几个月。从那以后，我又试图老实本分地生活，但我母亲收到了房客驱逐令，我变得不顾一切。

我不知道为什么我这么走运，我不明白为什么那么久警察都不来找我麻烦，把我抓起来。我内心其实有点希望自己被抓，那么我就不必一直这样下去了，一路潜逃，用各种假名。

"那么——"她开口道。我们在屋外，走在广阔的树林中。这是个比较温暖的十一月天，气温徘徊在 4℃以上。她穿着我的外套，缩在衣服里，把手插进口袋。风帽裹住她的脑袋。我不知道我们走了多久，但此时已经看不到小屋了。我们跨过倒下的树干，我推开一棵常青树的树枝，这样她就可以穿过而不必应付近二十米高的冷杉树。我们爬上坡又走下溪谷，把松果踢到一边，聆听鸟叫。我们斜倚在西部铁杉上，在十几棵相似的树木间停下喘息。"那么你并不是欧文。"

"不是。"

"你也不是托莱多人。"

"不是。"

但我没告诉她我是谁。

我说我父亲曾带我来过这里一次，到明尼苏达州的火石路。我告诉她小屋是我父亲的，是他家的祖传房屋。他在和某个女士约会。"我不知道她看上了那个混蛋什么？"我说，"我知道他们不会长久的。"我们已经有好几年没说话了，我几乎都把他给忘了。然后某天他突然邀请我参加这趟旅行。我们租了一辆野营车，从印第安纳州加里市的家出发开到明尼苏达州。这是他搬去维诺拉州给美国交通管理局工作之前的事。我不想去，但我妈说我必须去。她天真地以为我父亲想弥补我们之间的关系，但她错了。

"那名女士有个和我差不多年纪的讨厌鬼。因此他策划了一个隆重的假日，仿佛我们做了什么了不起的事情似的。那名女士、她的孩子还有我一起去。他想给她留下好印象。他向我承诺，如果我乖乖配合，不把事情搞砸，他就给我买一辆自行车。整个过程中我都闭着嘴，可我连自行车的影子都没看见。"我告诉她，从那以后，我就再也没跟他说过话。但我仍然密切注意着他，以防万一。

她说她不知道我怎么能如此熟练地穿越树林。我说这是因为老习惯。比如童子军时期养成的习性。而且我天生方向感很好，分得清南北。我还是个孩子的时候，经常在森林里漫步闲逛很久——只要能离开争吵不休的父母，去哪里都好。

我徒步穿越森林的时候，她一直跟着我，并没有觉得累。

一个在城市长大的女孩是怎么知道所有树木的名字的？她指着它们跟我说明——冷杉、云杉和松树——好像在给我上该死的生物课。她知道橡子是长在橡树上的，而那些愚蠢的直升机模样的小种子则是枫树上掉下来的。

我猜了解这些并不需要多高的天分，只是我从没在意过它们——直到我看到她双手撒下种子，然后以一种敬畏的眼神注视着它们旋转着落到地面。

她在不经意间就教导了他人。她指出这些"小直升机"是翼果，红雀是雄的。一切艳丽的动物都是雄性，而雌性则不太起眼，这让她心里很不舒服。红雀、鸭子、孔雀和狮子都是这样。我从没注意过这种区别。如果她生命中不曾遇到各种让她难受的男人，那么她不会觉得如此生气。

她说她绝不会美化她父亲带给她的这种感受。她说我不会明白的，因为他既没有打过她也从没让她挨过一晚上冻；他也从来没有让她饿着肚子上床睡觉。

她有个叫罗曼的学生，是个无家可归的黑人小孩，大多数晚上都住在北边的收容所里。虽然没有人让他去上学，但他自己选择去上学。他十八岁了，正在攻读高中文凭，因为不满足于同等学力的文凭，他白天待在学校里学习，下午去清扫城市街道，晚上在 L 线列车车站乞讨。她去收容所当志愿者，想了解一下那里的情形。"整整两个小时，我都在把发霉的奶酪从拆开包装的三明治里剥下来。"她说。去除发霉奶酪后的那部分三明治被分给那里的孩子们吃。

也许她并不像我预想中的那样只顾自己。

我知道轻蔑的眼神是什么样的，它虽然看着你，却并没有真正把你放在眼里。我知道不屑的声音听起来是什么样的。我知道背叛和幻灭的滋味——一个人本可以给你全世界，却拒绝付出哪怕一丝一毫。

也许，我们的本质并没有多大不同。

加　布

救援前

　　我检查了凯瑟琳·撒切尔的通话记录，没注意到什么可疑的来电。她最后一次跟她儿子通话，是他在九月底用那个以史蒂夫·莫斯的假名注册的手机打的。其余的电话都是推销、债务追讨以及就诊预约提醒（她从未去过）。

　　我给加里市的养老院打了电话。服务员问我是不是家属，我说我不是家属，也不是他们雇用的小时工。我可以听到远处老男人尖叫的声音。我试图不去想撒切尔太太听到这种叫声的反应，我知道这会让她焦虑不安。我提醒自己，那里有人喂她吃饭、给她洗澡，有人照顾着她。

　　我提醒自己，我并不是她的儿子，这不是我的责任。

　　但我脑子里摆脱不了这样的场景：我母亲穿着睡袍坐在低矮的床头，茫然地盯着一扇肮脏的窗子，无助又孤独；同时还有一个无牙的老男人在大厅里喊叫；领着很低薪水的护士无视她，唯一的盼头就是等死。

在丹尼特法官的施压之下，米娅·丹尼特的案子每晚都在晚间新闻里播出，但是仍然没有线索。

我去车辆管理局核实了信息，科林·撒切尔或者史蒂夫·莫斯名下并没有登记有车，凯瑟琳·撒切尔名下也没有。我们正在联系我们能找到的所有认识科林·撒切尔的人。他的朋友很少，只有两个高中伙伴，他们已经好几年没有跟他通过话了。他的前女友在芝加哥，我不太确定他们是不是性交易的关系。她因爱生恨，把他说得一无是处，除了迅速躺下诱惑我，而我不为所动外，什么有用的信息都没提供。一些老师说，他是个处境艰难的孩子，而另一些老师则说他是问题少年。撒切尔太太的邻居只知道他常来探望他母亲，来倒垃圾并给草坪割草。没什么大不了的。邻居不知道这家人发生了什么事，但他们告诉我他是开卡车来的。车的颜色？构造？型号？似乎没人知道。他们给出的答案都是矛盾的，我也就不再费心去问什么车牌号了。

我时不时地想起那张寄自大马雷的明信片。我不禁在网上搜索起那个湖边小镇，并在线订购了旅游指南。我查了芝加哥到大马雷的距离，甚至要求查看沿途交通摄像头里的录像，哪怕我并不清楚自己要寻找什么。

我的调查停滞不前，除了等待，我什么都做不了。

科 林

救援前

真倒霉！女孩还在睡觉的时候，我听到前门传来挠门的声音。我几乎吓坏了，从松弛的沙发上跳了起来，然后意识到自己没有枪。那是黎明时分，太阳快要升起了。我拉开窗帘看了看，但什么也没有。该死的，我想。我打开前门，发现那只蠢猫给我们带了一只死老鼠来。它已经失踪好几天了。它看起来糟透了，几乎和它脚边那只身首异处血淋淋的老鼠没什么两样。

我用手一把抱住那只猫，稍后我会再去处理那只老鼠。现在，这只该死的猫是我的人质。如果我真的相信那类鬼话，我会觉得这事是上天的帮助。橱柜已经空了，食物都吃完了。如果我不尽快去趟商店，我们就要挨饿了。

我没有等到她自己醒来。我走进卧室说："我去一下镇上。"

我的声音让她坐了起来。她睡得迷迷糊糊，揉了揉眼睛。

"现在几点了？"她问，但我没搭理这个问题。

"我带它一起去。"那只猫大叫了一声，引起了她的注意。她变得警惕起来，伸手要抱它，但我后退了一步。那个小混蛋用爪子抓了一下我的胳膊。

"你是怎么——"

"如果我们回来的时候你还待在这里，那我就不会杀它。"说完我离开了。

我飞快地前往镇上，在每小时八十公里的区域将车速飙到了七十迈以上。我敢打赌这女孩不会做任何蠢事，但我脑海中不断浮现出这样的画面：小屋周围挤满警察，正等着我回去自投罗网。

我在去大马雷的路上经过了两家装备店，我总是试图混淆行踪，不会在同一个地方出现两次。我不能被人认出来。

但现在，我所担心的不只是食物。

我认识一个专门办假证的人，可以伪造身份证和其他证件。我在一家五金店外找到一个付费电话，从口袋里掏出两枚二十五美分的硬币。我向上帝祈祷着别出什么岔子。他们在电视上说，追踪一个电话用不了三分钟时间，该死的接线员在电话接通的那一刻就能做到。我在拨完号码后不久就会被查到。丹只需要告诉警察他接到了我的电话，那么第二天，他们就会蜂拥而至，在山姆五金店附近搜寻我。

但我别无选择。我们可以尽一切努力度过寒冬——可然后呢？然后我们就完了。如果我们能活到春天，那我们就无处可藏。

因此，我投进硬币，拨出了电话。

当我回去的时候，她跑下积雪覆盖的台阶，迅速从我手里抱走了那只该死的猫。

她大喊着说她不会离开，责骂我居然威胁一只猫。"我怎么知道你不会逃走？"我问。我从卡车后座拿出几个纸袋的罐装食物。袋子肯定有一打，每一袋里都高高地堆着十或十五罐食物。就这样吧，我告诉自己，这是最后一次去镇上了。在等待假护照期间，我们就靠这些浓缩汤、烤豆子和炖番茄过活吧。还有我从那结冰的湖里能钓出来的玩意儿。

她抓着我的胳膊强迫我看她，紧紧地抓着我。"我不会离开的。"她再一次说。

我躲开她说："我不打算冒任何风险。"我走上台阶，把她和那只猫留在外面。

她劝说我让猫待在屋内。天越来越冷了，它活不过整个冬天。

"没门。"我说。

可是她很坚持。"让它留下。"她这么说。

有些事情正在改变。

我告诉她，我小时候曾和叔叔一起工作。我很不情愿讲话，但一个人能忍受的沉默是有限的。

我十四岁的时候就开始为我母亲的兄弟打工。那个啤酒肚的无赖教会了我他所有的杂活，因此一天结束后，我替他干了所有的活，而他可以轻轻松松地把 90% 的薪水领回家。

我家里没人上过大学，一个都没有。也许某个远亲上过，我说，但我认识的人里面没有。每个人都是蓝领工人，大多数人在加里市的钢铁厂工作。在我长大的那个地方，我是为数不多的白人孩子，那里几乎四分之一的人口生活在贫困线以下。

"这就是我和你之间的区别。"我告诉她，"我一无所有地长大，因此不会奢望更多的东西，我知道我得不到。"

"但你肯定梦想过要成为什么？"

"我的梦想就是维持现状，不再沦落到更糟的境地。可是后来我越陷越深。"

我的叔叔路易斯教我维修漏水的水龙头，并安装热水器；教我粉刷卧室，从马桶里打捞牙刷；教我修剪草坪、修理车库门，并在某人把前任踢出家门以后给他们家换锁。路易斯每小时一律收费二十美元，一天结束后，他送我回家并给我三十美元。我知道我在被剥削。到我十六岁的时候，我开始独立工作，但我的工作很不稳定，我需要某个依靠，加里市的失业率很高。

她问我多久去看我母亲一次。她提起她的时候，我一下变得很不自然，我安静了下来。

"你在担心她。"她说。

"跟我在这里，你没法去帮助她。"

然后她突然想起了什么。

"那笔钱。"她说，"那五千美元——"

我叹口气。我告诉她这是给我母亲的钱。她不再吃药，除非我强迫她吃。她说她忘了吃，实际上她是不想忍受药物的副作用。我告诉她我每周日都会去加里市看她，用药片分配器替她分好药，帮她购物，打扫房屋。但她还需要更多的照顾。她需要有人随时照料她，不光是周日。

"养老院。"她说。我想把我母亲送进养老院，我计划用那五千美元送她进去。但是当然，现在这笔钱没有了，因为我一时冲动选择救下女孩，但同时我和我母亲就都完了。

但在我内心深处，我知道自己为什么这么做。这并不是因为那女孩。如果我母亲发现我就是那个绑了法官女儿的家伙，而且不久之后就会有新闻报道女孩死在了某处，这样的消息会杀了她的。五千美元不再重要，她会死的，就算没有死，她也会想去死。她养育我不是为了让我变成这样的人。

我只是没想明白这一切就把女孩绑上了卡车。当美元被现实所替代：坐在我身边哭泣的女孩，达尔马的手下把她强行拉下卡车的画面，三十年的牢狱生活。在我刑满释放前我母亲就会死去。那样做有什么好处？

我开始在房里踱步。我很生气，不是因为她，而是因为我自己。我问："哪种人会把他们的母亲送进养老院，就因为她病得很严重，所以懒得去照顾她？"

这是我第一次放下戒备。我靠着松树站着，用手按着疼痛不已的脑袋。我看着她那双善解人意的眼睛，再一次问道："说真的，什么人会把他们的母亲送进养老院，就因为他们不想再继续照顾她了？"

"可是你只能这么做。"

"我还能为她做得更多。"我厉声说。她站在前门，看着落雪。那只该死的猫正在她脚边绕着圈，求她放它出去。她没有让它出去，至少今晚不行。

"你能吗？"

我告诉她，有几个周日，当我到母亲家的时候，我很惊讶她居然还活着。那个地方就像个垃圾桶。她什么也没吃，我留在冰箱里的饭仍旧在那里。有时候门没有上锁，有时候烤箱还开着。我让她搬来和我一起住，但她拒绝了。那里是她的家，她不想离开加里市。她在那里待了一辈子，那里是她长大的地方。

"还有邻居会照顾她。"我说，"有个女士每周会去她那里查看一次，取信件，并保证她有足够的食物。她七十五岁了，但她过得比我妈妈好多了。可是每个人都有自己的生活，我不能指望他们替我照顾一个成年的女人。"我告诉她我还有个阿姨叫瓦莱丽，住在附近的格里菲斯，她也不时会过来帮忙。我希望瓦莱丽能有办法知道我出了事：接到邻居的电话或者看到我出现在电视新闻里。我希望她能发现我母亲独自在家，无人照顾。希望她能去做些什么，随便什么，来改变这状况。

我的母亲不知道养老院的事情，但她从来不想让自己成为负担。我最多只能做到这样，这是一个折中的办法。

但我知道养老院是一个差劲的妥协方案。没有人想住在养老院里。可我没有更好的选择。

我抓起椅子扶手上的外套。我心烦意乱，我辜负了我的母亲。我把脚踩进鞋子里，手臂塞进外套袖子。我没有看她，几乎撞倒了她走到了门口。

"外面在下雪。"她说。她没有很快让开，而是把手放在我胳膊上，试图劝阻我。可我把她甩开了。"这样的晚上不应该出门。"

"我不在乎。"我推开她去开门。她把猫抱在手里，这样它就不会跑了。"我要去透透气。"说着我摔上了门。

夏 娃

救援前

感恩节之后没几天，有个女人把她三个月大的婴儿放进微波炉里加热，另一个女人割开了她三岁孩子的喉咙。这不公平。为什么这些没良心的人能有自己的孩子，而我却失去了我的孩子？我是一个如此糟糕的母亲吗？

感恩节的天气就像春天。气温回升到15℃左右，阳光充沛。周五、周六、周日的天气也同样好，甚至在我们吃完了剩余的土豆泥和火鸡填料[1]以后，典型的芝加哥冬季仍在酝酿之中。气象员向我们预警说，周四晚上即将迎来连日的暴风雪天气。杂货店的瓶装水已经售空，人们正在为居家过冬做准备。天哪，我想，这是冬天，每年都会来的冬天，又不是原子弹！

---

1 感恩节的特色食物。

　　我趁着天气还暖和的时候把家布置了起来。此刻，我肯定不会有心情去享受节日的愉悦氛围，但我还是做了布置——为了打发无聊的时间，同时也打发走我脑袋里那些可怕的念头。我要把家布置得充满生气，这不是詹姆斯或者我会在意的东西，但是万一——万一米娅回来过圣诞了呢？她回来就能享受到节日的氛围：圣诞树、彩灯，还有她童年时的旧长袜，绣着天使的图案，天使的头发都开始掉了。

　　门外响起敲门声，我吓了一跳。我总是这样一惊一乍的。我脑子里闪过一个念头：是米娅吗？

　　我正纠结地摆弄着白色的意大利灯串，用电源插座测试它们是否发亮，并试图解开缠了十二个月的接头。我从来没弄清楚过这些接头是怎么在阁楼上的塑料箱里缠上的，但每一年，就像芝加哥的严冬肯定会到来一样，它们也肯定会打结。凯尔特人的圣诞歌《钟声颂歌》从立体音响里倾泻而出。我仍然穿着睡衣——一套条纹图案的丝绸睡衣，纽扣开衫和束带裤子。现在已经接近十点了，所以我觉得可以换睡衣了。我的咖啡已经冷了，牛奶开始发酸。家里一团乱，到处都是红色和绿色塑料储物箱，盖子被掀开扔在了不会挡道的地方。自从詹姆斯读完法律学位，和我一起在埃文斯顿租了一间公寓后，我们每年都会组装人造圣诞树。现在那些树枝就堆在客厅里。我浏览着那些箱子里的装饰品，都是我们经年累月收集起来的——从女儿还是婴儿的第一个圣诞节饰品到女儿三年级时做的珠串拐杖糖。但这些装饰品很少被挂到圣诞树上，而是被留在箱子里积灰。我总坚持要有一棵奢华的圣诞树，可以在节日派对上让客人艳羡。我讨厌别人家里在圣诞节挂的那些廉价装饰品，那些多年不变的雪人和小摆设。

但今年，我发誓，女儿做的装饰品将会是我最先挂上的东西。

我从地板上站起来，丢下灯串。我可以看到霍夫曼侦探正透过斜面玻璃望进来。我打开门，一股冷风迎面吹来。

"早上好，丹尼特太太。"他说着走进了我家。

"早上好，侦探先生。"我用一只手理了理乱蓬蓬的头发。

他瞥了一眼屋子。"我想你在装饰房间。"他说。

"是在试着装饰。"我回答，"但灯串全都缠在一起了。"

"噢。"他脱下一件薄夹克，放在鞋边的地上。"我很擅长解圣诞灯串，你不介意吧？"他夸张地伸出手问。我告诉他请便，很高兴终于有人来完成这项恼人的工作了。

我给侦探倒了咖啡，我知道他会喝，因为他一向如此，而且他肯定会加很多奶和糖。我用清水把自己的咖啡杯洗干净重新倒满，两手各拿着一个杯子走回客厅。他正跪坐在地板上，巧妙地用指尖解开灯串。我用小托盘托着咖啡杯，放在桌子一头，然后在地板上坐下，帮他一起解。他是来谈米娅的事情，问起明尼苏达州的某个城镇：我或者米娅有没有去过那里。我告诉他没有。

"为什么问这个？"我问他。他耸耸肩。

"只是好奇而已。"他说他见过那个小镇的一些照片，看起来很漂亮。那是一个距离加拿大边境约六十五公里的湖边小镇。

"这和米娅有什么关系吗？"我问。虽然他试图回避这个问题，却发现做不到。"究竟是什么？"我追问。

"只是我的直觉。"他说。然后他坦白："我什么都不知道，但我会去调查的。"我的眼里带着绝望的祈求，我想了解更多信息。他发誓道："有消息我一定第一个告诉你。"

"好吧。"我犹豫了一刻，让步道。我知道霍夫曼侦探是唯一一个几乎像我一样关心我女儿的人。

加布·霍夫曼在我家出没已经几乎两个月了。只要有需要，他随时都会来：一个急需解答的有关米娅的问题，某个半夜从他脑海一闪而过的念头。他讨厌我叫他侦探先生，就像我讨厌他叫我丹尼特太太一样，可是我们仍然在表面上维持着礼节。但在讨论了好几周米娅私生活的细节之后，我们可以对彼此直呼其名了。他非常擅长聊天，很会旁敲侧击。詹姆斯依旧认为这个男人是个傻瓜，可我觉得他很亲切。

他停下手里的工作，伸手去拿咖啡，喝了一小口。"据说将要有一场大雪。"他换了一个话题。但我的思绪还停留在那个湖边小镇——大马雷。

"积雪会有三十多厘米厚。"我赞同道，"也许更深。"

"要是圣诞节下雪该有多好。"

"是啊。"我说，"但从没下过雪。也许这应该是种恩典。我们在圣诞节期间得到处跑，去办各种事，也许不下雪是件好事。"

"你肯定会在圣诞节前早早地买好所有东西。"

"你这么觉得？"我问。他的猜测让我有点吃惊。我补充说："我不需要给很多人买东西。只有詹姆斯和格蕾丝，还有——"我犹豫着，"——米娅。"

他停顿了一下，我们为米娅沉默了片刻。这种场景在过去几个月中发生了无数次，任何时候只要一提起米娅的名字，就让人非常难受。"你并不像个拖拖拉拉的人。"过了一会儿，侦探说。

我笑了起来："我手里有大把的时间可以拖延。"这是真话。詹姆斯整天都在工作，我除了去商店采购节日礼物，还有什么事情可做呢？

"你一直都是家庭主妇吗？"他问，然后他坐得更直了，很不安的样子。我不得不想，我们是怎么从圣诞装饰聊到天气，再转到这个话题的？我讨厌"家庭主妇"这个词。它听上去就像是二十世纪五十年代的角色，已经过时了。现在这个词带着贬义，五十多年前它未必有这层意思。

"你指的家庭主妇是？"我问，又补充道："我们有一个清洁工，你知道的。有时候我会做饭，但詹姆斯常常晚归，我就独自用餐。所以我认为你并不能说我是这个家的主妇，如果你是问我是否一直没有工作——"

"我无意冒犯。"他打断我。他看上去很尴尬，坐在我身边的地板上，解着灯串。他的进展很快，比我好多了。他弯下腰用插座测试它们是否能亮的时候，他面前的灯串几乎已经全解开了。我很惊讶这些灯全都没坏。

"棒极了。"我说。然后我撒了个谎："我没受到冒犯。"我拍拍他的手，我之前从没干过这种事，从没做出过任何打破私人空间的姿态。

"我在室内设计那行干过一阵。"我说。

他注视着房间，观察着细节。这个家的确是我亲手装扮的，这是我做的为数不多的一件自豪的事情。在当母亲这件事上，我很失败。而家庭装饰让我觉得很有成就感，我已经太久太久没有体验过这种感觉了，女儿出生后，我的生活就变成了换尿布和擦拭硬木地板上扔了一地的土豆泥。

"你不喜欢那工作？"霍夫曼侦探问。

"噢不，我很喜欢。"

"那后来怎么了？如果你不介意我打听的话……"我心想：他笑起来很迷人，笑容很甜，充满孩子气。

"后来有了孩子，侦探先生，"我随意地说着，"她们改变了一切。"

"你一直都很想要孩子吗？"

"我想是吧。我小时候就梦想着有自己的孩子——这是每个女人都会想的事情。"

"常言道，母亲是一种天职，是一种女性本能地要去做的事情。"

"如果说我怀上格蕾丝的时候并没有欢天喜地，那我是在说谎。我很喜欢怀孕的感觉，我能感受到她在我身体里的动作。"他脸红了，为这突然间听到的私密话而尴尬。

"她的出生是一记警钟。我曾梦想着摇着孩子入睡，用自己的声音安抚她。但我面对的是无眠的长夜，由于缺觉导致的精神恍惚，还有无法安慰的大哭大闹。孩子会抢夺食物、乱发脾气，有好几年我都不曾有时间去修指甲或者化妆。詹姆斯在办公室工作到很晚，但他回家后，也很少会花时间陪格蕾丝。他抛开了一切抚养子女的义务。那是我的工作——没日没夜、令人筋疲力尽、吃力不讨好的工作。一天结束后，他似乎总是不明白，为什么我没时间去拿他的干洗衣服，或者把许多洗好的衣服叠起来。"

我们又沉默了下来。这一次，不再是令人难受的沉默。我已经说得太多，我过于坦诚了。我从坐着的地方站起来，开始把圣诞树的树枝往树干上插。侦探试图忽略我的内心流露，他把解开的灯串并排放一起。这些灯串用来装饰圣诞树已经绰绰有余。因此他来问我是否需要帮忙，我说当然。

在我们几乎完成了一半的圣诞树装饰的时候，他对我说："但后来你又有了米娅。你肯定在某些方面掌握了做母亲的诀窍。"

我知道他是好意，是一种称赞，但我还是很惊讶，他认为我之前袒露的心声并不是因为做母亲很艰难，而是因为我没有找到当好母亲的诀窍。

"我们尝试了很多年才怀上了格蕾丝。我们几乎都放弃了。后来，呃，我想我们都太天真。我们认为格蕾丝是个奇迹，这样的事情肯定不会发生第二次。所以我们不小心有了米娅。某天我开始晨吐，觉得疲惫。我马上知道自己怀孕了。连着好几天，我都没有告诉詹姆斯。我不确定他会有怎样的反应。"

"他的反应是什么？"

我从侦探手里接过另一根树枝，用力插进树里。"否认吧，我想。他认为我搞错了，我理解错了这些迹象。"

"他不想再要一个孩子？"

"我认为他连第一个都没想要。"我直白地说。

加布·霍夫曼站在我面前，穿着一件驼绒上衣，这肯定花了他很多钱。里面是一件毛衣，再里面是一件白衬衫。我很惊讶他穿这么多居然不出汗。"你今天穿得非常正式。"我说，站在圣诞树前，摆弄着自己的丝绸睡衣，我可以感受到自己舌头上不大好的味道。那一刻，阳光从客厅的窗户洒进来，模糊了我的视线，朦胧中他看起来潇洒又儒雅。

"我要去法院。今天下午。"他只说了这句，然后我们沉默地对视。

"我爱我的女儿。"我对侦探说。

"我知道。"他回答，"那么你的丈夫呢？他也爱你吗？"

这种鲁莽问题令我震惊。但这本该冒犯到我、让我离开的言语，不知怎的却把我拉得更近了。加布·霍夫曼的直言不讳让我为之着迷，他说话从不绕圈子。

他盯着我看，我垂眼看地。"詹姆斯只爱他自己。"我坦诚说。远处的墙上有一张带框的照片，是婚礼那天詹姆斯和我的合照。我们在市里的一家老教堂结了婚。昂贵的开销是詹姆斯的父母支付的，尽管根据传统，应该由我的父亲来付账。丹尼特一家不会允许这样的事情发生，并不是因为他们试图表示友善，而是因为他们相信如果是由我父亲付钱，那么詹姆斯和我的婚礼就会很寒酸，这是当着他们那些富豪朋友的面丢他们的脸。

"这根本不是我童年时设想要过的生活。"我任由圣诞树的树枝掉在地上。"我在骗谁呢？今年我们没有圣诞节。詹姆斯声称他必须工作，尽管我肯定他是不会去工作的。格蕾丝要和他男友的父母一起过。她显然才刚开始跟他约会，我们连他父母的面都没见过。詹姆斯和我将在圣诞那天一起吃饭，就跟一年里的许多其他日子一样普通。我们会沉默地坐着，强迫自己咽下那顿饭，这样就可以回到各自的房间过夜了。我将给我父母打电话，但詹姆斯会要求我长话短说，因为国际长途费用很高。但这没什么。"我最后说，"我的父母只想了解米娅的情况，这会让我再次想起她，就像每一天里我醒着的每一分钟所做的那样……"我试图喘气，举起一只手：够了。

我摇摇头，转身背对着那个眼里充满同情的男人。我很羞愧。我说不下去，我说不完。

我能感受到自己的心跳。我的皮肤黏糊糊的，我的胳膊开始出汗。我无法呼吸，内心有种想要尖叫的冲动。

惊恐发作是这样子的吗？

但当霍夫曼侦探用胳膊紧紧抱住我，一切症状都逐渐消失。他从背后环抱住我，我的心跳慢了下来，变得平稳。他的下巴抵在我的头顶，我找回了自己的呼吸，氧气回到肺里。

他没有说什么一切都会好起来的，因为也许并不会。

他没有承诺会找到米娅，因为也许他不能。

但是那一刻他把我抱得那么紧，紧到那些负面情绪全都无处可逃——那些悲伤、恐惧、后悔和厌恶。他用胳膊把它们锁起来，因此那一瞬间我就不必再背负它们。那一刻，他替我接过了重担。

我转向他，把脸埋在他的胸膛里。他迟疑了一会儿，然后用胳膊环住我的丝绸睡衣。我在他身上闻到了刮胡膏的味道。

我情不自禁地踮起脚，伸手将他的脸拉向我。

"丹尼特太太。"他温柔地抗拒着。我告诉自己他不是想要拒绝，我用自己的唇吻向他。这是一种全新的感受，激动和无望同时朝我涌来。

他一只手紧紧抓着我的睡衣，把我拉向他。我环住他的脖子，用手指梳理着他的头发。我尝到了他嘴里的咖啡。

有一瞬间他回应了我的亲吻，但只有一瞬间。

"丹尼特人人。"他又轻声开口。他的双手下滑到我的腰部，温柔地推开我的身体。

"请叫我夏娃。"我说。他向后退去，用手背擦拭着自己的嘴。我最后做了一个失败的尝试，我抓着他上衣的下摆，把他拉向我。

但他没让我这么做。

"丹尼特太太，我不可以。"

这沉默仿佛会持续一辈子。

我的眼睛迷茫地盯着地板。"我做了什么？"我低语。

这不是我会做的事情。我之前从没这么做过。我是个谨慎又守礼的人，而这……这种行为是詹姆斯的专长。

曾经有段时间，男人的目光都追随着我。他们认为我很漂亮。当我挽着詹姆斯·丹尼特的手走过房间，每个男人和他们嫉妒的妻子都转头盯着我看。

我仍然能感受到侦探的手抱着我，感受到他身体所带来的安慰和同情。但现在他隔着一段距离站着，而我双眼盯着地板。

他用手扶着我的下巴，抬起我的脸，强迫我看他。"丹尼特太太。"他又一次开口。他知道我没有完全在看他，我不能，我羞愧得无法直视他的眼睛。"夏娃。"我看向他的双眼，那里面没有气愤，也没有嘲讽。"这世界上没有比这我更愿意做的事情。只不过……在这种情况下……"

我点点头。我知道。"你是一个诚实的人。"我说，"或者一个高明的骗子。"

他伸手抚摩我的头发。我闭上眼睛，向他靠过去。我蜷缩进他的怀里，让他环抱住我。他把我拥得很紧，在我额头上印下一个吻，然后亲着我的头发，用手从头顶抚到发梢。

"没有人要求我一周来见你两到三次，是我自己要这么做，因为我想见你。我可以打电话，但我选择亲自过来见你。"

　　我们这样站了大约一分钟，然后他说他要赶往市里的法院了。我陪他走到门口，看着他离开。然后我站在那里，站在冷冰冰的玻璃前，盯着绿树成荫的街道，直到我再也看不见他的车。

科　林

救援前

它叫阿尔伯塔快船，是一个快速移动的低气压区，因太平洋上的热空气与不列颠哥伦比亚省的群山相碰撞而产生。它形成了奇努克风[1]，把北极气团往南带。两天前我根本不知道这是什么。直到小屋内气温骤降，我们决定去卡车里吹会儿暖气，我们需要暖和一下。我们顶着刺骨寒风朝卡车走去。她亦步亦趋地跟在我身后，借助我的身体挡风。门几乎都被冻住了。在卡车里，我开了广播，电台气象员正在谈论阿尔伯塔快船。它刚抵达这片区域，接连为我们带来了大雪和寒风，这种寒冷我只能将它形容为"无法忍受"。今天早上气温肯定降到了零下7℃。

我认为卡车无法启动，骂了几句脏话，而她则重复了几声"万

1　落基山脉东边温暖干燥的风。

福玛利亚"，但是最终起作用了。暖风一会儿就从通风孔里吹出来，我们吹着暖风，坐了下来。我觉得她从未停止过颤抖。

"这辆车你用多久了？"她问。她说我的卡车肯定比她的一些学生年纪都大。前置扬声器坏了，塑料座椅是开裂的。

"很早就有了。"我说。气象预告变成了商业广告。我转换频道从乡村音乐换到贝多芬的《致爱丽丝》。没什么好听的。我又试着换了一轮台，找到一个经典摇滚台。我停在那个台上，调低了音量。车外的风呼啸着，把卡车吹得前后摇晃起来。这风速肯定有每小时九十六公里。

我咳嗽了，还流鼻涕。她告诉我，这是因为那晚那么冷我还要出去走。可我告诉她，我是不会因为冷就生病的。然后我转过头去咳嗽，我的眼睛很疲惫，感觉糟透了。

我们看向窗外。树枝在风里来回晃动。附近的橡树上，有根树枝突然折断，掉在了卡车上。她吓了一跳看着我，我说："没事的。"这一切很快就会过去。

她问我有什么打算，我们还要在这小屋里躲藏多久。我告诉她我不知道。"还有些事情需要我想办法解决。"我说，"然后我们才能走。"我清楚地知道，我走的时候，她得跟我一起。这些天里我想的全是这件事：我们什么时候走，要去哪里。气温不断下降，我们显然无法继续待在这里。我让丹替我们办假护照，但他说这需要时间。要多久？我在山姆五金店外的付费电话亭里问他，明确告诉他我们的时间并不多。"两周内再给我打个电话吧。"他说，"我会尽量快些的。"

所以目前我们需要等待，但我没告诉她这些。现在我让她觉得我还没有想到办法。

电台里传来了披头士乐队的歌。她说这让她想起她妈妈。"当格蕾丝和我还小的时候，她常常听他们的唱片。"她说，"她喜欢音乐，但最重要的是，这是她与英国故乡的一种联系。她热爱一切英伦风的东西——茶、莎士比亚和披头士。"

"你之前怎么从没说起过你的妈妈？"我问。

她说她肯定提过她。"但我也许只是顺便一提。我妈妈就是这样的。"她告诉我，"她从不出风头，没什么好说的。她很安静，很谦恭，很温顺。"

我在通风孔前烘着双手，试图尽可能多地吸收它的热量。"你不见了，她会怎么想？"我问。

我可以闻到她身上的肥皂香，同样的肥皂从不会赋予我这种气味——一种淡淡的苹果般的香气。

"我不知道。"她说，"我没想过这个。"

"但她知道你不见了。"

"也许吧。"

"她会担心的。"

"我不知道。"她说。

"为什么这么说？"

她想了想。"在去年，她给我打过电话，也许有一两次吧。但后来我没给她回电。她也不想惹我烦，所以她就不管这事儿了。"

不过她说她也很好奇。她说这种好奇在她心里浮现过很多次。生日时她没有出现，感恩节晚餐她也没有去，人们会怎么想呢？她想知道，如果他们意识到她失踪了，会不会有人去找她？"我想知道警察是否介入了，还是人们只是议论纷纷而已。我的工作是不是丢了？他们是不是找了新老师？我没有付房租，公寓是不是被收回了？"

我告诉她我不知道。也许吧。但这又有什么关系呢？她不太可能回家，也不太可能回去上班，回去住公寓。"但她是爱你的。"我说，"你的母亲。"

"当然。"她说，"她是我母亲啊。"然后她跟我谈起了她的母亲。

"我母亲是家里的独生女。"她说，"她在英国的格洛斯特郡[1]长大，那是一个沉闷的小村庄。村里都是旧石屋，那些屋子带着陡峭的屋顶，有好几百年历史。我的外公外婆就住在那里。他们家没什么特别的，一间非常凌乱的老式小屋，乱得都快让我发疯了。我的外婆是个什么东西都不肯扔的人，而我的外公是那种可以一直喝啤酒喝到一百〇二岁的人。他浑身都是酒气，是个可爱的老头，他的亲吻总是湿漉漉的，一股啤酒味。他们是那种典型的外公外婆——外婆可以烤世界上最好吃的糕点，而外公可以把精彩迷人的打仗故事讲上好几个小时。我的外婆会给我写信，那些写在笔记本活页纸上的长长的信。笔迹很漂亮，那些流畅的草书在纸页上跳着舞。夏天她会把我最爱的冠盖绣球花做成干花放在信封里。这些迷人的藤蔓植物沿着石墙攀爬，现在已经爬满了她家的屋顶。"

她告诉我，小时候她母亲常常给她唱《薰衣草》。我跟她说，我从没听过这首歌。

她回忆起和她姐姐一起玩捉迷藏的游戏。她姐姐闭上眼睛数到二十之后，就消失在卧室里，并戴上耳机，不再管她。"我躲在壁

---

1 英国英格兰西部的郡，在塞文河口的东北方，面积两千六百多平方公里。

橱里。"她告诉我,"一个又小又窄的壁橱。我就在那里等着她来找我。"她说她在那里坐了一个多小时。当时她四岁。

最后是她妈妈找到了她。她发现米娅失踪后,把家里从头到尾搜找了一遍。她记得壁橱门吱呀一声打开,而她坐在地上半睡半醒。她记得她母亲眼里有很深的歉意,她在地上温柔地抱住她,一遍又一遍地说:"你是我的好女孩,米娅。"她很好奇那些她内心没有说出来的话是什么。

她记得她姐姐被狠狠训斥了一顿。"她不得不道歉。"她告诉我,"她也真的道歉了,尽管那态度像个势利眼一样讨厌。"她回忆着,哪怕她当时只有四岁,她也想知道当个好女孩有什么好处。不过她想成为一名好女孩。她是这么跟我说的。她努力试图当个好女孩。

她说当她姐姐上学,父亲外出,只有她一个人在家的时候,她母亲会和她分享下午茶。"这是我们的秘密。"她说,"她会偷偷为我温一杯苹果酒,并给自己煮一杯茶。她会给手指三明治抹上花生酱和果酱,我们一起享用。我们会喝得脸颊泛红,称呼对方小宝贝和亲爱的。她会给我讲英国的生活,讲那个神奇国度里的一切,比如王子和公主在每条鹅卵石街道上自由漫步。"

但是她说她父亲讨厌那里。他强迫她母亲同化成一个美国人,抛弃一切她自己的文化。她告诉我这叫作霸权主义,一种建立在支配和从属之上的关系。

在说她父亲名字的时候,她脸上露出痛苦的表情。我认为她不是故意这么做的,她甚至不知道自己做了这样的表情,但她的确做了。我想,她父母的关系并不是唯一一种称得上是霸权主义的。

外面天色已暗，漆黑一片，只有月光。虽然有卡车的车内灯帮助照明，但我仍然只能看清她的轮廓和眼里的光芒。她说："母亲来美国的时候比我现在还小，她几乎已经丢失了一切英式教育的痕迹。我父亲要求她别再使用英式的说法。我不知道从什么时候开始，她开始说法式薯条，而不再说炸土豆条，生气的时候也不再说'可恶'这个词。可是当然，在我童年的某个阶段，她就这么改变了。"

我问她谁会去寻找她，肯定有人发现她不见了。

"我不知道。"她说，但她可以猜测。"我的同事会担心，我的学生会疑惑。可是我的家人？说实话，我并不知道。你呢？"她问，"有谁会找你？"

我耸耸肩。"没人会在乎我不见了。"

"你母亲呢。"她说。

我转头看她，什么都没说。我们都不确定这是不是个问题。我知道每次她看着我，我就觉得内心的某些东西发生了改变。她的眼睛不再对我视而不见。现在她说话的时候总会看着我，我内心的怒火和憎恶消失了。

我伸出那只被通风孔烘暖的手拂过她的脸颊，把一绺头发拢到她耳后，掌心感受着她脸颊的肌肤，略微停留了一会儿。她没有反对。

然后我对她说："我们该进屋了。我们在这儿待得越久，就越难离开。"

她并没有很快行动，她迟疑着。我猜她是想说些什么。她看上去有话要说，话都到嘴边了。

然后她提起了达尔马。

"达尔马怎么了？"我问。但是她没有告诉我。她沉默着，在思考着什么，可能在想她是怎么沦落到这种境地的。至少我猜她在想这个。一个有钱法官的女儿最终是怎么和我一起躲在这间简陋小屋里的？

"别在意。"她说。她重新考虑了一下，觉得还是不谈为好。

我可以强迫她说，但我没有。现在我最不想谈论的就是达尔马。

"我们进去吧。"我说。

她慢慢点点头说："好，我们走吧。"然后我们迎着风推开车门，退回到那间又冷又黑的小屋，在里面听着萧萧的风声。

加　布

救援后

　　我草草翻阅着速写本，渴望找到线索，然后我看到了那只该死的猫。我个人很讨厌猫，它们的灵活性真是吓人。它们喜欢舒服地窝在我的大腿上，肯定知道这会把我气坏。它们会脱毛，而且会发出奇怪的呜呜声。

　　我的上司始终盯着我要我查明这个案子。他不断提醒我，丹尼特家的女孩已经回家好几周了，而我的案子却一点儿进展都没有。我的回答很简单：米娅是唯一可以帮助破案的人，但她几乎连自己的名字都想不起来，对过去几个月她的生活细节更是知之甚少。我需要唤醒她的记忆。

　　就这样，我无意中发现了那张猫的画。我妈妈一直告诉我爸爸，在她那儿雪纳瑞狗的地位比他高，而我则不如一只鹦鹉。我看到我的邻居一直亲吻着她的贵宾犬。人们和宠物之间有着一种滑稽的关系，但我不是那类人。我养的最后一个宠物的下场是被马桶给冲走。

因此我给明尼苏达州的同事打了电话，要他帮我一个忙。我把那张画传真给他，告诉他我们在找一只灰白相间的虎斑猫，大约九斤重。他从大马雷派了一队警察去小屋查看。

没有猫，但在雪地上发现了动物的脚印。在我的建议下——这事并不复杂——他留了盆食物和一些水，虽然很可能一夜就冻住了，但有总比没有好。我让他第二天早上再回去检查一下是否有猫吃过东西。一年中的这个时候它抓不到太多猎物，那个小浑蛋肯定很冷。我的同事说，找一只流浪猫并不该作为他们的头等大事。

"那什么是？"我问，"是抓捕那些超出每日最多捕鱼限额的人吗？"我提醒他，这可是一桩全国闻名的绑架案。

"好吧，好吧。"他对我说，"我第二天早上会把消息反馈给你的。"

科 林

救援前

　　我告诉她，我的中间名是迈克尔，承袭了我父亲的名字。她仍然不知道我的真实姓名。当她叫我的时候，她管我叫欧文。一般我不会叫她，没有必要。我的后背下面有道疤，有一次我洗完澡从浴室出来的时候被她看到了。她问起这道疤。我告诉她，是小时候被狗咬的，但我肩上的疤我是不会去提的。我告诉她我曾弄断过自己身体里的三根骨头：我小时候出车祸撞断过锁骨，踢足球的时候摔断过腕骨，打架的时候被人打断过鼻梁骨。

　　我思考的时候会抚摩脸上的胡子，生气的时候会踱步走来走去。我总是会让自己忙个不停，从不喜欢长时间坐着不动，除非是有目的的，比如生火、吃饭、睡觉。

　　我从头告诉她，我是怎么会绑架她的。有人提出会给我五千美元，要求我找到她并把她带到瓦克街地下车道。当时我对她一无所知。我见过她的照片，并跟踪了她好几天。我并不知道计划是什么，直到那天晚上他们给我打电话，告诉我我该做什么。替他们办事就是这样的，我知道的越少越好。这一次和其他事情不同，但这一次给的钱也最多。第一次时，我拿到的钱只够还债的。我告诉她："还了债就不会挨揍了。"后面那次是几百美元，有时候是一千美元。我说达尔马只是一个中间人，其他幕后黑手全都躲在暗处。"我完全不知道花钱雇凶的人是谁。"我说。

"这会让你觉得心烦吗？"她问。

我耸耸肩。"这种事就是这样的。"

她本可以恨我绑架了她，恨我把她带来这里。但她正在逐渐明白，我做的这些事也许救了她一命。

我的第一个任务是找到一个叫托马斯·弗格森的男人。我要逼他还出一大笔债务。他是个有钱又古怪的人，是成名于九十年代的技术天才。他热衷于赌博。他取出反向抵押贷款[1]，并输光了几乎所有家产，然后他输掉了孩子的大学学费，后来他开始动用姻亲留给他和他妻子的遗产。他妻子发现后，威胁要离婚。他拿了更多的钱，出发去乔利埃特的赌场，要把输掉的钱都挣回来。没想到他还真在赌场挣了不少钱，但是他并没有偿还债务。

找到托马斯·弗格森很容易。

1　是以拥有住房的老年居民为放款对象，以房产作为抵押，在居住期间无须偿还，在贷款者死亡、卖房或者永久搬出住房时到期，以出售住房所得资金归还贷款本金、利息和各种费用的一种贷款。

　　我来到他位于芝加哥斯崔特维尔街区的住宅，记得我走上台阶时双手是颤抖的。我只是不想惹上麻烦。我按响了门铃，一个十几岁的女孩子从门缝里向外瞥了一眼，我强行把门打开了。那是一个秋天的晚上，八点多，我记得天很冷，屋内很昏暗。女孩开始尖叫。她的母亲跑进房里，我掏出枪的时候，她们躲到了一张旧桌子底下。我告诉那个女人，让她把她丈夫叫来。足足五分钟，那个懦夫才露脸。他一直都躲在楼上。我做了一切必要的防范措施：切断电话线，堵住后门。他跑不了。但托马斯·弗格森拖了很久，直到我把他的妻女都绑起来并拿枪抵着他妻子的头，他才终于出现。他说他没有钱，他名下一分钱也没有。这当然不可能是真的。屋外停着一辆全新的凯迪拉克SUV，是他刚送给妻子的。

　　我告诉女孩我从来没有杀过人，那一次没有，之前也不曾有。

　　我们聊着天打发时间。

　　我告诉她她睡觉时会打呼噜。她说："这我怎么知道。我已经记不起上一次有人看着我睡觉是什么时候了。"

　　我总是穿着鞋子，哪怕我们知道已经无处可去，哪怕温度大幅下降跌至零下，我们一步也不会从火边离开。我让每个水龙头都滴着水，告诉她不要把它们关掉。如果水冻住了，那么水管就会爆裂。她问我我们会不会冻死在这里，我说不会的，但我并不太确定。

　　我无聊至极，问她能不能教我画画。我撕了一页又一页纸，因为我的画看起来糟透了。我把它们丢进火里。我试图给她画一张像。她告诉我眼睛是如何画在中间的。"眼睛一般和耳朵顶部对齐，鼻子则和底部对齐。"她说。然后她让我看着她。她用手仔细分析着自己的脸。她是个好老师。我想起她学校里的那些孩子，他们肯定很喜欢她。我从没喜欢过我的任何一个老师。

　　我又试着画了一次。当我完成后，她说她看起来就像一个完美的土豆太太。我把它从速写本上撕了下来，但当我要烧了它的时候，她把那页纸从我手里拿走了。

　　"留着它，万一你以后成名了呢。"她说。

　　后来，她把它藏在了一个我找不到的地方。她知道如果我找到了，又会拿它去烧掉的。

夏　娃

救援后

　　他整个周末都在做各种暗示，说她会变得多么胖，说这个一天天在她子宫内长大的孩子是个孽种。他无视我的请求，喋喋不休。米娅还没接受她身体里有个小生命的事情，但是我听到她在浴室里呕吐，知道晨吐反应又来了。我敲门问她没事吧。詹姆斯把我推到一边，我抓着门框才没摔倒。我沮丧地看着他。

　　"你没有事情要做吗？"他问，"美甲，足疗，任何事情？"

　　我反对堕胎，对我来说，这是种谋杀。这是米娅身体里的孩子，不管是哪个疯子造成的。那是一个有心跳的孩子，小胳膊小腿正在成长，血液在它小小的身体里流淌，在我外孙的身体里流淌。

　　詹姆斯不让我单独和米娅在一起。一周的大部分时间，他都把她关在卧室里，给她灌输那些赞同合法堕胎的理念，给她看他从诊所拿来的小册子和网上打印下来的信息。他知道我对堕胎的观点，通常我们两个都持保守观点。但现在我们女儿的子宫里有个私生子，他把所有的理性思维都抛到了一边，唯一重要的就是摆脱那个孩子。他承诺支付堕胎的费用，他是这么告诉我的，或者至少他在低声喃喃，就像在自言自语。他说钱由他来付，因为他不想让账单寄到保险公司索要保险金，他希望不留下任何记录，就当这一切从未发生。

"你不能强迫她这么做，詹姆斯。"一个周日晚上，我这么说。米娅身体不太舒服，詹姆斯把咸饼干带去了卧室。她长这么大，他从没像现在这样关注过她。她没和我们一起吃晚餐，这绝非巧合。我敢肯定詹姆斯把她锁在卧室里是因为怕她受我影响。

"她想要堕胎。"

"那是因为你告诉她，她必须这么做。"

"她是个孩子，夏娃，她连那个孽种是怎么怀上的都不记得。她病了——她已经够糟的了，她现在没有能力自己做决定。"

"那我们就等着。"我建议，"等到她可以做决定了。还有时间。"

还有时间。我们可以等上几周，甚至更久。但詹姆斯不这么认为，他希望孩子现在就被打掉。

"该死的，夏娃。"他生气地推开餐桌边的椅子，站了起来。他走出了房间，连汤都没喝完。

今天早上，我还没喝完咖啡，他就把米娅从床上叫了起来。我坐在餐桌边，看着他几乎是把米娅拽下楼的。她穿着不匹配的套装，肯定是詹姆斯从她衣橱里随手扯出来强迫她换上的。

"你在做什么？"在他从前面壁橱里猛地抽出她的外套，坚持要她穿上的时候，我问道。我匆匆跑进门厅，咖啡杯从桌子边缘滑落，在硬木地板上摔得粉碎。

"我们已经谈论过这个了。"他说,"我们,我们所有人,都达成了一致。"他盯着我,强迫我点头同意。

他已经给他的法官朋友打过电话,请那人的妻子瓦库克夫医生帮他一个忙。我听见他今天一早在打电话,当时还不到七点。"取消律师资格"那句话让我在他办公室门外停下脚步。堕胎可以在全市各家诊所里做,但不该在受人尊敬的妇产科医师的办公室里。瓦库克夫医生是在手术中把新生儿带到这个世界的人,而不是除掉他们的人。然而,现在詹姆斯最不想让人看到的事情,就是他拖着女儿走进堕胎诊所。

他们会给米娅打镇静剂,直到她安静下来,变得心甘情愿。即便她不愿意,也说不出"不"字。他们会撑开她的子宫颈,把机械伸进去将婴儿吸出母亲的子宫,就像用吸尘器一样。

"米娅,亲爱的。"我说着伸手去握她的手,那只手冷得像冰。她糊里糊涂的,还没有完全睡醒,还没有自己的意识。她自从失踪以后,就不再有自我意识。我认识的那个米娅是坦诚而率真的,坚定着自己的信念。她知道自己想要什么,也能得到自己想要的东西。她从不听从她父亲的话,因为她觉得他冷酷无情,该受到谴责。但现在她麻木又冷漠,而这一点被他充分利用了。他迷惑了她,她被他的咒语所掌控。她不能被强迫做这样的决定,这个决定将影响她一生。"我也一起。"我说。

詹姆斯把我按到墙上,用一根手指指着我,命令道:"你不许来。"

我推开他,去拿我的外套。"我要来。"

可他是不会让我妨碍他的。

他一手扯过我手里的外套，扔在地上；一手紧紧抓着米娅，拽着她去前门。芝加哥的冷风涌进前厅，吹着我赤裸的胳膊和双腿，吹起我的睡衣。我试图捡起外套。我大喊着："你不必这么做的，米娅，你不必这么做的。"但他制止了我。我不肯停下，他用力推了我一下，把我推倒在地。他在我还没来得及喘口气站起身之前，重重关上了前门。我恢复力气站起来，朝窗外看去，只见他的车正驶离车道。"你不必这么做的，米娅。"我仍然在说，尽管我知道，她听不到我的话。

我看向那个铸铁的钥匙架，发现我的钥匙不见了。詹姆斯拿走了它们，试图把我困在屋里。

科　林

救援前

只要再过一两天，我这该死的感冒就会好了。第一天我难受得要命，觉得自己很不中用。后来我的鼻子通了，可以呼吸了。这是我的情况。但对她来说就不同了，我可以从咳嗽声里感受到。

就在我病了之后不久，她也开始咳嗽。不是像我一样干咳，她咳得更厉害。我强迫她去喝自来水。我懂得并不多——我不是医生——但这也许有帮助。

她非常难受。我可以从她脸上看出来。她的眼睛耷拉着，水汪汪的。她的鼻子被卫生纸的碎屑擦得红肿破皮了。她始终都很怕冷。她坐在炉火前，脑袋昏昏沉沉地靠在椅子扶手上。她沦落到了一个之前不曾有过的境地，那状况甚至比我拿枪指着她脑袋还糟糕。

"你想回家吗？"我问。她试图掩饰这点，但我知道她在哭。我可以看到她脸颊上的泪痕，泪水沿着她的脸庞滴落在地板上。

她抬起头，用袖子擦擦脸。"我只是觉得不舒服。"她撒谎。她当然想回家。那只猫没有离开过她的膝盖。我不知道这是不是因为她身上那条温暖的阿富汗毛毯，或者是因为她会在炉火前做饭，也可能只是因为它很忠诚。我怎么会知道一只蠢猫的心思？

我想象自己拿枪对着她脑袋的画面，想象她躺在四周都是树叶的岩石地上。这些天里这些景象一直在我脑海里徘徊。

我用手摸摸她的头，告诉她她发烧了。

她说她总是觉得很疲惫，几乎睁不开眼睛。每次她醒来，我总是会拿一杯水给她喝。

她告诉我她梦见了她母亲，梦见自己小时候生病躺在她家的沙发上，梦见自己在那条一直随身携带的毯子下面挤成一团。有时候她妈妈会把毯子扔在烘干机里加热几分钟。她会给她做肉桂吐司。她会一边看卡通片，一边心急地等待着。当肥皂剧开始，她们会一起看。她总是能喝到一杯果汁。"补充水分，"她妈妈会提醒她，"把你的饮料给喝了。"

她告诉我，她很确定她看见自己的妈妈站在这里，穿着丝绸睡衣和一双芭蕾舞鞋样子的拖鞋站在小屋的厨房里。屋里放着圣诞音乐，她说是艾拉·费兹杰拉[1]的歌。她妈妈正在哼唱，空气里充满肉桂的香气。她大喊着"妈咪"，但转头却看到我的脸，她开始哭泣。

"妈咪。"她啜泣着，心跳加速。她确定她妈妈就在这里。

我把手放在她头上，她退缩了一下，我的手像冰一样冷。"你头

---

1 美国歌手，被誉为爵士第一夫人。

很烫。"然后我递给她一杯温水。

我在她身边的沙发上坐下。

她把玻璃杯贴到唇边，但并没有喝。她侧身躺着，头枕在我从床上拿来的枕头上。那是一个薄得像纸片一样的枕头，我好奇在她之前究竟有多少脑袋在上面压过。我伸手把掉在地上的毯子捡起来，盖在她身上。毯子很粗糙，像羊毛一样扎着她的皮肤。

"如果格蕾丝是父亲的宠儿，那么我就是母亲的宝贝。"她突然说。好像在这一刻她才突然意识到这点一样。她说她看见自己做噩梦时，她母亲急急忙忙地奔进她的卧室。她感觉到她抱着她，保护她不受那些未知事物的伤害。她看见母亲在姐姐上学以后，推着她荡秋千。"我看见她的微笑，听到她的笑声。她是爱我的。"她说，"她只是不知道怎么表达。"

我从来没有得到过像她母亲对她那样的关爱。

早上她抱怨说她头好痛，喉咙也是，天晓得她都咳得停不下来。她并不是发牢骚，是因为我问了她才告诉我的。

她背上也疼。有时候她睡到沙发上是趴着睡的。我碰她的时候，发现她烧得滚烫，但是她颤抖得很厉害，就好像她随时都可能冻结成冰块。那只猫爬到她背上，直到我发出嘘声将它赶走。它躲到了沙发后面。

她在睡梦中喃喃自语着这里并不存在的事物：一个男人穿着迷彩服在砖墙上涂鸦，不合法规地喷洒着气溶胶涂料，涂鸦的风格很狂野，带着一个很难辨认的标记。她在梦里描述道，那是黑色和黄色的，交织在一起的圆润的立体字母。

我把沙发让给她睡，连着两晚我都睡在椅子上。我在床上睡会更舒服，但我不想离她那么远。半夜里，那该死的咳嗽声让我没办法完全睡着，不过她倒是有办法在自己的咳嗽声里睡觉。弄醒她的通常是堵塞的鼻子，是那可怕的呼吸不畅。

我不知道她说要上厕所的时候是几点。她觉得自己有点力气了，就坐起身，站了起来。我可以从她走路的样子看出她浑身都疼。

她只走了几步就要摔倒。

"欧文。"她试着低声喊。她伸出一只手去扶墙，没扶到，朝地上跌去。

我没想到我这辈子会有如此快的身手。我没抓到她，但我阻止了她的头撞到硬木地板上。

她没有愣很久，最多只有两秒钟。恢复知觉的时候，她管我叫杰森。她认为我是杰森。我本该生气的，但我还是帮助她站了起来，我们一起走进浴室。我拉下她的裤子，帮助她上厕所。然后我带她回沙发，替她盖好被子。

她曾经问过我，我是否有女朋友。我告诉她没有。我试着交往过一个女孩，但我不适合恋爱。

我问起她的男朋友。我在卫生间里遇到过他，我一见到那家伙就讨厌他。他是那种做作的浑蛋，装出一副很强硬的样子。他觉得自己比所有人都好，但其实内心是个胆小鬼。他跟托马斯·弗格森是一类人，他会任由别的男人拿枪抵着她的脑袋。

我看着她入睡。我听到她肺里发出的咳嗽声。我听着她浅浅的呼吸，看着她的胸部随着每一次呼吸不规则地起伏。

"你想知道什么？"当我问起她男友的时候，她那么说。

我突然间不想谈论这个话题了。

"没什么。"我说,"当我没问。"

"因为,"她说,"我相信你说的话。"

"什么?"

"你说你收买了他。我相信你。"

"你真的相信?"

"我觉得这并不奇怪。"

"你为什么这么说?"

她耸耸肩。"我不知道。我就是这么觉得。"

我知道我不能让她的病情继续恶化下去。我知道每一天她的状况都变得更糟。我知道她需要抗生素,没有药她会死的。我只是不知道要做什么。

夏 娃

救援后

她当然不能一个人。在詹姆斯独自回家后，我就立刻出了家门。没有什么比米娅更重要。我敢肯定她现在正孤零零地站在街角，被自己的父亲所遗弃，也没有钱回家。

我朝他尖叫，他怎么可以这样对我们的孩子？

他让她独自走出医生的办公室，走进一月的冷风里，而且他完全知道她连给自己做早餐都不行，更别提找到回家的路了。

他告诉我，她非常顽固。米娅对那个孽种的态度简直不可理喻。他说她拒绝堕胎，在护士喊她名字的时候，走出了产科医生的办公室。

詹姆斯跺着脚走进他的办公室，摔上了门，没留意到我已经收拾好了手提箱，安静地走下楼梯准备离开。

我还是不够信任她。等我好不容易从詹姆斯手里拿到我的车钥匙，开车去医生办公室附近不停转悠的时候，米娅已经安全地回到了自己的公寓里，并在炉子上热着一罐汤做午饭。

她打开门，我走近她，站在那个她一直称之为家的小公寓里面用尽全力拥抱她。她已经很久没有回来了。她养的盆栽快枯死了，屋里到处都是灰尘，气味一闻就知道已经很久没有人住了。厨房冰箱上的日历停留在十月，图案是大片红色和橙色的树叶。电话答录机哔哔地响着，里面肯定有上千条留言等着她听。

她始终都觉得很冷，边走边等出租车。她说她身上一分钱都没有，付不起车钱。公寓里也很冷，她在一件薄衬衫外套上了她最爱的连帽运动衫。

"我非常非常抱歉。"我反复说着，但她也同时说了道歉的话。她伸出手臂扶住我，问我怎么了。我跟她谈了詹姆斯。是我想要放弃这段婚姻，是我想要离开。她从我手里接过手提箱，将它放进卧室。

"那你就住在这里吧。"她说。她请我坐到沙发上，替我盖上一条毯子，然后走进厨房继续煲汤——鸡汤面。她说，因为这道菜会让她想家。

我们喝着汤，然后她把在产科医生办公室里发生的事告诉了我。她用手环着腹部，在椅子上蜷成一团。

所有事情本会按他的计划进行。她说她已经说服了自己接受堕胎，结束这一切只是时间问题。詹姆斯坐在那里，读着一份法学期刊，等着预约。再过几分钟，那个俄罗斯医生就会来拿掉孩子了。

"但是，"她告诉我，"来了一个小男孩和他的母亲。他只有四岁。"她跟我讲起那个女子，她的腹部隆起，形状像个篮球。男孩在等候室的椅子上玩着他的火柴盒汽车，上上下下地移动着，嘴里发出呜呜呜的声音。有一次他不小心把车掉在了詹姆斯的脚上。那浑蛋真无耻，他居然用他的意大利皮鞋把小男孩的玩具一脚踢开，埋首在书里，连头也不抬。"然后男孩的母亲看起来非常不安，"米娅说，"那母亲穿着一条可爱的牛仔背带裤。她对男孩说'过来，欧文'，他朝她跑过去，把车放在她隆起的肚子上，爬上她的膝盖。'嗨，宝贝。'他对那个尚未出生的胎儿说。"

她停下来歇口气，然后对我坦白道："欧文。我不知道这意味着什么，但这个名字肯定有某种含义。我没法把我的视线从那个小男孩身上挪开。'欧文'，我听到我自己说出了这个名字，男孩和他的母亲都看向我。"

詹姆斯问米娅她在做什么，她说这男孩让她有种似曾相识的感觉。她之前好像听到过这个名字。但那意味着什么呢？

米娅说，她从椅子上探过身去，告诉小男孩她很喜欢他的车。男孩主动把车给她看，但是他母亲笑着说："噢，欧文，我想她并不想看这些。"可是米娅却接了过来。詹姆斯责备了她，要她把孩子的玩具还回去。但她此刻只想亲近那个男孩。她说他名字的发音让人难以呼吸——欧文。

"我把其中一辆紫色的小货车拿在手里，告诉他我很喜欢这辆车，然后把它放在他头顶上开了开，他笑了起来。他说他很快就会有个小弟弟了，他叫奥利弗。"

然后护士站在门口喊她的名字。詹姆斯站起身，但米娅仍然坐着。他告诉米娅，轮到她了。

护士又喊了一次她的名字。她看着米娅，她知道她是谁。詹姆斯不止一次说起过她的名字。

他试图去拉她的胳膊，对她劈头盖脸地训斥一顿——只有詹姆斯才会这么做。他再次提醒她，轮到他们了。

米娅告诉我，"欧文的母亲呼唤着他，我不由自主地伸手抚摩他的鬈发。我不知道男孩的母亲和我爸爸谁更吃惊。但男孩很喜欢我的抚摩，朝我微微一笑，我也回了他一个笑容。我把两辆火柴盒汽车放回男孩手里，站了起来。"她告诉我詹姆斯叹了一口气："谢天谢地——是时候了。"但这还不是时候。她拿起外套，小声对他说："我不能这么做。"

她悄悄溜出了大厅。他在后面追她，自然是满口的谴责、批评和威胁。他要求她重新考虑一下，但她做不到。她不知道这些意味着什么。欧文，她不知道为什么这个名字对她来说如此重要。她只知道，现在她还不能让她的孩子去死。

科　林

救援前

现在是深夜两点。我被她的尖叫声吵醒。我从椅子上站起来，看到她指着漆黑屋子里某个并不存在的东西。

"米娅。"我说，但我没法让她移开视线。"米娅。"我再一次大声喊她。我的声音很坚定。我朝那个地方看了不下五次，因为她的样子把我吓坏了。她的眼里全是泪水，死死地盯着某样东西。我伸手去开灯，只是为了消除自己的疑虑，确认屋里只有我们两个。然后我在沙发前跪坐下来，双手捧着她的脸，强迫她看向我。"米娅。"我喊着，她终于摆脱了出神的状态。

她告诉我，门边站着个拿大砍刀的男人，头上绑着红头巾。她歇斯底里，神智错乱。她可以描述出他身上的一切细节，包括他牛仔裤右腿上的洞。那是一个黑人，嘴里叼着一根香烟。但我最关心的是她脸上的热度，我把双手贴上去，感受到她发烫的脸颊。她最后看向我的时候，目光是呆滞的。她把头靠在我肩上，开始哭泣。

我在浴缸里放满水。我没有药，没有任何可以降温的东西。我第一次感谢这最多也只算得上温热的水温。这样的温度刚刚好，既可以避免她体温过低，也不会让她觉得太烫。

我帮助她站起来。她斜倚着我，我扶着她走进浴室。她坐在马桶上的时候，我帮她脱了袜子。她在光脚踩上冰冷的瓷砖时畏缩了一下。"别。"她请求。

"会没事的。"我哄着她。我在说谎。

我关掉了水，对她说我会尊重她的隐私。但她伸手抓住了我，对我说："你别走。"

我看着她用颤抖的手试图解开卡其裤的纽扣。她变得非常虚弱，伸手扶着水槽稳住自己的身体，然后才能继续行动。我上前一步，替她解开了扣子。我把她放到马桶座上，将她的裤子拉到地上。我脱下她腿上的秋裤，并把运动衫从她脑袋上脱下来。

坐进浴缸的时候她在哭泣。她抱着膝盖贴近胸口，任由水没过她的膝盖。她把头靠在膝盖上，头发散落在一侧，发梢浸在了水里。我跪坐在浴缸边，用手舀着水，浇在她身上露在水外的地方。我浸湿了一条毛巾，盖在她的后颈。她仍然在发抖。

我尽量不去看她。当她请求我说话给她听，随便什么只要能让她摆脱寒冷时我尽量不去看她眼睛以下的地方。我尽量不去想那些我看不到的东西。我尽量不去想她苍白皮肤的颜色或弯曲的脊柱。我也尽量不去盯着她漂在水面上的头发。

我跟她讲了一个住在我家走廊楼下的女士。那是个七十岁的老太太，在去外面倒垃圾的时候，她总会把自己锁在公寓外面。

　　我跟她讲我母亲是怎样把父亲从我们所有的早期合照里剪掉的。他们婚礼的全部照片都被她塞进了碎纸机里。她让我留了一张他的照片。但自从我和父亲不再说话之后，我就用那张照片来练习打靶。

　　我告诉她，小时候我想参加全国橄榄球联盟，当个边侧接应队员，就像汤米·沃德尔那样。

　　我告诉她，我会跳狐步舞[1]，因为我母亲教过我，但我从不会让其他人看到我跳那样的舞。在周日她心情好的时候，会用收音机播放法兰克·辛纳屈[2]的歌，然后我们在屋里缓缓起舞。那些日子我跳得比她好多了。她的舞是跟她自己的父母学的。在艰难的世道里长大，她没有其他更好的事情可以做。当时生活真的非常艰难。她总是告诉我，我对贫穷一无所知，哪怕是那些我们在汽车后座里蜷缩在睡袋里入睡的夜晚，也并非是贫穷真正的滋味。

　　我告诉她，如果我能选择，我会住在某个类似这儿的地方，某个荒郊僻壤。城市不适合我，也不适合所有这些不幸的人。

　　然而我不会告诉她，她在第一晚看起来有多美。我看着她独自坐在酒吧，暗淡的光线和香烟的烟雾笼罩着她的脸。其实我不需要看她那么久，我只是在纯粹地欣赏。我没有告诉她，蜡烛把她照得艳丽夺目，她远比照片上美得多。这些我都没有告诉她。我没有告诉她，她的目光如何令我心潮澎湃，或者她的声音曾在我夜梦中出现说出原谅的话语。我没有告诉她，我很抱歉，尽管我是真心觉得

1　狐步舞起源于美国黑人舞蹈。由美国演员哈利·福克斯创造，人们称其为"福克斯"舞。由于"福克斯"英文翻译是狐狸的意思，我们称作狐步舞。

2　20世纪最重要的流行音乐人物，能与他媲美的只有猫王和披头士这样的乐坛巨匠。三次获得奥斯卡奖。1998年因心脏病逝世，终年八十三岁。

对不起她。我没有告诉她，我觉得她很美，哪怕当时她非常厌恶镜子里的自己。

她累得连发抖的力气都没有。我看见她闭起眼睛，昏昏欲睡。我把手放在她额头上，确信烧已经退了下去。我叫醒她，然后帮她从浴缸里站起来。我用一条浴巾包住她，帮她跨出浴缸。我替她穿上我能找到的最暖和的衣服，然后用毛巾擦干她的发梢。她躺在炉火前的沙发上，火已经快灭了，因此我又往里面添了一根树枝。我还没给她盖上毯子，她就已经睡着了，但是她仍然在干咳。我坐在她身边，不让自己睡着。我要看着她起伏的胸口，这样我才知道她还活着。

大马雷有医生。我告诉她，我们得去看医生。她试图反对，"我们不能。"她说。但我告诉她，我们需要去。

我提醒她，她的名字叫克洛伊。我做了一切可以做的事情来伪装我们。我让她把头发向后梳，她从没梳过这种发型。路上我跑进杂货店买了一副眼镜，让她戴上。看起来不太好看，但必须得戴着。我也戴上了我那顶芝加哥白袜队的棒球帽。

我告诉她，我们会付现金，不用保险费。我告诉她，除非迫不得已，否则别开口说话，让我来说。

我们只需要一个处方。

我开车在大马雷附近足足转了三十分钟，决定着选哪个医生。我根据他们的名字来挑选。肯尼斯·莱文这名字听起来太正式了，那浑蛋可能每晚都听着新闻入睡。这里有间诊所，但我继续朝前开——人太多了。我们又路过了一个牙科诊所和妇产科诊所。最后我决定去一个叫凯拉·李的家庭医生那，诊所的停车场空荡荡的。她的小型跑车停在屋后，地上积了很厚的雪，那辆车并不太实用。我告诉米娅，我们不是要去看镇上最好的医生，只是想找个知道怎么写处方的人。

我扶着她穿过停车场。"小心点。"我说。地上有一层冰。我们踩着冰面走向大门。她那该死的咳嗽还是没好，尽管她骗我说她觉得好多了。

办公室在二楼，楼下是一家复印店。我们走进店里，直接沿着狭窄的楼梯朝楼上走去。她说这暖和的地方简直是天堂。天堂，我想知道她是否真的相信有这种东西。

桌边坐着一位女士，正在哼着圣诞小调。我带着米娅坐下，她把鼻子埋到纸巾里擤了擤。接待员抬头看过来，"可怜的孩子。"她说。

我替她取来了文件，坐在那张懒人椅上。我看着米娅填写表格。她记住了在名字那里写克洛伊，但写到姓氏的时候，她的手停了下来。

"我来替你填吧？"我说。我从她手里抽出钢笔。她看着我写下了"罗曼"。我编造了一个地址，保险信息那栏留了空。我把文件拿到前面，告诉那位女士，我们会支付现金。然后我坐在她身边，问她觉得怎么样。我握着她的手，十指相扣，轻轻捏着她的手对她说："一切都会好起来的。"

她认为这全是演给接待员看的，是一种策略。但她不知道，我完全不擅长伪装。女士把我们领到了后面的房间，测量了米娅的生命体征。房间很小，墙壁上画着动物装饰。"低血压。"女士说。呼吸频率高，脉搏跳动很快，体温约 40℃。"可怜的孩子。"她再次说。她说医生很快就会来了。我不知道我们等了多久。她坐在桌子边沿，盯着墙上那古怪的狮子和老虎，而我则在房间里走来走去。我想离开这该死的地方。这话我至少说了三次。

凯拉·李医生敲敲门，然后走了进来。她是个漂亮的黑发姑娘，不是我期望中的金发。我们希望来的是个金发蠢妞。

这个医生是个大嗓门，把米娅当三岁小孩来哄。她坐在一把圆转椅上，将椅子朝米娅拉近了些。米娅试图清清喉咙，她咳嗽着，她的情况糟透了，但也许她难受的样子有助于掩饰她被吓得半死的事实。

医生问她之前是否见过我们。米娅一个字都说不出来，所以我插嘴道："没有。"我异常平静。我说："我们是新来的病人。"

"那你怎么了——"她低头瞥了眼档案，"——克洛伊？"

这趟出行让米娅变得很疲惫，她无法承受医生的注视。我觉得医生肯定闻到了我们两个衣服上的体味，我们几乎每天都穿着这身衣服，因此不再闻得出这股味道。她快把肺给咳坏了。那犬吠般的咳嗽声听起来就像有十几只小狗在她身体里打架。她的嗓子很沙哑，几乎快说不出话了。

"她已经这么咳了大约四天了。"我说，"她还发烧，发冷。我周五下午就告诉过她，我们得来你这儿看病，但她说不用，她只是感冒而已。"

"觉得累吗？"

米娅点点头。我告诉她，米娅昏昏欲睡，还在家里晕倒过。她把这些写在了记录本里。

"呕吐过吗？"

"没有。"

"腹泻呢？"

"也没有。"

"让我看看。"医生说着用手电筒照了照米娅的眼睛、鼻腔和耳朵。她让她说"啊——"，检查她的扁桃腺。然后她把听诊器移到米娅的肺部。"请深呼吸一下。"李医生说。我开始在她身后踱起步子。她把听诊器移到米娅的背部和胸口，让她躺下来，然后再坐起来，把听诊器贴在她胸口听着。

"我怀疑是肺炎。你吸烟吗？"

"不吸。"

"之前得过哮喘吗？"

"没有。"

我思考着墙上那幅画：一头带圆点的长颈鹿；一头鬃毛上带圆球的狮子，就像是狗不停舔着自己的毛发形成的那种圆球；一头浅蓝色的小象，看起来刚刚从接生房里出来。

"用外行的话来说，我听到你肺里有许多垃圾。肺炎是由感染所引起的肺部炎症。那些流体阻塞了你的呼吸道。起初是感冒症状，但后来可能因为某种原因，它在你肺里造成了炎症，你就变得像这样了。"她说着，手从米娅的视野里掠过。

医生身上有股香水味。她没有在米娅咳嗽的时候闭嘴，尽管她肯定听得到那咳嗽声。

"我们会采用抗生素治疗。"她继续说。她罗列了种种可能，但其实她只要给我们开处方就行了。"不过首先我得先让你做个 X 光胸透确认下——"

米娅原本就苍白的脸色一下变得血色全无。我们不可能去医院。

"我很感激你的尽职。"我打断她。我上前一步，近得都能碰到医生了。我比她们两个个头都大，但我不想用我的体格逼她改变主意。我们会在医院里遇上几十个人，可能还不止。

我的脸上勉强挤出一个微笑，坦白说我失业了。我们没有保险，付不起二百或三百美元的 X 光胸透费用。

然后米娅开始咳嗽，一直到我们都觉得她快咳吐了的时候才停下。医生用一个小塑料杯倒了水，递给她。然后她站回原位，看着她的病人大口喘气。

"那好吧。"她说。她写下了那张该死的处方，离开了房间。

我们在走廊里和她擦身而过，朝楼外走去。她俯身在工作台上往克洛伊·罗曼的病历档案里记录着什么。她的工作服垂得很低，几乎要碰到牛皮靴的鞋面了。工作服里面是一条丑陋的裙子，听诊器挂在她的脖子上。

我们快走到门口的时候，她突然停下笔说："你确定我之前没有见过你吗？你看起来非常眼熟。"可是她看着的不是米娅，而是我。

"没有。"我不耐烦地把她打发走。没必要再对她友善了，我已经得到了我要的东西。

我们给克洛伊·罗曼预约了下一次看病的时间，但她再也不会来了。

"谢谢你的帮助。"在我轻轻推她出门的时候，米娅说道。

在停车场里，我告诉她我们做得很棒。我们得到了处方，这就是我们需要的东西。在回小屋的路上，我们路经一家药房。米娅在卡车里等我。我跑进药房里，庆幸地看到柜台前是一个十六岁的烟鬼，药剂师在后面大吃大喝，连头都没抬。在开出停车场之前，我把药给米娅服了一片。在回家的路上，我眼角的余光瞥见她睡着了。我脱下外套盖在她身上，以免她着凉。

加　布

救援前

我花了好几天时间去凯瑟琳·撒切尔的新住所探望她。第一次去的时候，我说我是她的儿子。接待员对我说："噢，谢天谢地——她一直在说起你。"然后将我带到了她的房间。我可以从她的眼神里看出来，见到是我，她很失望。但有人来陪她，让她大松一口气，她没有告诉他们我说了谎。现在她按时吃药，可以小幅度地自由行动了。和撒切尔太太同屋的是一名八十二岁的老太太，她是来接受临终关怀的，什么时候去世只是时间问题。她服用了大量吗啡，连自己在哪里都不知道，还很肯定地认为撒切尔太太是一名叫作罗丽·麦圭尔的女士。没有人来看望这个老妇人，也没人来看望撒切尔太太，除了我。

我发现撒切尔太太喜欢真实犯罪小说。我去书店把能找到的这一类畅销书都买了回来。我坐在她床边念书给她听。我不擅长把书念出声，也压根就不擅长阅读这种事情，我觉得我一年级时就没怎么掌握好这门技能。但我发现，我也很喜欢真实犯罪小说。

我偷偷把鸡块带到她房里。我们常常一起分享十块炸鸡和大份薯条。

我把自己的旧 CD 机带过来，并从图书馆借了圣诞节的 CD。她说在养老院没有过圣诞节的感觉，她可以看到窗外的雪花，但屋内的一切都和往常一样。晚上我离开的时候，替她开了音乐，这样她就不必再听室友不安的呼吸声了。

我不去看望凯瑟琳·撒切尔的时候是和夏娃一起度过的。我找到了某个愚蠢的借口，屡次登门拜访她。十二月到来，冬季降临。她变得迷惘起来，她把这当作季节性的情感紊乱，诸如此类的讨厌的症状。我可以看得出她始终都很疲惫，很悲伤。她坐下盯着窗外的落雪。

我试图想出与这个案子有关的细枝末节的信息——不管是不是真的。这让我觉得我还没有陷入死胡同里。

我教她做我母亲拿手的千层面。我不是试着把她变成一个厨师，我只是不确定还有没有其他办法能让她吃点东西。

她说她丈夫越来越少回家。他工作得更晚了，有时候甚至工作到晚上十点或十一点。昨晚他没有回家，说他必须整晚赶一个动议。夏娃发誓他之前从不做这种事。

"你怎么想呢？"我问。

"他今天早上看起来很疲惫。他回来换衣服。"

我得尽力磨炼提升我那伟大的侦探技术，弄明白她为什么不离开她的丈夫。目前为止，我还没有那么好运。

"那么他就是在工作。"我总结道。

他不可能是在工作，但如果这样能让夏娃觉得好过些，那就当他是在工作吧。

我们从不会提起那个吻。但每次见到夏娃，我总会想象她双唇亲向我的样子。我闭上眼品尝着她，嗅着她身上洗手液和香水的芬芳。

她叫我加布，我叫她夏娃。我们比以前站得更近了。

现在她打开前门看到我的时候，有一闪而过的喜悦。来人是我，而不是她失踪已久的女儿，她不再只有失望的情绪，她眼里有一丝为我而生的喜悦。

夏娃求我带她去养老院，但我知道这事不是她能应付得了的。她想和撒切尔太太谈谈，以母亲的身份和另一个母亲谈话。她认为有些事情撒切尔太太不会告诉我，但可能会告诉她。但我仍然拒绝了她。她问凯瑟琳是个什么样的人。我告诉她，她很强壮，目中无人。夏娃告诉我，她曾经也很强壮，细瓷餐具和高级女装把她变得脆弱了。

撒切尔太太的病情完全稳定后，将搬去附近的一个姐妹家住。那名妇女显然已经好几个月没看晚间新闻了。前几天，我应凯瑟琳的要求给她打电话。她不知道她的侄子已经不辞而别，也完全没听说过警方在找米娅·丹尼特。

我被委派了其他案子。一桩公寓楼火灾案，可能是有人故意纵火。还有多名青少年投诉其中学老师的案子。

晚上我回到自己的公寓，喝了点饮料帮助睡眠。但当我睡着后，梦到的是米娅·丹尼特的监控视频，她被粗鲁的科林·撒切尔从屯梯里带出来。我想象着夏娃哭着入睡的凄凉景象。我提醒自己，我是唯一能终止这场噩梦的人。

　　一个下雪的周二午后，我去了养老院。凯瑟琳·撒切尔转向我，问起她的邻居露丝·贝克。"露西（露丝的昵称）知道我在这儿吗？"她问。我耸耸肩，说我不知道。我从没听说过这个露丝——或者露西·贝克。但她告诉我，在科林没法去她那里的时候，露西每周都会去看她。她说她会收集好每日的信件，带到她家里给她。我想象了一下信箱里信多得几乎要掉出来的样子，塞得连信箱门都关不上。信件太多了，我需要带着凭证开车去加里市邮局取那些邮递员塞不进信箱里的信件。我去找了邻居们调查，但是并没有找到露丝或者露西，也没有找到贝克太太。撒切尔太太告诉我，露西住在街对面一幢白色的哥德角式房屋里面。听她这么一说，我倒是想起来了，那幢房子外面挂着出售的牌子。无人应门。

　　我调查了一番，偶然发现了一份十月第一周的讣告。我拉出了死亡记录，找到了露丝·贝克太太的名字，她于十月七日下午五点十八分死于中风。撒切尔太太不知道这件事。贝克太太本应该在科林·撒切尔外出的时候来照顾凯瑟琳·撒切尔。我不知道他身处何方，但我猜他并不知道这个他留下照顾他母亲的七十五岁老妇人已经过世了。

　　我的思绪重新落回到信件上。我拿出那沓从撒切尔太太信箱和邮局取来的信件，按照邮戳日期分好类。信件很显然缺了一部分。从米娅失踪那天到重新开始有账单和过期通知，中间大约有五天时间。我想知道究竟是哪个该死的家伙拿了撒切尔太太的信件。我回到露西·贝克家，敲了敲门，仍旧没人应答。于是我找到了她最近的亲属，一个跟我差不多年纪的女人。她是露西的女儿，和丈夫、孩子一起住在哈蒙德市。一天，我去拜访了她。

"我能帮你什么吗？"她问，吃惊地看着我朝她出示警徽。

"你的母亲是露丝·贝克吗？"我还没自我介绍，就先开口问道。

她说是的。任何时候，只要有警察出现在你家门口，你想的第一件事总是：出什么事了？

我忘了说节哀顺变，直奔主题，心里只有一个念头：找到米娅。"我想你母亲也许在替她的一个邻居收信，替凯瑟琳·撒切尔。"我说。我看到女人脸上闪过愧疚和尴尬。她开始反复道歉。我知道她很抱歉，但我想她同时还在担心自己是否惹上麻烦了。窃取信件到底算是一项重罪，而且我在这里，一个警察站在她家门口。

"我只是……只是太忙了。"她说，"忙着各种安排……她的葬礼，还有收拾她的屋子。"她见过那些信。事实上她从它旁边经过了无数次。每次她在她母亲家进出，都会看到门边那张木茶几上堆着一沓信。她只是从没去把它们物归原主。

我跟在那位女士的小货车后面，回到凯瑟琳·撒切尔所住的街道。我们进入露丝·贝克家门前的车道。女士跑进屋里取出信件。我谢过她，从她手里拿过信件，直接在车道上匆忙翻看起来：中餐厅的外卖单、水费单、杂货店广告……还有一个寄给凯瑟琳·撒切尔的厚信封，没有写寄件人地址。信封上的字迹很潦草。我撕开信封，发现里面塞着大量现金。没有票据，没有寄件人地址。我把这封信拿在手里翻来覆去地看，看到邮戳印的是威斯康星州的欧克莱尔。我把这封信扔在汽车的乘客座上，快速离开了。回到警局后，我找出在线地图，查了从芝加哥到大马雷的路线。很肯定的是，就在向西到圣保罗／明尼阿波利斯的 94 号州际公路和先向北后朝西进入明尼苏达州北部的美国国道交界处，是威斯康星州一个名叫欧克莱尔的城镇，距离大马雷大约五小时路程。

　　我联系了罗杰警官，让他去调查明尼苏达州北部。他确信我查错了方向，但他说他还是会去调查一下。我告诉他，我给他传真了一张素描，只是为了以防万一。科林·撒切尔的脸只上过三个州的地方新闻。明尼苏达州的电视台和其他地方的电视台还不知道他是谁，但他们会知道的。

科　林

救援前

抗生素开始生效，她晚上觉得好受多了。尽管她仍在疯狂地咳嗽，但烧已经退了不少。她看起来有了生气，不再像一具僵尸。

但在她好起来的同时，有些事情开始变了。我对自己说，这肯定是抗生素的副作用，但这话甚至连我自己都不信。她很安静。我问她还好吗，她说她仍然觉得难受。她不想吃东西。我试图说服她多少吃一点儿，但她只是坐在那里盯着窗外。小屋里寂静无声，令人不安的寂静，把我们带回了最初的状态。

我试图跟她闲聊，但她的回答只有几个字：是的，不，我不知道。她说我们会冻死的，说她讨厌下雪，说如果再让她吃鸡汤面的话她会吐的。

通常情况下我是会生气的。我会让她闭嘴，会提醒她我是如何救了她一命，会要求她吃掉那该死的鸡汤面，不然我就把它灌进她喉咙里。

她连画画都不想画。我问她是否想出去走走——天气比前一阵好些了——但她说不想。反正我出去了，在我离开的时间里，她待在屋里一动不动。

她无法做决定。我知道她不想吃鸡汤面，所以晚饭时给了她选择。我飞快地把壁橱里的东西都说了一遍。她说她无所谓，反正她也不饿。

她说她厌烦了永远都在发抖的状态，厌烦了我们吃的那堆垃圾，那些伪装成食物的黏糊糊的罐头，现在一闻到那气味她就想吐。

她厌烦了无聊透顶的日子，厌烦了一连好几个小时的无所事事，日复一日永无止境。她不想再在冷风里散步，也不想再多画任何一幅画。

她的指甲凹凸不平，头发由内而外都是油腻腻的，乱成一团永远解不开。虽然我们几乎每天都强迫自己在那个脏兮兮的浴缸里洗澡，但仍然摆脱不了身上的味道。

我告诉她，要是我被抓到，他们会把我送进监狱的。我不知道会被关多久。三十年？一辈子？我担心的并不是这个。这些年数代表不了什么，它们毫无意义。我活不了那么久。每个罪犯在牢里都有关系。如果我被关进去，那就跟死了无异。他们肯定做得到。

这不是威胁。我不是想让她觉得愧疚。只不过事实如此。

我也不想待在这里。醒着的每一刻我都在想，丹什么时候会交出护照，我要怎么不被警察发现拿到它们。食物总是很稀少，夜晚变得越来越冷，有一天早上我们都睡得很死。我知道，现在是时候离开了，在食物吃光之前，在钱花光之前，在我们冻死之前。

她把一切都留给我去操心。她说之前从没有人为她担心过。

我思考了所有可能出错的环节。饥饿，寒冷，被达尔马找到，被警察发现。回家有危险，留在这儿也有危险。我知道这点，她也知道。但我现在更担心的却是，她不能跟我在一起。

加 布

救援后

他们找到了那只该死的猫，信不信由你。那可怜的小东西躲在小屋后面的某个小棚子里，几乎快被冻死了。它没有东西吃，因此警察带去的奇宝狗食[1]非常吸引它，但它显然很讨厌警察给它的笼子。据他们说，在他们上锁之前，它奋力挣扎着要逃出笼子。这只猫先乘坐涡轮螺旋桨飞机到明尼苏达州，然后搭乘商务班机来到奥黑尔。这小家伙游历的地方比我还多！今天早上，我带着它去了丹尼特家——哎呀——我发现夏娃和米娅居然搬出去了。

我在早上十点抵达瑞格利维尔，带着一打甜甜圈、摩卡咖啡和一只营养不良的虎斑猫，这让她们大吃一惊。她们两个都穿着睡衣，正在看电视。

---

1 一个狗粮品牌。

楼里正好有人出门，我借机走了进去，这样就不必按门铃等她们开了。我喜欢给人惊喜。

"早上好。"米娅开门的时候我说。

她没料到是我。夏娃从沙发上站起来，轻轻拍着凌乱的头发。"加布。"她说。她拉紧睡衣，确保衣着没有什么暴露的地方。

我试图把猫留在大厅里。"我带来一些甜甜圈和咖啡。"我说。米娅只说了一句"谢谢"。我敢对天发誓，就是这句话让那只猫突然变得狂暴起来，它用爪子挠着笼子的栏杆，我之前从未听到过一只猫能发出这样的噪音。我的登场以一只猫的吵闹而告终。

夏娃脸色发白。"那是什么声音？"她问。于是我把小家伙带了进来，关上门。

据研究显示，人类和动物一起住有助于减少焦虑并降低血压和胆固醇含量。养宠物的人更轻松自在，总体上来说，也更健康。除非你养的是一只会随心所欲地撒尿或把你家具啃成碎块的狗。

"你带只猫来做什么？"她显然很疑惑，觉得我有点精神错乱。

"这只小家伙吗？"我问。我在装傻。我蹲下身打开笼子，把猫抱在胳膊里。它用后爪抓了我一下，真该死！"我替我的一个朋友照看这只猫，希望你们不介意，有谁对猫过敏吗？"我边问边把它放在地上，站起身迎上米娅的视线。

那只毛球跑向她，在她脚边绕了上千圈的"8"字。它喵喵地叫着，发出呜呜声。

夏娃笑了起来。她伸手摸摸米娅的头发。"看起来你有伴了。"她说。

女孩轻声喃喃着什么，好像试图说出一个新词，在她脱口而出让我们吃惊前，她自己先试着念念。她任由那只猫亲密地缠了她不知道多久，我们听着夏娃不断地说这小家伙有多喜欢在米娅脚边。

"你刚刚说了什么？"我问。我上前一步，看她弯下腰抱起那只猫。它没有挠她。这类猫会用鼻子贴着人，而这一只则用脑袋蹭着米娅的脸。

"我常常跟她说，她该养只猫。"夏娃仍在喋喋不休。

"米娅？"我说。

她泪眼蒙眬地看着我。她知道我了解情况，我这么做是有原因的。"克努。"她低声对我说，"我说了克努。"

"克努？"

"这是它的名字。"

叫马克斯或菲多不好吗？为什么要叫这种名字？

"米娅，亲爱的……"夏娃走到她身边，才意识到这里有什么事情正在发生。"谁叫克努？"她问。她放低声音，仿佛在跟一个智障儿童说话。她很肯定米娅在胡说八道，是自闭症[1]的副作用，但这是我第一次见到米娅说一些有意义的东西。

"夏娃。"我说着轻轻拿掉了她搭在米娅胳膊上的手。我把手伸进口袋，拿出那张我发给大马雷警官的传真，摊开它。那是一张小猫克努的素描像，画得很棒。"这个，"我说着把它递给她，"就是克努。"

"那么它没有……"

"那里有间小棚。"米娅在说话，她没有看我们，眼睛紧盯着那

---

1 前文中米娅得了急性应激障碍和选择性失忆症，没提到过自闭症，此处疑似作者笔误。

只猫。夏娃从我手里拿过画，现在她明白了，她见过那本速写本，见过每一张画，她告诉我那张科林·撒切尔的画像让她夜里一直失眠，但是她忘了这只猫。"小屋后面有间小棚，它住在那里。我发现它睡在那老旧的纸板棚[1]里。一开始我吓到了它。我只是打开门随意看了看，就把它给吓得半死。它逃走了，从小棚的一个小洞里钻了出去，窜到了树林里面，行动就像蝙蝠在飞一般。我从没想过它会回来。但它很饿，我留了点食物在外面。他说他不可能让一只该死的猫和我们待在一起，想都别想。"

"那话是谁说的，米娅？"我问。我当然知道是谁说的。也许我该去研究那该死的神经病学，然而她的回答出人意料。

"欧文。"她说完后开始啜泣，伸手扶着墙撑住身体。

"米娅，亲爱的，谁是欧文？没有欧文这个人。你是说小屋里的那个男人吗？是那个人吗？那个人是科林·撒切尔。"

"夏娃。"我说。我的自我价值每一秒都在增加，我成功办到了专家都没做成的事情。我让米娅想起了小屋里有个叫欧文的男人和一只叫克努的猫。"他有许多假名。欧文可能就是其中一个。"

"你还记得别的事吗？"我问，"你能跟我讲讲他吗？什么都行。"

"我们应该去拜访一下罗兹医生。"夏娃打断我。我知道她是好意——她一心关心着米娅——但我不能让她去。她去拿手提袋的时候，我叫住了她。我和夏娃之间发生了太多的事情，她知道她可以信任我，我不会让米娅出任何事情。她看着我，我摇摇头。现在不

---

1 纸板棚在英语中发音类似"克努"，因此小猫叫克努。

是时候，现在情况正在好转。

"他说他讨厌猫。如果他在小屋里见到它，就开枪打死它。但他只是说说而已，他当然不会杀它，否则我也不会让猫进来。"

"他有枪吗？"

"有。"

他当然有，我知道他有。

"你害怕他吗，米娅？你觉得他可能枪杀你吗？"

她点点头："是的。"但后来她停顿了一下，"不，"她摇摇头，"我不知道。我觉得他不会。"

"哦，你当然害怕，亲爱的——他有枪。他绑架了你。"

"他用枪威胁过你吗？"

"是的。"她思考着。她像从一个梦里醒来，试图记起细节。她得到的都是零零碎碎的片段，从来不是完整的场景。我们全都有过这种体验。在梦里，你的房子是一座房子，但却不是你本来的房子。某个女士看起来不像是你的母亲，但你知道她是你的母亲。与夜里不同的是，在白天，它们并没有多大意义。"他把我压倒在地，在外面的树林里，他拿枪指着我。他很生气，在尖声叫骂。"她用力摇摇头，眼泪不断从脸颊上流下。这让夏娃变得很紧张。我不得不站在两人中间，让夏娃不要上前打断。

"为什么？"我的声音平静而克制。也许我前世就是个精神病学家。

"这是我的错，这全是我的错。"

"这不是你的错，米娅。"

"我试图告诉他的。"

"试图告诉他什么？"

"他不肯听。他有枪，他一直拿枪指着我。我知道如果事情出了错，他会杀了我。"

"他这么对你说的？"我问，"他说如果事情出了错，他会杀了你？"

"不，不。"她摇着头，直视我的眼睛。"我能从他眼睛里面看出来。"她说那天在酒吧，她很害怕。我的思绪转到了住宅区的那家爵士酒吧，想起了秃头店主和精致的绿蜡烛。在那里，米娅第一次遇见化名为欧文的科林·撒切尔。从女服务员的证词来看，米娅走得很匆忙，她是自愿离开的。我回想着女服务员的话：我觉得她好像迫不及待地要离开这里。这话里似乎听不出她有多害怕。

"然后，"米娅哭着说，"一切都不对了。我试图告诉他的。我应该告诉他的，但我很害怕。他有枪。我知道如果事情出错他会杀了我。我试图——"

"科林·撒切尔，"我打断道，"欧文。如果事情出错，欧文会杀了你？"

她点点头，但很快又摇摇头。"会的。不会。"她很沮丧，"我不知道。"她语无伦次。

"你试图要告诉他什么？"我问。但她的想法转了180度弯，她摇着头，困惑又沮丧。她不再想得起来她当时要说什么。

大多数人认为，对于害怕有两种本能反应：攻击或逃跑。但身处一个糟糕的境地，人还会有第三种反应：僵住。就像汽车照明灯前的鹿一样，装死。米娅的话——我很害怕，我试图告诉他——证实了这一点。她没有攻击或逃跑，她僵住了。她高度警惕，心跳加速，但却什么也做不了，救不了她自己。

"这全是我的错。"她再次说。

"什么是你的错？"我问，我以为会重复一番之前的对话。

但这一次她却说："我试图逃跑。"

"但他抓住了你？"

她点点头。

我想起她之前的话。"在外面的树林里？"我问，"他生气是因为你试图逃跑。于是他拿枪指着你，对你说如果你再试一次……"

"他就会杀了我。"

夏娃深吸了一口气，用手掩上张大的嘴。他当然会威胁要杀了她，这是他们的办事方式，我相信这发生过很多次。

"他还说了什么？"我询问道，"你能想起什么？"她摇摇头，什么也说不出来。"克努。"我提示她，"你说如果他看到猫出现在小屋里，那他就会枪杀它。你记得那只猫是待在屋内的吗？"

她抚摩着猫的毛发，没有看我。"他说它在我身边躺了好几天，从没离开过我身边。"

"谁没有？"我问。

"他说他这辈子从来没遇到过谁会像它爱我一样爱他，也没有谁会像它一样忠诚。"

"他在说谁？"

她看着我，用目光鄙视了我的智商，说："克努啊。"

然后我突然想到，如果光是看到这只猫，她就能想起这么多事情，那要是我们再次把米娅带回那间朴素的小木屋，又会引发怎样的记忆呢？在我确信她和夏娃都安然无恙之前，我必须找人护送她回去一趟。

科 林

救援前

我告诉她，我们要出去走走。当时已经过了晚上十点，外面漆黑一片。

"现在吗？"她问，仿佛我们还有更要紧的事情似的。

"现在。"

她试图争论，但我没搭理她。我不想在这时候和她争。

我帮她穿上我的外套，朝门外走去。雪花轻盈地飘落，温度徘徊在 0℃ 左右。雪很轻，正是打雪仗的绝佳时期。这让我回想起了童年。在妈妈买固定住房之前，我们住在拖车房里[1]，冬天我会和住在那里的其他孩子一起扔雪球。

她跟着我下了台阶，停在台阶底部，感受着户外的一切。天空

---

1 拖在汽车后面的移动房屋，因价格便宜受到穷人欢迎。

黑蒙蒙的，湖泊已被夜色淹没。如果没有白雪的清辉，它会变得很黑——非常黑。她用双手接住雪花，雪花还落在她的头发和睫毛上。我伸出舌头舔了舔雪。

暗夜无声。

雪花照亮了屋外的一切。天气很清爽，而且不冷。在某些夜晚，雪花还会让人觉得温暖。她站在台阶底部，雪没过了她的脚踝。

"到这儿来。"我说。我们在雪中跋涉，朝屋后的简陋小棚走去。我撬开了门，要在雪中推开这该死的门进去并不容易。

她帮着我使劲，进屋后，她说："你要找什么？"

"这个。"我说着拿起一把斧头，我之前曾在这儿见过它。如果是两个月前，她会以为这斧头是给她准备的。

"要用这干什么？"她问。她并不害怕。

我有一个计划。"到时候你就知道了。"

现在积雪肯定有十厘米厚了，也许更深。我们双脚在雪中艰难前行，裤腿都浸湿了。我们走了一会儿，小屋渐渐淡出视线。我们是有任务的，但其实这只是临时起意。

"你砍过自己的圣诞树吗？"我问。

她像看疯子一样看我，好像只有疯狂的乡巴佬才会自己砍圣诞树。但后来，她的迟疑不见了。她对我说："我一直都想自己砍一棵圣诞树。"她的眼睛像孩子般亮了起来。

她说在她家里，圣诞树总是用假树。真树脏兮兮的，她妈妈永远不会买。她家的圣诞节一点儿都不好玩，一切都只是为了好看。圣诞树用各种易碎的水晶装饰品打扮起来。她一旦靠近这棵树一米内就会被吼。

我让她选棵树，想要哪棵都行。她指了指一棵约一米八高的冷杉。

"再选一次。"我说。然而我盯着那棵树看了一会儿，想知道我能否把它砍下来。

我让自己相信她玩得很高兴。她没有在意寒冷或者雪花落在她袜子里面冻到了她的脚踝。她说她手都冻冰了，并把手贴在我脸颊上让我感受一下。但我什么都感觉不到，我的脸颊已经麻木得失去了知觉。

我告诉她，小时候我和母亲总会忘记圣诞节。她会拖我去做弥撒，但关于礼物、圣诞树和其他乱七八糟的东西——哎，我们没有钱买。我也不想让母亲为此而自责。于是我就让十二月二十五日像个寻常日子一般过去。回到学校后，所有孩子都在炫耀自己得到的礼物，而我总会编些谎话。我不会可怜我自己，我不是那种自艾自怜的人。

我告诉她，我从不相信圣诞老人。一天都没信过。

"你想要什么？"她问。

我想要一个父亲。一个可以照顾我和我母亲的人，这样我就不必自己来做这件事了。但我告诉她的是，我想要雅达利游戏机。

她找到一棵树，大约一米五高。"你想试一下吗？"我问。我把斧头递给她。她拿着斧头笑了起来。我之前从没见她这样笑过。她朝树砍了一斧头。

砍了四五下之后，她把斧头还给我。我检查了一下树的底部。她略微削了些树干，但也仅此而已。这事做起来并不简单。我让她后退，然后重重地朝树抡斧头。她像个五岁孩子般睁大眼睛看着。如果我砍不倒这棵树，那我真是太没用了。

　　整个世界都安静下来。一切都很平静。我确信我之前从未经历过如此完美的夜晚。她告诉我，她很难相信外面世界的某处在打仗，人们在挨饿，孩子被虐待。我们远离了文明。她说："就像被孩子翻过来的玻璃雪花球里的两个装饰小人。"我想象着这种场景：我们在陶瓷堆里跋涉，而闪烁的雪花环绕着我们。

　　我确信我听到了远处猫头鹰的叫声。我拦下她，说："嘘。"我们听了一会儿。冬天雪鸮会迁徙到这里。这里快把我们冻死了，但对它来说，却是个温暖过冬的好地方。我们聆听着，四周很安静。她抬头看着天空，看着云层胀破，白雪下落。

　　那棵树很重，我们一起拖着它。她拖前头，我拖后头。我们拖着它穿过雪地，在雪地上滑倒了四五次。我们的手太冷，几乎抓不住树干。

　　当我们抵达小屋的时候，我抱着树根往后退，将它高举过台阶。她站在底部，假装在帮忙，但我们都知道她什么也没干。

　　我们把它推过前门，靠墙放好。我累瘫了。这树湿透了，满是重重的积雪，肯定有六十八公斤重。

　　我踢掉脚上湿透的鞋子，直接从厨房水龙头接了一杯水，喝了一大口。她用手抚摩着幼嫩的树叶，上面仍残留着积雪。她身上有股松树味。这是我们第一次谁都没有抱怨寒冷。我们的手擦伤了，鼻子和脸颊都冻得通红，但层层衣服之下，身体却出了汗。我盯着她，她的肌肤开始变得容光焕发。

　　我走进浴室清理一番，并换了衣服。她擦了地上、树下和鞋边的水迹。我能闻到自己手上的松树味，感受到那黏黏的汁液。我喘着气，试图缓过气来。回到房里我直接倒在了沙发上。

她走进浴室，脱去湿衣服，穿上另一条之前挂在窗帘杆上晾干的秋裤，走出来的时候她说："之前从没有人给过我一棵树。"

她走过房间的时候，我正在重新生火。她看着我用干练的双手巧妙地摆弄着木头，生起火来。她说我做每件事情都是这样，明明很专业，却假装并不会。我什么都没说。

我坐回沙发上，用毯子盖住双腿，把脚搁在咖啡桌上。我仍然在大喘气。

"真想来杯啤酒。"我说。

她看着我坐在那里，我不知道她看了多久。我可以感觉到她的视线注视着我。

"你也想吗？"过了一会儿，我问。

"想喝啤酒？"

"是的。"

"想啊。"她说。

我记得我们两个并肩坐着，在酒吧里喝啤酒的情景。我问她是否还记得，她说记得。她说这好像是一百万年前，或者很久以前有人把我们粘在了一个空的婴儿食品罐盖上，在我们的世界里撒满亮晶晶的东西[1]。

"现在几点了？"她问。

我的手表躺在脚边的桌子上。我身体前倾着去看时间，说现在是深夜两点。

1　此处写的是玻璃雪花球的DIY自制方式，对应前文雪花球的比喻。

"你累不累？"她问。

"你问到点子上了。"

"谢谢你的树。"她说，"谢谢你给我们弄了棵树。"她补充了一句，不想显得很冒昧。

我盯着那棵斜倚在墙上的树。它很丑，很不好看，但她却说它很完美。

"不。"我说，"这是给你的。这样你就不会看起来那么难过了。"

我保证会给它找些装饰灯来，我不知道上哪儿去弄，但我保证我会去找的。她让我不必担心。"它现在这样就很完美。"她说。但我说，我会找到装饰灯的。

她问我是否乘过 L 线列车。我无语地看了她一眼。我说我当然乘过。L 线列车是纽约市的地铁系统，不乘坐它几乎无法在纽约走动。她说她大多数时候都乘红线列车，在城市下方飞驰，仿佛地面上的一切喧嚣都不存在。

"那你乘过公交车吗？"她问。

真不知道她问这些该死的问题做什么。"有时候乘。"

"你去酒吧之类的地方吗？"

"有时候去。"我耸耸肩，"我不太适应那类地方。"

"但是你会去？"

"我想是吧，有时候。"

"那你去过湖边吗？"

"我认识个家伙，他在贝尔蒙港有艘船。"我说的是某个像我一样为达尔马工作的下层人，他住在船上。那是一艘二手巡洋舰，他给船加满油，拴在码头上，万一需要逃跑就能派上用场。他在船上放了充足的补给，够他至少维持一个月的时间，可以从五大湖区一直开到加拿大。我们这类人就是这样生活的，总是随时准备逃命。

她点点头，贝尔蒙港她当然知道。她说她总是会去那里。

"我之前本该见过你的。我们也许在街道上擦肩而过，或者乘过同一辆公交车，也许还等过同一辆 L 线列车？"

"在芝加哥有数百万人。"

"但也许我们见过呢？"

"我想可能吧。你到底想说什么？"

"我只是在想……"她的声音越来越弱。

"什么？"我问。

"我们是否会遇见。如果没有……"

"这场绑架？"我摇摇头。我不想说蠢话，但这是事实。"也许不会。"

"你认为不会？"

"我们不会遇见。"我再次说。

"你怎么知道？"

"我们不会遇见。"

我别过头，把毯子拉到颈部，侧身躺下。

我让她关了灯。她还在厨房里走来走去。我说："你不睡吗？"

"你怎么能如此确定？"她反问。

这场对话正朝着我不喜欢的方向发展。

"这有什么区别吗？"我问。

"如果我们遇见了，你会过来跟我说话吗？那天晚上，如果你没有任务在身，你会来跟我说话吗？"

"那我一开始就不会出现在那家酒吧。"

"但——假设你在那里。"

"不会。"

"不会？"

"我不会来跟你说话。"

这个拒绝犹如一个耳光扇在她脸上。

"哦。"

她走过房间，关上灯。但我不能就这么闭嘴，我不能让她带着怒火上床。

在黑暗中我坦白道："这不是你想的那样。"

她很戒备，我伤害了她的感情。"我想什么了？"

"这与你无关。"

"这当然与我有关。"

"米娅——"

"那是怎样？"

"米娅。"

"什么？"

"这与你无关。这没有意义。"

但是这有意义，对她来说有。她朝卧室走去时，我承认道："我第一次见到你时，你正从自己的公寓走出来。我坐在街对面某个四居室公寓的台阶上，在那里蹲守着。我之前见过你的照片。我在街角用付费电话给你打了电话，你接起来我就挂断了。我知道你在那里。我不知道我等了多久，四十五分钟？也可能一小时。我得知道我要找的是什么样的人。

"然后我从前门一侧的小窗户里看到了你。我看到你戴着耳机慢跑下楼。你打开门，坐在外面系鞋带。我记得你的头发落在你的肩上，你伸出修长的手臂把它系到脑后。一个女人带着四五条狗经过，跟你闲聊了几句。你微笑了一下，我觉得我从没见过如此……我不知道……我这辈子从没见过如此美丽的笑容。你沿路跑着离开，而我原地等候着。我看着出租车开过，看着街角的公交站台上涌下许多回家的人。当时是晚上六点，也许七点，天开始变黑了。那是秋天最迷人的天空之一。你步行回家，从我面前经过，然后慢跑着过马路，朝一辆放慢速度让你先走的出租车挥手致谢。我几乎都肯定你看到了我。你站稳脚跟找钥匙，开门进楼，走到我看不见的台阶上。我看到你窗户里的灯光亮了起来，照出了你的影子。我想象着你可能会在屋内做些什么，想象着自己与你一起待在屋内。如果我可以不必做这件事情，一切会如何呢？"

她很安静，然后她说她记得那一晚。她说她记得当时的天空，阳光四散，明媚得如此振奋人心。她说那片天空是柿子和桑格利亚汽酒的颜色，那红色的光影是只有上帝才能画出的手笔。她说："我记得那几只狗，三只拉布拉多，一只金毛猎犬。那个女士只有八十几斤，被几条纠缠着的绳子猛拉着向前。"她说她记得那个电话，尽管当时她并不在意。她记得独自坐在屋内的孤独感，因为她那个讨厌的男朋友又在工作，而她居然很高兴他在工作。

"我没有看见你。"她低声说，"如果我见过，我会记得的。"

她在我身侧的沙发上躺下，我替她掀开毯子，她钻了进来，后背紧贴着我，毫无缝隙。我可以感受到她心脏的跳动，感受到自己的血液涌上耳朵。我敢肯定她也听到了我血液沸腾的声响。我用毯子包裹住她，伸手越过她的身体，握住她的手，十指相扣。她回握着我，令人很安心，那一刻，我的手不再颤抖。我把我的下臂垫在她的脖颈下面，她嵌入我身体的每个缝隙，直到我们合二为一。我的头枕在她纠结在一起的深金色头发上。我凑得那么近，她都能感受到我呼出的热气喷在她的肌肤上，这让她确信我们两个都还活着，尽管我们内心几乎都已无法呼吸。

我们就这样忘却了外界的一切，这里什么都不重要，重要的只有我们两个。

我醒来的时候她已经离开。我不再能感受到她紧贴着我的情形。我若有所失，尽管在不久之前，我根本就没有东西可以失去。

我看到她在屋外，坐在走廊的台阶上。她快冻僵了，但她似乎并不在意。

她把毯子裹在肩上，脚上穿着我的鞋。鞋很大。她踢走了台阶上的积雪，但是毯子的一头还浸在雪里，变得湿漉漉的。

我没有马上走出去。

我从容地煮了咖啡，找出外套。

"嗨。"我光脚走出屋外，递给她一杯咖啡。"我想这会让你暖和些。"

"噢。"她吓了一跳。她看着我的光脚说"你的鞋子"。但在她脱下鞋前，我阻止了她。我说我不介意。我喜欢看她穿着我鞋子的样子，也喜欢她躺在我身侧的样子。我会习惯这一点的。

"这里很冷。"我说。天冷极了，也许只有零下 7℃左右。

"是吗？"她问。

我没有回答。

"我让你一个人待会儿。"我说。我觉得在这种天气里还选择在外面挨冻的人，肯定是想独自待会儿的。

好像什么都没发生一样，我不过是在她身边躺了几小时而已，不过是接近了她而已：感受到她柔软的肌肤和她打呼时胸膛的起伏，仅此而已。

"你的脚肯定很冷。"

我瞥了眼自己的脚。它们站在一层薄薄的冰雪上。"是的。"我说着转身走回屋内。

"谢谢你的咖啡。"

我不知道我希望她说些什么，但我希望她能说些话。

"不谢。"我说。门"砰"的一声关上了。

我不知道过了多久——久到我开始生气，气我自己居然生她的气。我不应该关心的，我不应该在意的。

不过她出现了。她的脸颊被冻得通红，头发瀑布似地披散下来。"我不想一个人待着。"她说。

她把毯子扔到门边。

"我已经记不起上一次有人说我美丽是什么时候了。"

用美丽来形容她还远远不够。

我们在屋子两头相互打量着，将对方的一切都尽收眼底，一时忘却了呼吸。

她温顺地走向我，双手小心翼翼地触碰我。上一次我推开了她，但上一次情况不同。

当时她不是现在这个女人。

我也不是现在这个男人。

我伸手抚摸着她的头发，一路向下放到她的胳膊上。那双手仍记得她手指的触感和背部的轮廓。她以一种我之前从未见过的目光注视着我，这样的眼神我没有在其他任何女人身上见过。信任、尊重、渴望。我默默记住她脸上的每个雀斑和瑕疵，记住她耳朵的轮廓并伸手抚摸她嘴唇的弧度。

她牵着我的手将我引向卧室。"你不必这么做的。"我说。天知道她已经不再是我的囚徒。我想要的是她心甘情愿地留在这里。

我们停在门口。她双唇吻向我，我用手捧住她的头。我的手指抚摸着她的长发，她的胳膊紧紧抱住我的后背。她不愿放手。

我们相处的方式发生了改变。我们会有之前所回避的一些肢体接触。进房间的时候我们会轻轻擦过彼此的身体；她会用手指梳理我的头发，我则把手放在她背上；她摸索着我脸部的轮廓。我们共睡同一张床。

我们的双手和手指记得那些眼睛不能了解的东西：凹凸的头皮和干燥皮肤上的斑块。

这种关系一点都不轻佻。我们不会调情，我们超越了这样浅薄的感情；我们不会追忆过往的恋情试图让对方嫉妒；我们不会给彼此起昵称，不会提起"爱"这个词。

我们消磨时间，谈天说地。我们列出在城市中所见的一切疯狂景象：流浪汉到处推着购物车；耶稣迷背着十字架四处走动；成群的鸽子飞来飞去。

她问我最喜欢什么颜色，我说我没有喜欢的颜色。她问我最喜欢哪种食物。我把一勺残羹剩饭扔进碗里。"除了这个什么都好。"
我说。

她问如果我们没来这儿，如果我把她交出去领了酬金，她会遭
遇什么。

"我不知道。"我说。

"我会死吗？"

我们知道了一些从前不了解的事情：肌肤接触可以帮助我们取
暖；意大利面和烘豆可以混着吃；那张摇晃的扶手椅可以坐下我们
两个人。

我们吃着饭，至于吃的是什么，我并不知道。我们吃东西只是
因为必须要吃。这里并没有早餐、午餐或晚餐之类的东西。它们全
都是一样的，味道都是一样糟糕。

她用双眼盯着我，等待着答案。"我不知道。"我重复道。我仿
佛看到她被人扯出我的车里，扔进货车，绑住双手蒙住眼。我仿佛
听到她的哭声。

我推开了我的碗，我并不饿，而且也没有食欲。

她站起来去拿我的碗。她说今晚让她来洗碗。但我轻轻握住那
触手可及的手腕，对她说："放着吧。"

我们在窗边坐下，看着天空里那一轮弯月，在云层里若隐若现。

"看看这些星星。"她说。她知道那些星座的名字：白羊座、天
炉座、英仙座。她说在芝加哥的时候她常常对着飞机许愿，因为它
们在夜空中划过的次数远比星星来得多。

有时候我觉得她远在天边，哪怕她跟我在同一间房里。

她教我用西班牙语数到一百。我教她跳狐步舞。等湖面完全冻

住的时候，我们就去冰上钓鱼。我们从不会在外面待太久。她不喜欢干看着，因此她会在湖面上走着，像摩西分海[1]那样。她喜欢那最新飘落的雪，有时候地面上会有动物的脚印，有时候我们会听到远处传来雪地车的声音。当她被冻僵的时候，她会回到屋里去。那时候我会觉得很孤独。

我把她带到屋外，带着枪。我们在树林里走了一会儿，走到了非常荒凉的地方。在那里，子弹射出枪口的声音肯定不会被听到。

我告诉她我想教她如何开枪。我直接把枪给她，双手奉上，仿佛那是一件名贵的珠宝。她并不想碰那该死的东西。

"拿着。"我轻声说。

"为什么？"她问。

"以防万一。"

我想让她学会开枪，这样她就能保护自己了。

"你在这儿就够了。"

"如果有一天我不在呢？"我问。我把一缕头发别到她冻红的耳朵后面，看着风又一次把它吹起。"它没装子弹。"

她把拇指和食指扣在扳机护环上，举起枪，它很重，金属在冰点温度下非常凉。地面被大雪覆盖。

我将她的手指放在扳机上，把她的手握在自己的手心。我按着

---

1 摩西带领以色列人逃离埃及时，被埃及法老率兵追赶。耶和华分开红海，让以色列人顺利通过。当埃及人追到红海中间时，摩西把手杖指向红海，海水合起来，淹没了埃及人。以色列人看见耶和华显示的奇迹，就敬畏上帝，服从了摩西。

她的拇指向下，拉过她的左手放在右手之上。我让她放心，告诉她
会没事的，一切都会没事的。她的手和我一样冰冷。但不像之前那
样有所保留——轻轻一碰就躲开了。

我给她介绍了枪支的各个部分：枪管、枪口和扳机护环。我从牛
仔裤口袋里掏出弹匣，演示给她看要怎么装上。我告诉她枪支的种
类：步枪、手枪和半自动式枪。这一把是半自动式枪。一枪开完后，
弹匣里就会把另一发子弹上膛，只需要按下扳机就好。

我告诉她，永远不要去瞄准她不打算杀的目标。

"我付出了惨痛代价才懂得了这点。"我说，"当时我七岁，也许
八岁。邻居家有个小孩，他父亲有把枪。他常常到处炫耀这事。我
说他是个骗子，他想要证明给我看，于是放学后我们去了他家。当
时他家没人，他爸爸把那玩意儿放在床头柜上，没上锁但装了子弹。
我从抽屉里抓过那把枪，当它是个玩具。我们玩了一轮警察抓小偷
的游戏。他是警察，但我有枪。在那孩子说'举起手来'的时候，
我转身朝他开了一枪。"

然后我们就那样站在凛冽的寒风里。她低头盯着枪管，我确信
她看到我眼里有愧疚和懊悔，确信当我说"我没想要杀你"的时候，
她也从我声音里听出了我的内疚。

我盲目地抓着她的手。

"但你可能会杀我。"她说。我们都知道，这是实话。

"是的。"我承认。我不是那种会道歉的人，但我肯定我脸上的
表情已经说出了我所有的歉意。

"但这不一样。"她说。

"怎么不一样？"我问。

她让我在身后护住她。我抬起她的手臂，我们一起瞄准附近的一棵树。我分开她的双腿，教她如何站立，然后我们竖起击锤，按下扳机。那枪声震耳欲聋。子弹射出的冲力几乎让她摔倒在地。树上的树皮突然破裂。

"因为如果我当时有机会，我也会杀了你。"她说。

我们就这么和解了我们之间最初发生的事情，弥补了曾经所有的恶言相向，抹去了脑中闪过的一切可怕念头。我们就这样消除了早期的暴力和恨意，现在小屋的原木墙内已经变成了我们的家。

"你那个朋友怎么样了？"她问。我冲她手里的枪点点头。这一次，我想让她自己试一试。

"他很幸运，当时我还是个孩子，没有准头。子弹只是擦破了他的手臂，一个小擦伤。"

夏 娃

平安夜

加布一早打电话给我，说他正在来我家的路上。我手机响的时候才刚过五点半。詹姆斯睡得像婴儿一样熟，但我已经醒了好几个小时，又被一个不眠之夜折磨。我没费心去叫醒他，我找到睡衣和拖鞋，走出房外。

他有消息带给我。我站在门前的台阶上，在冷风中颤抖着，等待着加布的车开上我们那被雪覆盖的车道。已经过了六点，但外面仍然很黑。邻居的圣诞装饰灯照亮了夜空。装饰一新的圣诞树在凸窗后面闪闪发光，冰柱灯挂在檐槽上，烛光在每扇面朝大街的双悬窗后摇曳。烟囱里冒出袅袅青烟，盘旋上升在寒冷的空气里。

我拉紧睡袍等待着。我听到了远处的火车声隆隆地开过城镇。现在是黎明之前，是周日清晨，是平安夜。没有人会在这个时间等在铁轨边上。

"出什么事了？"当他停下车钻出来的时候，我问道。他径直朝我走来，甚至都没关车门。

"我们进去说话。"他牵起我的手，朝温暖的室内走去。

我们坐在奢华的白沙发上，紧紧挨在一起，几乎没有意识到碰到了彼此的脚。屋里很黑，厨房里只亮着炉火。我不想吵醒詹姆斯，我们低语着。

他的眼神里有着全新的东西。

我自暴自弃地说："她死了吧。"

"不是的。"他说，可他随即更正了自己的说辞，低头看着双手，低声下气地承认："我不知道。"

"在明尼苏达州东北部的一个小镇上，有个叫凯拉·李的医生。我不想让你抱太大希望。我们在大约一周前接到一个电话——她在新闻上看到了米娅的照片，认出她是她的病人。离米娅去她那里看病大约有一个月。但她很肯定那就是她。米娅当时用的是一个假名：克洛伊·罗曼。"

"一个医生？"

"李医生说她是和一个男人一起来的，和科林·撒切尔。她说米娅病了。"

"病了？"

"肺炎。"

"肺炎？"

不治疗的话，肺炎会引发败血症，会呼吸困难、无法喘气。不治疗的话，患者会丧命。

"她拿着处方被送回了家。医生要求她一周内再来看一次病，但米娅没有来复诊。"

加布说，大马雷那个地方让他觉得不安。他的直觉告诉他，她也许就在那里。

"你是怎么会想到大马雷的？"我问。我想起那天他来我家，问我有没有听说过这个地方。

"我在撒切尔家里无意中发现了一张明信片，是科林寄给他母亲的。那个男孩很少离开家，所以他去的地方吸引了我。是一个很好的藏身之地。"

"还有——"他说。

"什么？"我追问。

她得到了一张处方，但这并不意味着会有人按处方给她买药，也不意味着她服了药。

"我和凯瑟琳·撒切尔谈过话，对撒切尔家族有过一些调查。我发现在大马雷有一间小屋，多年来一直是他们家的产业。凯瑟琳说她对这并没有太多了解，她从没有去过那里。但是她的前夫曾经在科林小时候带他去过一次。那是一间避暑小屋，可以说它一年中只有几个月才会住人。我已经派了警察去调查那间屋子，他发现屋外停着一辆带伊利诺伊州牌照的红色卡车。"

"一辆卡车。"我重复道。加布提醒我，撒切尔太太的邻居确信科林开的是一辆卡车。

"还有呢？"我焦急地问。

他站了起来。"我准备要出发了，开车去那里，今天早上就走。我本来打算乘飞机的，但是没有好航班，没有直达的线路，而且中间有很多停靠点——"

我起身面朝他："我也去，让我收拾一下——"

我试图从他身边走过，但他的手按住了我的肩膀。

"你不能去。"他温和地说。他说这只是他的预感，还没有证据。现在那所屋子已经被监视起来了。他甚至不确定米娅是不是在那里。科林·撒切尔是个很危险的人，因为很多罪行而被通缉。

"我可以去。"我喊道，"她是我的女儿！"

"夏娃。"

我的声音在打战，我的双手在发抖。我等这一刻等了好几个月，现在它终于到来了。我不确定我是否准备好了，有太多的事情可能出错。"她现在需要我。我是她的母亲，加布。我有责任去保护她。"

他拥抱了我，一个结结实实的熊抱。"我也有责任去保护你。"他说，"相信我。如果她在那里，我会把她带回家的。"

"我现在不能失去她。"我哭着说。

我的眼睛不由地看向一张我们几年前拍的全家福，上面有詹姆斯、格蕾丝、米娅和我。其他人，甚至包括我在内，看上去都像是被强迫站在那里似的，在皱起的眉头和翻起的白眼之上糊着一层假笑。但米娅看起来是真的很高兴。为什么呢？我心想。我们可从没给过她一个高兴的理由。

加布低头吻住我的额头，双唇紧紧贴着那起皱的皮肤。

这时詹姆斯蹒跚着下楼，穿着一套紧身的格子睡衣。他看到我们这样暧昧地站着。

"这究竟是怎么一回事？"他质问。

我率先推开了他。"詹姆斯，"我说，我匆忙地跑到门厅去迎他，"他们找到了米娅。"

但他的眼睛掠过我，避开了我的招呼。"你就是这么宣布消息的？"他挑衅着，嘲弄着加布，"宣布消息需要对我的妻子动手动脚吗？"

"詹姆斯。"我又说。我伸手去握他的手，好让他明白我们的女儿要回来了。"他们找到了米娅。"

但詹姆斯的回应却是居高临下地看了加布所在的方向。他没有看我。"我要等见到人才会相信。"他说着走出了房间。

科　林

救援前

圣诞树上挂起了彩灯。我不会告诉她它们是如何弄来的,否则她不会喜欢它的,因为我们的得到意味着别人的失去。

她说它们在晚上看起来灿烂极了。当时我们关了灯,并肩站在黑暗里。屋里只有圣诞树上的灯光和炉火。

"这真完美。"她说。

"它还不够好。"我说。

"你这是什么意思?"她问,"它棒极了。"

但我们都知道,它离完美还差得很远。

完美的不是灯,是她看我的眼神,是她念我的名字,是她抚摸我头发的样子(尽管我认为她不是有意识这么做),是她一夜夜躺在我身边,是我心里感受到的圆满无缺。完美的是她不时的微笑和大笑,是我们肆无忌惮的聊天,或者是并肩坐几个小时的沉默无言。

那只猫白天躺在我们身边，晚上也和我们睡在一起，睡在她带着些许温暖的枕边。我让她赶走它，但她不愿意。于是她靠我更近了，和我共用一个枕头。她用残羹剩饭喂猫，它狼吞虎咽地吃着。但我们都知道，当橱柜腾空时，她必须要做出选择：选我们还是选它。

我们谈论了一下，如果有机会，我们会去哪里。

我列出了我能想到的每一个温暖的地方："墨西哥、哥斯达黎加、埃及、苏丹。"

"苏丹？"

"为什么不行？那里很热。"

"你有这么冷吗？"她问。我把她举过头顶。

"我暖和点了。"我说。

我问她想去哪里——如果我们可以离开这儿。

"在意大利有座小镇。"她说，"一座废墟之城——差不多被废弃了，隐藏在一片橄榄树林里。那是一个几乎不存在的小镇，只住着约两百人，镇上有一个中世纪的城堡和一座老教堂。"

"这就是你想去的地方？"我很惊讶。我还以为会是马丘比丘[1]或者夏威夷那类的地方。

但我能感觉到她一直在想着那里。

"那是一个我们可以悄悄溜进去的地方，一个与世隔绝的没有电视机和现代技术的地方。它在利古里亚（意大利西北部），是意大利与法国南部接壤的部分区域——而我们离意大利的里维埃拉只有几

---

1 马丘比丘被称作印加帝国的"失落之城"。"马丘比丘"在印加语中意为"古老的山巅"。由于其圣洁、神秘、虔诚的氛围，马丘比丘被列入全球十大怀古圣地名单。

英里。我们可以在那片土地上生活，自己种粮食，不需要依赖他人，不需要担心会被抓到或者找到或者……"我看了她一眼。"你觉得这个主意很蠢吧。"她说。

"我觉得把炖西红柿换成新鲜蔬菜是个不错的选择。"

"我讨厌炖西红柿。"她坦言。

我说我也讨厌它们。我拿它们只是因为当时太过匆忙。

"我们可以找一间乡村小屋，一间花岗岩砌成的丑陋屋子，一间——我不知道——也许有两百年历史的老屋。我们可以欣赏到山间壮美的景色，幸运的话也许还能看到海景。我们可以饲养动物，耕种粮食。"

"种葡萄吗？"

"我们可以经营一座葡萄园，改名换姓，从头来过。"

我支着胳膊肘坐起来。"你想当谁？"

"什么意思？"

"你的新名字。"

答案似乎很明显——"克洛伊。"

"克洛伊。那么你就是克洛伊了。"我说。我想着这个名字，克洛伊。我记起几个月前的那一天，我们开着卡车回到大马雷。我强迫她编一个名字，她说了克洛伊。"为什么是克洛伊？"我问。

"你的意思是？"

"那天我告诉你，你不能再叫米娅，然后你说了克洛伊。"

"哦。"她说着也坐了起来。我的衬衫把她的脸压出了印儿。她的头发很长，半垂在背上。也许她有更多的话要说。我等的只是一个简单的答案，比如类似"我就是喜欢这名字"的话。但我得到的回答更详细。"那只是某个我在电视上见过的女孩。"

"什么意思？"

她闭上眼睛，我知道她不想告诉我。

但她还是说了。"当时我六七岁的样子。我的母亲在厨房里，但她开着电视，里面放着新闻。我正在给画着色，她不知道我在留意听新闻。电视里在报道一个高中乐队从堪萨斯州或者俄克拉荷马州之类的某个学校出发，车上有一群孩子要去参加比赛之类的事情。我不清楚，我没太在意那些。但巴士在路上打滑，翻到了一个山沟里。有六个孩子不幸遇难。

"然后电视上出现了一家人，一个母亲、一个父亲和两个年长的男孩，也许十八九岁。我现在还记得他们的样子——那个父亲头发变秃，显得很憔悴。两个男孩都又高又瘦，看起来像篮球运动员。他们有一头亮橙色的头发。那个母亲看起来像被十八轮大货车碾过一样。他们在哭泣，每一个人都在哭，在小小的白屋前流着泪。这哭泣引起了我的注意。他们很伤心，很崩溃。我主要看着那位父亲，但也看着他们每个人，他们公然地为死去的女儿和妹妹哭泣。她在一场事故中遇难，司机在方向盘上打了瞌睡，导致她摔下了山沟。她十五岁了，但我记得她父亲滔滔不绝地讲起他的小女孩时的样子。他不断地说着她有多么出色，尽管他说的那些事情——心地好、傻乎乎、有吹长笛的天赋——未必真的出色。但对他来说她什么都好。他不断地说着'我的克洛伊'或者'我的宝贝克洛伊'。那是她的名字：克洛伊·弗罗斯特。

"我满脑子都是克洛伊·弗罗斯特。我想成为她，想要有人像她的家人期盼她那样地期盼我。我为克洛伊一连哭了好几天。我觉得孤独的时候就和她说话。我和我死去的朋友克洛伊对话。我给她画了像，有十几张，画她亮橙色的头发和咖啡色的眼睛。"她伸手挠了挠头发，羞怯又尴尬地别过头去。

然后她承认说："我很嫉妒她，真的。嫉妒死了，嫉妒她在外面的某个地方被人深深爱着，远比我家人爱我要多。"她犹豫了一下，然后说："这很疯狂，我知道。"

但我摇摇头说："没有。"因为我知道这是她想听的答案。但我心想，她在长大的过程中一定非常孤独，羡慕着一个她甚至并不认识的死去的朋友。我和我妈妈的境况并不好，但至少我们还有彼此。

她换了一个话题，不想再谈论克洛伊·弗罗斯特。

"你会是谁？"她问。

"约翰？"我说。我不过是个路人甲。

"不。"她说。她的回答几乎和刚才说"克洛伊"时一样肯定。"你是欧文。反正名字也不重要，不是吗？那也不是你的真名。"

"你想知道我的真名吗？"我问。我打赌她想过无数次我究竟是谁。她一定猜过我的真名叫什么。我好奇她曾经是否想问我。

"不想。"她说，"因为对我来说你就是欧文。"她说不管我曾经是谁，那都不重要。

"那你就是克洛伊了。"

"我就是克洛伊了。"

从那一刻起，米娅不复存在。

夏　娃

救援后

　　我咨询了罗兹医生，她同意了，但前提是她也要跟着一起去。我用詹姆斯和我共用的那张信用卡买了三张机票。加布的票钱由警察局出。

　　我们重新造访了那间米娅被长期囚禁的小屋，希望那里能帮她恢复记忆，使她想起自己被囚禁期间发生的事情。如果光是那只猫就能触发她有关科林·撒切尔的记忆，那么我很好奇这间小屋又会让她想起什么。

　　米娅和我收拾了一个包裹，我们两个人没有太多东西。米娅请艾安娜帮忙照看几天克努，她毫不犹豫地答应了。她九岁的儿子罗尼因为即将有猫做伴而显得非常激动。在去奥黑尔机场的路上，我们让出租车司机先去了她的公寓。米娅和克努几乎一秒钟都分不开，我很想知道在她第一次道别的时候会发生什么。

机场对米娅这种状况的人来说是个很可怕的地方。成千上万的人、扬声器的广播、头顶上升的飞机——噪音震耳欲聋。我们都看得出来，米娅坐立不安，尽管我和罗兹医生把她护在中间，我还挽着她的手臂。罗兹医生建议给她服一片安定，她在手提箱里带了药，以防万一。

加布看了过来。"你还带了什么？"他问。我们四个在候机厅并排坐着。

"其他的镇静药。"她回答，"更强效一些的。"

他坐回来，伸手去拿别人留下的一张报纸。

"它安全吗？"我问，"对……"

"对孩子。"米娅淡淡地补完了我的话。我无法说出那个词。

"是的。"我说，看到米娅的勇气，我为自己感到惭愧。

"很安全。"医生向我们保证，"只服这一次没问题。但我不建议孕期经常服用。"

米娅抿了一口水，服下药片。我们等待着，当扬声器里播报到我们航班的时候，她几乎睡着了。

我们将飞到明尼阿波利斯－圣保罗国际机场在那里停留四十五分钟，然后继续飞往明尼苏达州的德卢斯。加布的朋友罗杰·汉米尔侦探会在那里接我们，并开车送我们去大马雷。虽然他管他叫"朋友"，但甚至连我都听出了他说起他时语气里的蔑视。我们的航班时间很早，是上午九点。飞机升入极冷的天空，我们知道长路漫漫，幸好米娅睡着了。

我和米娅并排坐着，她坐在靠窗的位置，而我则靠近走道。加布坐在那细长走道的对面，偶尔用手拍拍我的胳膊，问我好不好。

坐在他身边的罗兹医生戴着耳机，完全沉浸在了有声读物里。飞机上的其他人对我们并不在意。他们信口闲聊着天气情况、滑雪条件和中转航班。飞机起飞时，一名妇女专注地对"我们的天父"祷告，祈祷我们平安落地。她用颤抖的手抓着念珠。飞行员警示说飞机遇到颠簸，要求我们留在座位上。

我们在明尼阿波利斯降落的时候，米娅醒了过来，周围的喧闹让她再一次陷入不安。我问医生，是否要再给她服一次药，但罗兹医生说我们必须得等一等，因为下午米娅需要保持清醒。我们等着中转航班，加布给了米娅一个 iPod（苹果公司音乐播放器），找出他能找到的最不激进的音乐给她听，借此掩盖外界的嘈杂。

我想知道，当我们抵达的时候会发生些什么。光是这个想法就足以让我觉得不舒服。我想起米娅对那只猫的反应，那当她见到这个她被长期囚禁过的地方，又会有怎样的反应呢？我想起她回家后好转的状况，我们会不会功亏一篑？

我离开去洗手间，罗兹医生坐到我的位置上，不让米娅独自一人。我走出洗手间的时候，加布正在等我。我朝他走去，他挽起我的胳膊说："这一切很快就会结束的，相信我。"

我相信他。

在德卢斯，我们被一个自我介绍说是汉米尔侦探的人护送上了警局的 SUV。加布管他叫罗杰。米娅说很高兴认识他，但是加布提醒我，这并不是他们第一次见面。

他是个大腹便便的男人，大约跟我差不多大，但看上去要比我老得多。我也意识到，自己正一天天老去。SUV 车内部贴着一张他妻子的照片：一个胖胖的金发女子，一群孩子挤在他们身边。这一家有六个孩子，个个都很结实。

米娅、罗兹医生和我坐进了后座，加布坐在前头。他提出过让我坐前座，但我笑着拒绝了，我不想忙着跟人聊天，这样很累。

司机开了两个多小时。加布和汉米尔侦探相互打趣着警局的工作，说着无聊的玩笑话。他们都试图压过对方，我能感觉到加布并不喜欢这个男人。加布的声音并不友好，有时他很暴躁，尽管考虑到我们女士在场，他保持着礼貌。他试图更多地跟我和米娅说话，尽量少跟我们的司机交谈。行车的大多数时间里，我们都沉默地坐着，只有汉米尔侦探自言自语着明尼苏达灰狼队在本赛季赢了芝加哥公牛队两次。我对体育赛事一无所知。

我们大部分时间都沿 61 号高速公路开着，在某种程度上是沿着苏必利尔湖的河岸行驶。米娅的眼睛盯着湖面。我想知道她之前是否见过它们。

"有什么眼熟的地方吗？"加布不止一次地问道。他问了所有我没勇气问出口的问题。

早先罗兹医生曾明确表示，加布不应该太过探究。而加布也明确提出，他有自己的工作要完成，而她则负责收拾残局。

"假设两点间最短的距离是直线。"汉米尔侦探说着从后视镜里看了一眼米娅，"那么你应该曾经来过这条路。"

我们穿过大马雷，开上一条名叫枪火路的小道。汉米尔侦探了解这儿的很多信息，但那些对我来说都不是什么新鲜事，米娅归来之后，我在那些无眠之夜里记住了有关这条风景道的每个细节。我们沿着一条双车道开着，穿过苏必利尔国家森林公园。我被无数植物包围，我相信我这辈子都没见过这么多植物。大多数绿色植物现在都已枯死，被埋在厚厚的雪堆下面，直到春天才会破土而出。常青树的针状叶迎着大雪，被雪的重量压弯。

我们往前开着，我看到米娅的身板挺得更直了。她的眼睛被外面的景色吸引着，不再是我过去见到的那种呆滞目光，而是透着意识和兴趣。

罗兹医生正在引导米娅，要她设想并重复着：我可以做到的。此时我内心仿佛听到了詹姆斯的嘲笑，嘲笑她不合理的方法。

"你现在有认出什么吗？"加布问。他在座椅上转过身，她摇摇头。现在是下午三四点，天色已经开始变暗，天空布满云层。尽管暖气一直开着，但我的双手和脚趾都开始冷得失去知觉。暖气并不能与室外零下的温度相抗衡。

"你离开这鬼地方可真太好了。"汉米尔侦探对米娅说，"不然你活不过这个冬天。"

这个想法让我打了个寒战。就算科林·撒切尔不杀她，大自然也不会放过她。

"啊，"加布开口缓和气氛，他看穿了我的心思，他讨厌让我担心，"那你会大吃一惊。米娅可是个了不起的斗士，对不对？"他说着眨了眨眼睛。然后他做了个只有我和她才看得到的口型：你可以做到的。这时，SUV 的轮胎撞上一个雪堆，我们转身发现眼前是一间简陋的小木屋。

她在画里见过它。有许多次我发现她昏昏沉沉地坐着，盯着那张小屋的图画，或者盯着科林·撒切尔画像上那双茫然的眼睛，但却什么都看不出。但现在，她看到了某些东西。汉米尔侦探打开门，那间屋子仿佛有磁力般，把米娅吸了出去。米娅走下车，我不得不拦着她。"米娅，你的帽子。"我说，"你的围巾。"这里实在太冷了，一丝空气都能冻结她的肌肤。但米娅似乎完全不在意这样的寒冷，我不得不强迫她戴上手套，好像她还是个五岁的孩子。她出神地看着小屋，看着从白雪皑皑的车道通向大门的那些台阶。大门外拦着黄色的示警胶带。积雪覆盖着台阶，但雪地上残存着脚印，车道上也有车辙。显然在上一场雪之后，还有人来过这里。到处都是积雪：屋顶上、门廊上、屋子周围的无人之地上。我想知道米娅来到这里时是怎样的感受，在如此偏远的角落里，仿佛他们是这地球上最后的居民。这个想法让我浑身发抖。

我在米娅的画里见过这个湖，它仿佛被冻结了无数次，只有春天来临才会冰消雪融。

孤独与绝望将我淹没，以至于我没注意到米娅轻松自在、熟门熟路地走上了台阶。加布先赶上了她，帮着她上台阶。台阶滑溜溜的，她的脚打滑了不止一次。

他们在门口等候着汉米尔侦探开门。我和罗兹医生紧紧跟在后面。

侦探打开了门，门嘎吱作响。我们其他人都急着想看看屋内，但加布彬彬有礼地对米娅说："女士优先。"而他紧跟其后。

加　布

平安夜

明尼苏达州的某个地方开始下雪了。我尽可能地加快了车速，但它还是不够快。挡风玻璃前的雨刮以最快的速度摇摆着，让人很难看清路。下雪的平安夜是每个六岁孩子的梦想——今晚圣诞老人会来，带着一雪橇的礼物分送给每个男孩女孩。

汉米尔侦探打来了电话。他派了两个家伙监视着小屋。他告诉我那是密林深处的一间小屋，但是他们没有看到有任何人来往，也没有发现屋内有人。

等我抵达的时候，他计划集合一支队伍，派出他最好的十来名手下。毕竟这是一件大事，而这里可不是每天都会发生这种事情。

我想到了夏娃。我在脑海里重演了无数遍我该说什么、该用怎样的措辞来传递这个好消息。然后我又想，那可能并非好消息：米娅可能不在小屋里，或者她在却没有活着等到救援。毕竟，有太多的环节可能出错。

当我前往苏必利尔湖沿岸的时候，罗杰的手下正变得很焦虑。他派出六个人到树林里。他们形成了一个包围圈，身上配备着局里最好的火力武器。

汉米尔侦探肩负着使命，似乎想要证明些什么。

"在我到那儿前，所有人都别开枪。"我说。我在狭窄的雪路上踩着油门，轮胎打滑了，我尽力控制着车。那一下真是把我吓坏了，但更令我担心的是侦探刺耳的嗓音。他甚至比我更爱带枪执行任务。

"今天是平安夜，霍夫曼。我的手下也有家人要团聚。"

"我会尽力而为的。"

太阳落山了，外面很黑。我飞快地穿过狭窄的小路，树枝被积雪压得很低，几乎贴着我的头顶过去。我不知道我停下了多少次，轮胎激起雪花，几乎前进不了。这辆该死的车简直是要我的命。

我尽可能地把车开快，我知道我得在汉米尔侦探之前找到科林·撒切尔。我不知道那家伙会做出什么事情。

科　林

平安夜

今天下午，我回到镇上给丹打了电话。一切准备就绪。他说二十六日会和我们在密尔沃基见面。他最多只能帮到这里。那家伙很明确地表示，他是不会大老远开来大马雷的。

这是我给她的圣诞礼物，是明天的一份惊喜。我们将在日落时分启程，开上一整晚，这是最安全的办法。我建议我们在动物园见面，这是一个不错的公众场所，在圣诞节还开门。我在脑海里把过程仔细想了无数次：我们把车停在停车场，她去灵长类动物的笼子附近躲着，而我则去狼科动物那里见丹。他离开后，在我确信没有被跟踪后，就会去找她。从那里去加拿大的最快途径是从安大略的温莎市出发。我们将开去温莎，然后用我们手里的汽油钱能开多远就开多远。我带了足够的现金，我们可以卅到那儿。然后这一切就都结束了。我们会用假名生活。我会找份工作。

我让丹给妈妈也做了个假身份证。当时机合适的时候，我会想办法给她的。我会想办法搞定一切。

我知道这是我在这个破旧小屋里的最后一晚。但她不知道。我在心里悄悄地道了别。

第二天就是圣诞节了。我记得小时候，圣诞节一早我就会离开家门。我会在放零钱的罐头里数出一美元二十美分，朝街角的面包店走去。它一直营业到圣诞节的中午。我们假装那是一个惊喜，尽管它从来不是。妈妈会在床上躺很久，听着我悄悄走出前门。

我从来没有直接走去面包店，而是一路上像个偷窥狂一样从开着的窗户向别人家里望去，看看其他邻居家的孩子都得到了些什么圣诞礼物。我会盯着他们快乐的笑脸看上好一会儿，然后暗骂一句，在雪中艰难地走完剩下的路途。

面包店门上的驯鹿铃铛响起，告知着我的到来。店里还是那个老妇人，她仿佛已经在这里工作了一百年。圣诞节那天她戴着圣诞帽，会说："嚯嚯嚯。"我要了两个五十一美分的巧克力甜甜圈，她会把它们放进午餐白纸袋里。回到家里，妈妈正端着两杯热巧克力等我。我们会一起吃早饭，假装今天并不是圣诞节。

这一次我盯着窗外，想着妈妈。我想知道她好不好。明天将是三十年来第一个我们不能一起吃甜甜圈的圣诞节。

我拿起纸笔，给她写了字条，扔进密尔沃基市的邮筒里。我告诉她，我很好，克洛伊也很好。这只是给她差劲的父母一些安慰，如果他们还在乎的话。妈妈收到信的时候，我们已经不在国内了。一旦我想到办法，我会把妈妈也接出国的。

克洛伊来到我身后，从背后抱住我。她问我是不是在等圣诞老人。

我想如果可以的话，我会改变什么，但我什么都不能改变。现在我唯一的遗憾是妈妈不在这里。然而事情没法两全，我不能光顾着安排那一头，而毁了这一头。有一天一切都会好起来的，我这么按捺下了心头的愧疚感。我不知道那一天怎样才会到来，又何时才会到来。我不知道我要怎么不被发现地交给妈妈假身份证，或者怎么寄给她足够的钱让她搭乘飞机。但是终有一天……

我转身把她抱起来，她变瘦了，才九十多斤。她的裤子不再紧贴臀部。她总是往上提着裤子，不让它们掉下去。她的脸颊凹陷了下去，双眼开始变得暗淡。我不能让她一直这么下去。

"你知道今年圣诞节我想要什么吗？"我问。

"什么？"

"一把刮胡刀。"我说。我用手梳理着胡子，我讨厌它们，让人很不舒服。我想着等我们出了国，一切都会好起来的。我们不会再冷得发抖，我们可以用真正的肥皂洗澡。我可以把脸刮干净了。我们可以一起开始全新的生活，不必再东躲西藏，即便我们永远都不会有安全感。

"我喜欢。"她戏弄地微笑起来。她的嫣然一笑让我的一切都有了头绪。

"骗子。"我说。

"那我们就要两个吧。"她说。她让我摸摸她腿上的绒毛。

"你想问圣诞老人要什么？"我问。

"没什么。"她脱口而出，"我想要的我都得到了。"她把头枕在我的胸膛上。

"骗子。"我重复道。

她起身看着我。她说,她想要在我眼里美美的,想要洗澡,想要抹香水。

"你很美。"我说。她的确很美。但她低声重复着:骗子。她说她这辈子从没觉得自己这么难看过。

我伸手捧住她的脸。她很尴尬,试图别开视线,但我强迫她看着我。"你在我眼里很美。"我再次说。

她点点头。"好吧,好吧。"她说。然后她指着我的胡子说:"我喜欢这胡子。"

我们彼此瞪了一会儿,决定休战。

"有一天,"我保证说,"你会喷上香水的。"

"好。"

我们列出了有一天要去做的事情。外出吃饭、去看电影,那些在每个该死的日子里其他人都在做的事情。

她说她累了,然后消失在卧室里。我知道她心里不好受。我们谈论着未来,但她确信未来这种东西并不存在。

我试图不动声色地收拾东西。我把它们理在一边,放到柜台上:她的速写本和铅笔、剩下的现金。我只花了两分钟收拾重要的东西。我只需要她一个就够了。

然后,出于无聊,我用尖刀在工作台上刻下了几个字"我们曾在这里"。字体歪歪扭扭,无论怎样都称不上是杰作。我把外套盖在刻字上,这样在离开前她不会看见。

我记得在小屋的第一晚,我记得她眼里的恐惧。我们曾在这里,我想,但离开时我们已经是别人了。

　　我看着日落。小屋里温度骤降，我给火里添了木头。我看着表上滴答流逝的每一分钟。当我觉得无聊至极的时候，我开始做晚餐——鸡汤面。我告诉自己，这是我这辈子最后一次吃鸡汤面。

　　然后，我听到了动静。

夏　娃

救援后

她曾经来过这里。她立刻想到了这点。

米娅说这里曾经有棵圣诞树，但现在已经不见了。这里的炉子里曾经不间断地烧着火，但现在已经熄灭了。曾经屋里有一股大不相同的味道，但现在只有漂白剂的刺鼻气味。

她说她看见许多可能发生过的片段：工作台上放着汤罐头，尽管现在它们已经不在那里了。她听到水龙头里的水流声，听到沉重的鞋子踩在木地板上的声音。但我们其他人全都没有走动，而是背靠着原木墙，密切地观察着米娅。

"我听到小屋屋顶的雨声。"她说，"看到克努急急忙忙地从一间房跑到另一间。"她的目光追随着一条假想出来的路，从起居室看向卧室，仿佛在那一刻，她的确看到了那只猫。但我们都知道，它现在正和艾安娜的儿子安全地待在远处。

　　然后她说，她听到有人在喊她的名字。"米娅？"我问，我的声音几乎低不可闻。但她摇摇头："不是的。"

　　"克洛伊。"她提醒我。她的手放在耳垂，长久以来第一次安定下来，微笑起来。

　　但那个笑容并没有维持多久。

科　林

平安夜

妈妈总是告诉我，我的耳朵像蝙蝠一样敏锐。我可以听见任何声响。我不知道那是什么声音，但我一下子从椅子里站了起来。我关了灯，屋里变黑了。克洛伊开始在卧室里翻来覆去。她的眼睛在努力适应黑暗，她叫着我的名字。我没有立刻回答，她又叫了一声。这次她害怕了。

我揭开窗帘看了一眼窗外。微弱的月光照亮了外面的情形。警车肯定有六辆，而警察的人数是车的两倍。

"该死。"

我拉上窗帘，跑到卧室。

"克洛伊，克洛伊。"我厉声说。她从床上跳起来，心跳加速，努力摆脱睡意。我把她拉出卧室，带到大厅里没有窗的地方。

她清醒了，抓着我的手，指甲都嵌进了我的皮肤里。我可以感觉到她的手在颤抖。"出什么事了？"她问。她的声音在发抖，眼泪落了下来。她知道事情不对劲。

"他们来了。"我说。

"噢，天哪。"她说，"我们得赶紧跑！"她从我身边溜到浴室里，想着我们可以想办法从窗子逃走。她认为我们可以跑掉。

"没用的。"我告诉她。那扇窗是堵上的，从来没开过。但她还是试了一下。我双手按着她，劝她离开窗边。我的声音很平静："没有地方可以去，你逃不走的。"

"那我们就跟他们斗。"她说。她推开我。我试图避开窗户，尽管我打赌小屋内漆黑一片，他们什么都看不见，不过我还是避开了。

她哭着说她不想死。我试图告诉她，来的是警察。我想说外面是该死的警察，但她连一个词都听不进去。她不断重复着她不想死，眼泪从眼睛里涌出来。

她以为是达尔马。

我毫无头绪。我瞥了眼窗外，告诉她我们无处可逃，也不能同他们斗。他们人太多了，没用的，这只会让事情更糟。

但她从抽屉里找出了枪，她知道如何射击。她用颤抖的双手抓住枪，装上了弹匣。

"克洛伊。"我柔声说，我的嗓音压得很低，"这么做没有任何好处。"

但她还是不管不顾地把手指放在了击锤上。她左右手交叠在一起，像我说的那样紧握住枪。她的手和枪柄间毫无间隙。

"克洛伊。"我说，"已经结束了。"

"求你了。"她哭喊着，"我们必须打一场。我们不能让一切就这么结束。"她发着狂，歇斯底里。但由于某些特殊的原因，我很平静。

也许是因为我始终都知道，这一天迟早会到来。

那一刻我看着她的眼睛，那是双崩溃的、绝望的眼睛。她流着眼泪和鼻涕。我不知道过了多久，是十秒钟还是十分钟。

"我自己来。"然后她生气地说。她气我不愿为她而战。我看着那把枪在她手里抖得厉害。她做不了这事。如果她要尝试，那她只会让自己送命。然后她低声说："可是你瞄得准……"

她没有把话说完，但我读懂了她的表情：绝望。

"没有关系。"过了一会儿她说，"我会自己去做。"

但我不会让她这么做的。"好吧。"我点点头。我伸手从她手里拿过枪。

我不会让一切像这样结束，不会在她求我救她以后还拒绝她。

强光灯照进了小屋，刺得我们睁不开眼。我们站在窗前，完全暴露在他们的视野里。我拿着一把枪站着，我的眼神很镇静，但她却害怕得瞪大了眼睛。灯光让她跳了起来，倒向我。我上前一步将她挡在身后，举起手挡着光。

举起的是那只拿枪的手。

加 布

平安夜

汉米尔打电话说他的手下已经就位。

"你什么意思？"我尖声说。

"他听到了我们的动静。"

"你看清楚了吗？"我问。

"是他没错。"他说，"是撒切尔。"

"谁都别开枪。"我说，"我到那儿之前谁都不许动，你听见了吗？"他说好的，但其实我知道他压根没把我的话放心上。

"我要抓活的。"我说。但他没有听。电话那头一片混乱。汉米尔的声音听上去像是从很远的地方传来的。他说他带了最好的狙击手。狙击手？

"谁都别开枪。"我说了一遍又一遍。抓到撒切尔只完成了工作的一半，我们得找出那个雇用他的幕后之人。"不要射击，告诉你的手下不要射击！"

但汉米尔只是自顾自地说着，并没有在意我的话。他说那里很黑，但他们有夜视镜。他们已经看到了那个女孩，她的样子很害怕。汉米尔停顿了一下，然后说："他有枪。"我觉得自己的心沉了下去。

"谁都不许开枪。"我边说边辨认着那间小屋。小屋掩藏在树林中央，屋外停着很多警车，难怪被撒切尔发现了动静。

"他抓了那女孩。"

我踩了刹车，把车抛在停车场，显然雪地里已经无路可走。"我到了！"我冲着电话尖叫。我的双脚陷在雪地里。

我放下电话开始狂奔。我看到了他们，在车后面排成一线，每一个人都做好了射击的准备。"谁都别开枪！"我说。与此同时，清晰的枪声让我停下了脚步。

夏　娃

救援后

这一次我们重返小屋，我不确定我期待的是什么。在机场，我给加布列出了所有我能想到的最坏情形：米娅什么都想不起来；几周的治疗都是白费；她会因此而精神错乱。

我们全都观察着米娅，看着她打量着这间位于明尼苏达州的小棚屋，注视着小屋的内部。米娅草草地浏览了一遍这个地方，没多久回忆就汹涌而来。随着加布问了无数次"米娅，你记起什么了吗"，我们意识到自己应该谨慎对待我们的询问。

我女儿突然发出了一种我从未听过的声音，就像一只垂死动物的叫声。米娅跪倒在屋子中央，以一种我从未听过的费解的语言尖叫着。她啜泣着，我从来不知道米娅能发出这样疯狂的哀鸣。我自己也开始哭泣。"米娅，亲爱的。"我喃喃着，想用自己的双臂抱住她。

但罗兹医生警告我要谨慎一些。她伸手拦住我，不让我去安慰米娅。加布凑近我和医生，低语说这个地方，这个让米娅歇斯底里崩溃的地方，在不到一个月前，地上曾经躺着一具血淋淋的尸体。

米娅转向加布，漂亮的蓝眼睛里满是痛苦，她咆哮着："你杀了他！你杀了他！"一遍又一遍。她哭泣着，发狂地说着她看到血从他了无生机的身体里涌出来，渗入地板的缝隙里。她看到那只猫跑了，在房间里留下一串血脚印。

她听到寂静的房间里传来刺耳的枪声——她跳了起来，此时此刻，她仿佛重新经历了一回那样的场景，听到玻璃碎了一地的声音。

她说她看着他倒下去，看着他的四肢变得软弱无力，垂到地上。她记得他的眼睛是如何失去光芒，身体是如何不可控制地抽搐。她的手上和衣服上都是血。"到处都是血。"她绝望地啜泣着，在地板上摸索着。罗兹医生说，米娅正在经历一场精神错乱。我推开医生的手，一心只想去安慰自己的女儿。我走向她，走向米娅，可加布抓住我的胳膊，阻止了我。

"到处都是。红色的血流得到处都是。醒一醒！"米娅用双手猛拍着地板，然后抱着她的膝盖开始猛烈摇晃，"醒一醒！哦，上帝啊，求你醒一醒，别丢下我！"

加　布

平安夜

　　我不是第一个走进小屋的。我在人群中发现了汉米尔那张肥脸。我揪着他的领子质问他这一切是怎么回事。要是在平常，他可以把我揍一顿。但今天不平常，现在我正在发狂。

　　"他要杀了她。"

　　他声称撒切尔逼得他们别无选择。

　　"这是你的一面之词。"

　　"这不归你来裁定，蠢货。"

　　一个看起来不超过十九、二十岁的年轻人从小屋里走出来，一脸踌躇满志。他说："那个混蛋死了。"汉米尔朝他竖起大拇指。有人在鼓掌。这个年轻人显然就是那个狙击手，一个蠢得不知所谓的孩子了。我想起我的十九岁。当时我唯一想要的就是手里有把枪。而现在，一想到要开枪，我就吓得半死。

"你有什么问题吗，霍夫曼？"

"我要抓'活'的。"

他们全都走进了屋内。一辆救护车正穿越雪地开来，发出刺耳的警报声。我看着车顶的灯变换着红色和蓝色的光芒，在黑夜里呼啸而过。急救人员下了车，抬着担架费力地走在雪地里。

汉米尔跟着他的手下进了屋。他们全都爬上台阶走进小屋，用探照灯照着屋内，直到某个有常识的人打开了台灯。我屏住了呼吸。

我之前从没有见过米娅·丹尼特。我怀疑她是否听说过我的名字。她完全不知道，这三个月来我满脑子都是她：每天早晨醒来后，每天晚上入睡前，我见到的都是她的脸。

汉米尔领着她走出小屋，他紧紧抓住她，仿佛给她铐了手铐似的。她浑身都是血——手上、衣服上，甚至连头发上都是。血迹把她的金发染成鲜红，没有人礼貌地关上那讨厌的探照灯，灯光照在她惨白的皮肤上，那皮肤几乎都是半透明的。她脸上的表情很茫然，像个鬼魂，像个幽灵。灯还亮着，但小屋里已没有人。眼泪冻结在她脸颊上，她在楼梯上滑了一跤。汉米尔猛地拉住她，让她站住。

"我先来吧。"汉米尔信誓旦旦地说着，把米娅从我身边领走。她的眼睛漫不经心地扫过我的脸。那一刻我从她身上看到了夏娃，三十年前的夏娃，遇见詹姆斯之前的夏娃，生下格蕾丝和米娅之前的夏娃，遇见我之前的夏娃。

真见鬼。

如果不是怕吓到米娅，我会把那家伙给揍一顿。我讨厌他抓着她的方式。

在屋里我发现了科林·撒切尔的尸体，他动作难看地躺在地板上。在当街头警察的时候，有一两次我帮忙去搬事故中的死尸。世界上没有什么比这更糟糕的事情了。灵魂一离开肉体，死尸就变得僵硬而冰冷。他们的眼睛无论睁闭都了无生机。他的眼睛是睁着的，他的身体是冰冷的。我从没见过这么多的血。我替他拂上眼睑，说："很高兴终于见到你了，科林·撒切尔。"

我想起了住在低等养老院里的凯瑟琳·撒切尔。我仿佛可以看到当我宣布消息时，她颓败的脸上会露出怎样悲痛的表情。

汉米尔的手下已经开始工作：拍摄犯罪现场、取指纹、收集证据。

我不知道要怎么看待这个地方，它充其量只是不适合居住而已，这地方散发着一股味道。我不知道我之前预期看到什么，中世纪的裂脑器和膝盖分离器？链条和枷锁？至少也得有手铐吧？但我看到的只是一间丑陋的小屋子，摆着一棵糟透了的圣诞树。可我自己的公寓比这更糟糕。

"来看看这个。"有人说。一件外套掉落在地。我站起来，双腿在抽筋。有人在福米加塑料贴面上刻了"我们曾在这里"的字样。"你觉得这是什么意思？"

我伸手抚摸那些字迹："我不知道。"

汉米尔走进小屋，嗓门大得足够把死人吵醒。"你把她带走吧。"他对我说着，朝撒切尔踢了一脚，以防万一。

"她说了什么？"我没话找话，我并不太在乎她告诉了他什么。

"你自己看看吧。"他说。他语调里的某些东西引起了我的兴趣。他露出一个傲慢的笑容——我知道某些你不知道的事情——然后补充道："难以置信。"

我俯身看了科林·撒切尔最后一眼。他躺在木地板上，已经死透了。"你做了什么？"我谨慎地问道，然后径直走了出去。

她坐在一辆敞开着门的救护车后座上，被急救人员照料着。他们用一块羊毛毯裹着她，试图确认她身上并没有自己的血迹。救护车现在已经安静下来，不再有警报声和闪烁的车灯。有人在聊天，有人在大笑。

我信步朝她走去。她盯着某个空间出神，任由急救人员检查着她，但每一次触碰都让她畏缩。

"外面很冷。"我说，想引起她的注意。她的头发很长，盖在脸上，遮住了眼睛。她脸上有一种让人捉摸不透的表情，我不知道那意味着什么。干了的血迹——冻住的血迹？——粘着她的皮肤。她流着鼻涕。我从口袋里掏出手帕，放到她手里。

我从没如此关心过一个我并不认识的人。

"你一定非常累，这是一场可怕的折磨。我们会把你送回家的。我保证你很快就会到家了。我知道有人正迫不及待地想听到你的声音。"

"我是加布·霍夫曼侦探。我们一直都在找你。"

我觉得我无法相信这是我们第一次见面。似乎我对她的了解比对我朋友的一半都多。

一瞬间，她抬眼看了看我，然后又看向一个正被送进屋的空装尸袋。"你不必看的。"我说。

但她看的并不是装尸袋本身，而是那个空间。她盯着那个空间。附近挤满了来来往往的人，大多数都是男人，只有一个女人。他们顺口说着圣诞计划：去教堂、和姻亲吃晚餐、熬夜安装妻子网购来的某个玩具。他们全都在履行各自的职责。

如果是其他案子，我会为出色完成任务而举手击掌。可是这个案子不同以往。

"汉米尔侦探问了你一些问题，我也有些问题要问，但这不着急。我知道这……对你来说……并不容易。"

我想要摸摸她的头发或拍拍她的手，做某个能让她回神的简单动作。她的眼睛很茫然，脑袋靠在弯曲的膝盖上，一句话也没说。她没有哭泣。这些我都不觉得惊讶，毕竟她还没从震惊中恢复。

"我知道这对你和你的家人来说是一场噩梦。有那么多人在担心你，我们会及时把你送回家过圣诞的，我保证。"我说，"我会亲自送你回家的。"只要一经同意，我就会长途跋涉地开车送米娅回家，夏娃会在他们家门口张开双臂等待她。但首先，我们需要去当地医院做一个全面检查。我希望记者别赶过来，别在医院停车场外站成排，拿着摄像机和麦克风提上一堆问题。

她什么也没说。

我想用我的手机给夏娃打电话，让米娅当那个报喜的人。我把手伸进口袋，该死的手机去了哪里？哦，好吧，也许这消息来得太多太快，她还没有做好准备。但夏娃如坐针毡地等着我的电话，迫不及待。

"发生了什么？"米娅轻柔的声音最终问道。

当然，我想，这一切发生得太快了。她正在努力理解它的意思。

"他们抓到了他。"我说，"一切都结束了。"

"都结束了。"她任由这句话溜出她的嘴边，落在大雪里。

她环顾了一下四周，仿佛是第一次看到这样的景色。这有可能是她第一次踏出小屋吗？

"我在哪里？"她低语着。

我和急救人员交换了一个眼神，对方耸耸肩。好吧，真该死，我想，这种事情明明你们比我更擅长。反正坏人由我来当，好事你们去做。

"米娅。"我说。我听到远处传来手机铃声。听起来非常像我自己的手机铃。"米娅。"我再次开口。

我叫她名字的时候，她看起来有点儿糊涂。我第三次喊了她的名字，因为我想不出要说什么。发生了什么事？我在哪里？这些问题本该由我来问她。

"那不是我的名字。"她低声说。

急救人员正收拾着自己的东西，他想让医生来给她检查一下。不过目前看来，她情况还好，只是有些营养不良的迹象，身上有伤口正在愈合。但没有什么需要急着治疗的。

我忍不住说："它肯定是你的名字。你是米娅·丹尼特，你不记得了吗？"

"不。"她摇摇头。她并不是不记得，而是很肯定我说错了。她凑近了一些，像要倾吐一个秘密似的对我说："我的名字是克洛伊。"

汉米尔侦探从我们身边经过，发出恼人的声音。"我告诉过你难以置信。"他冷笑一声，朝手下喊着："都快点儿，我们今天可以收工了。"

加 布

救援后

我们住在了大马雷镇上的一家旅馆，那是一家传统的小客栈，位于苏必利尔湖边，"免费欧式早餐"的标志吸引了我的注意。我们的返程航班是在早上。

罗兹医生给米娅服了镇静剂，让她昏睡过去。我把她带到房里的双人床上，让她和夏娃一张床。然后走到走廊里和其他人站着说话。

夏娃非常焦虑。她知道这一切完全是个错误。她几乎要开始责备我了，但她很快住了口。"这事迟早会发生的。"她断定。但我分辨不出她是真的这么相信，还是只是试图安抚我。

之后我会提醒她，科林·撒切尔并不是下令袭击米娅的那个人，他背后还有某个人在寻找她。我们需要米娅尽可能地恢复记忆，帮我们追捕那个人。他肯定告诉过她一些事情。科林肯定把一切都告诉过她。

夏娃斜倚着大厅墙壁，墙上是色彩柔和的壁纸。医生换上了睡衣和拖鞋，她的头发紧紧扎成一个圆髻，让她的额头显得很大。她抱肩站着，对我们说："这是斯德哥尔摩综合征。受害者变得在情感上依赖绑架他们的人。他们和绑匪成天待在一起，当一切结束后，他们会为绑匪辩护，会害怕那些来营救他们的警察。这种事并不寻常，但我们时常见到，比如家庭暴力、虐待儿童、近亲乱伦等案例。你肯定能说出不少来，侦探先生。一个女子打电话给警局，说她的丈夫打她，但当警察到她家后，她却转而为她的配偶辩护。"

"有许多情况会引发斯德哥尔摩综合征。米娅需要受到绑匪的威胁，这点我们知道她有。她需要被隔离起来，除了绑匪，没有别人可以接触，我们也知道，这情况属实。她还需要感受到无力逃脱这种局面的绝望，这点也不必说。最后，撒切尔先生只需要对她表现出一丁点儿仁慈，比如——"

"不让米娅饿死。"我说。

"就是这样。"

"给她衣服穿，给她庇护。"我可以滔滔不绝地说下去，这事在我看来再正常不过了。

但对夏娃来说并不是这样。她等到罗兹医生道了晚安离开大厅——再听不到这里的声音——才用一种知女莫若母的语调说："她爱他。"

"夏娃，我想——"

"她爱他。"

我从没见过夏娃对哪件事情这么肯定过。她站在门口，看着床上睡着的米娅，就像一个初为人母的女子注视着她的婴儿宝宝。

夏娃上床睡到米娅身边，而我睡在了另一张双人床上，尽管我有自己的房间——夏娃求我别离开。

她能跟我谈什么呢，我钻上床的时候心想。我对坠入爱河这种事情一点都不了解。

我们谁都没睡着。

"我没有杀他。"我提醒夏娃。但这无关紧要，因为还是有人杀了他。

夏 娃

救援后

在整个回程的航班上，她都茫然无措。她坐在靠窗的位置，把额头贴在冰冷的玻璃上。我们试图和她说话，但她毫无回应。有时候我会听到她的哭泣，我看到泪水从她脸颊上滴落在她掌心。我试图安慰她，但她却转身躲开了。

我曾经也坠入过爱河，但那太久远，我都不大记得了。我为那个在城市餐厅里遇见的英俊男人而着迷，这个迷人的男人让我觉得自己飘飘然起来。现在他已消失不见，我们之间只剩下受伤的感情和鄙视的话语。没有人将他从我身边夺走，是我自己渐行渐远，远到我再也瞧不见那年轻的脸庞和动人的微笑。但这依然很伤人。

罗兹医生在机场和我们告别，她想在早上见见米娅。医生和我决定增加她的治疗次数，一周两次。一次为了急性应激障碍，另一次为了治疗悲伤情绪。

"一般人很难承受这种事。"她对我说。我们看着米娅将手放在腹部。这个孩子不再是一种负担，而是他留在世上的最后痕迹，是她要好好守护的东西。

我心想，要是米娅已经堕了胎，不知道她会变成什么样子。这会让她发疯的。

我们在长期停车场发现了加布的车。他提出开车送我们回家。他笨拙地试图放好我们所有的行李，不让我帮忙。米娅走得比我们都快，我们得尽力跟上她。她走这么快是因为她不想看到我脸上不安的表情，也不想和那个杀害了她爱人的男人对视。

一路上，她都在后座里沉默着。

加布问她饿不饿，她没有回答。

我问她暖气开得够不够，她无视了我。

交通很畅通。这是一个寒冷的周日，是那种适合赖床的天气。车里开着收音机，音量很低。米娅躺在后座上，终于睡着了。我看着她的头发笨拙地拂过那被冬天的冷风吹得通红的脸颊。她的眼睛颤动着，虽然身体已熟睡，但脑子里显然充斥着各种画面。我试图理解这一切：一个像米娅这样的人是怎么会爱上科林·撒切尔那样的人呢？

然后我的眼睛徘徊到了坐在我身边的男人身上，一个和詹姆斯完全不同的男人。

"我要离开他了。"我透露。我的双眼始终盯着前方的道路。加布什么都没说。但当他的手靠近我时，他要说的一切尽在不言中。

加布在我们家门外把我们放了下来。他提出要送我们上楼，但我拒绝了。我告诉他我们能行的。

米娅抛下我，径直朝楼里走去。我们沉默地看着她离开。加布说他早上会过来的，他有东西带给她。

然后沉重的大门关上了，她消失在我们的视野中。他靠过来吻我，我们一起无视了那些从喧闹人行道上往回走的上班族和来来往往的出租车。我把手放在他的胸口，阻止他。"我不能。"我说。我的拒绝带给我的痛苦比带给加布的更多，他研究了一会儿想找出原因，我看着他那双带着疑问的温柔眼睛，然后他点点头。这与他无关，是我需要时间理清自己在乎的东西，它们已经混乱太久了。

米娅告诉我，她听见了玻璃打碎的声音，她看着他挣扎着呼吸，到处都是血，他伸出手，可她只能眼睁睁地看着他倒下，什么都做不了。

她在自己床上醒来，尖叫着。等我走进房间，她已经摔倒在地，摆出一个俯瞰着某个并不存在的人的姿势。她低语着他的名字，"求你别离开我。"她说。然后她弄乱了被褥，寻找着他。她扔下毯子，从床上扯下床单。"欧文。"她哭喊着。我站在门口看着这令人心碎的场景，然后她从我身边挤了过去，勉强在呕吐前赶到了卫生间。

每一天都是这样。

有几天晨吐反应没有这么糟糕。但米娅说那些天是最艰难的。当她不被持续不断的恶心所困扰时，她会反复想起欧文的死。

我徘徊在门口。"米娅。"我说。我愿意做一切事情消除她的痛苦，可我什么都做不了。

当她准备好的时候，她跟我讲了小屋里最后时刻发生的事情。枪声听起来就像烟火，窗户被打破，玻璃碎了一地，冬天的冷风吹了进来。"噪音吓坏了我。我的眼睛盯着屋外，直到我听到欧文的喘息。他低声叫着我的名字——克洛伊。他挣扎想呼吸，双腿开始站不住。我不知道发生了什么。"她哭着摇了摇头，再度体验了那个每天在她脑海里重复数百遍的悲痛时刻。我把手放在她的腿，阻止了她的话。没必要再说下去了，但她没有停下来。她倾诉是因为她不得不，因为她脑袋里已经无法再安放这样的场面，它们在她脑海里潜伏着，现在像火山爆发般喷发出来。

"欧文！"她大喊着。她被困在某个不属于当前的时段。"枪从他手上掉下来，在地板上砸出一个凹痕。他把手伸向我。血，到处都是血。他被子弹击中了，双腿开始弯曲。我试图抓住他，我抓住了，但我无法承受那样的重量。他无力地倒在地上。"

"我扑向他。欧文！哦，上帝啊，欧文。"她啜泣着。

她说她曾展望过意大利里维埃拉地区的海岸。在最后时刻，她看到的是这样的景象：船只懒洋洋地漂在利古里亚海上，滨海的阿尔卑斯山和亚平宁山露出陡峭的山峰。她看到山坡上有一间乡村风格的石屋，他们——她和那个叫欧文的男人，在那绿意盎然的乡村辛勤劳作，直到累得直不起腰。她想象着他们不再东躲西藏，拥有了自己的家。在最后时刻，米娅看到孩子们在厚草地上奔跑，躲闪着一排排恒久存在的葡萄树。孩子们有着像他一样的黑发和黑眼，他们的英语里夹杂着意大利词：孩子、开朗和真爱。

她告诉我鲜血是如何从他身体里溅出来，如何流了一地，那只猫是如何跑过房间，如何在地板上留下它小小的血爪印。她的视线再一次掠过房间，仿佛此时此地事件正在上演，尽管那只猫现在像尊雕塑一样蹲在卧室的窗台上。

她说他缓慢地呼吸着，用尽全力浅浅地吸着气。到处都是血。"他的眼睛变得一动不动，他的胸膛也不再起伏。'醒一醒，醒一醒。'我摇着他，'噢，上帝啊，求你醒一醒。求你别离开我。'"有一道刺眼的光照过来，一个男性的声音要求她远离那具尸体。

"求你别离开我。"她哭喊着。

每天早上她都尖叫着他的名字醒来。

她睡在卧室里，我铺开日式床垫睡在起居室里。她拒绝拉开窗帘，拒绝接纳屋外的世界。她喜欢黑暗，在黑暗里她可以相信一天二十四小时全是黑夜，这样她就能沉浸在自己的悲伤里。我几乎没法再让她吃东西。"即便不是为你，"我建议道，"也为孩子吃一点吧。"她说孩子是她活下去的唯一理由。

她私下对我承认，这日子她过不下去。当她清醒的时候，她不会这样说；但当她哭泣，迷失在绝望中时，她想到了死亡，用所有的方法杀死自己。她跟我罗列了各种自杀的方式。我告诉自己，我绝不能让她独自待着。

周一早上，加布带着一箱东西出现，那是他从小屋里带回来的东西。他把它们留作证据。"我本来是打算把它们交还给科林的母亲。"他说，"但我想也许你想要看一看。"

他希望能消除米娅对他的敌意，但他得到的是一个责难的眼神。"欧文。"她喃喃着。

当我去卧室把她拽出来的时候，她正坐在那里漫不经心地看着电视。晚间新闻里那些"死亡""谋杀"和"罪犯"之类的字眼让她心烦意乱。我告诉米娅，欧文不是加布杀的，但她说这不重要，这毫无意义，他终究还是死了。她不会因此记恨加布的。她什么都感受不到，她的灵魂被抽空了。我替他的行为辩护着——替我们所有人的行为辩护着。我试图让她明白，警察是在保护她，他们看到的是一个持有武器的罪犯和他的受害者。

米娅怪罪最多的是她自己。她说是她把枪放到他手里的。她在夜里啜泣着，为自己的行为而懊悔。罗兹医生跟她谈过悲伤的几个阶段，其中包括否定和愤怒。她保证说，有一天，你会接受你失去他的事实。

米娅打开了加布带给她的箱子，拿出一件灰色的连帽衫。她把脸凑近它，闭上眼闻着棉布上的味道。很显然，她打算留下它。"米娅，亲爱的。"我说，"让我把它洗了吧。"衣服上散发着一股讨厌的臭味，但她拒绝让我把它从她手里拿走。

"别洗。"她坚持道。

每天晚上她都和这件衣服睡在一起，假装他的手臂还紧紧拥着她。

她觉得到处都能看到他：夜里的梦境和白天的幻象。昨天我坚持要出去散步，那是一个可以外出的一月天，我们需要呼吸新鲜空气。我们已经把自己关在这间公寓里好几天了。我打扫了公寓，擦洗了几个月不曾使用过的浴缸。我用一把锯齿剪刀修剪着她的盆栽，把枯叶扔到垃圾桶里。艾安娜说要给我们从集市带些东西——牛奶和橙汁，她还应我的要求带了鲜花来，我希望这些东西可以提醒米娅，这是一个充满生机的世界。

昨天米娅穿上那件她从同一个箱子里拿出来的夹克，整个人陷入在那两只宽大的衣袖里，和我出了门。在台阶底部，她停了下来，看着街对面某个虚幻的地方。我不知道她盯着看了多久，直到我轻轻拉了拉她的胳膊，说："我们走吧。"我不知道她在看什么，那里什么都没有，只有一个四居室公寓，是砖砌建筑，门前搭着脚手架。

芝加哥的冬天严寒刺骨。但上帝不时会赐予我们几天气温在零下1℃或4℃的明媚天气，提醒我们苦难终有尽头。当我们外出散步时，气温肯定有3℃－4℃。这是那种青少年们会犯傻穿上短裤和T恤衫的天气，他们忘记了在十月份我们还曾为这样的天气吃惊。

我们停留在住宅街道上，因为我觉得这里更安静些。我们可以听到不远处的都市声。现在是中午时分，她拖着脚步走着，在韦夫兰路的拐角，她和一名年轻人撞在了一起。我本可以拉住她的，但当时我正盯着附近一个阳台上过时的圣诞装饰，它显得很不协调，旁边是人行道上积雪融化形成的水塘，提醒着我春天的来临。撞上米娅的是一个英俊的男人，头上棒球帽压得很低，双眼盯着地面。米娅本来没有在意，但突然难以自抑地弯下腰哭泣。

他无法理解她的哭泣。"对不起，对不起。"他说。我请他不要担心。

米娅从那个箱子里拿出过一顶同样的棒球帽，就放在她床边。

悲伤和晨吐每天会让她跑三四回卫生间。

下午加布过来了，他决心要把一切都弄清楚。今天之前，他满足于随意的拜访，一心只想着和解。但现在他提醒我，我们仍然处在威胁之中，而屋外那些保护她的警察不会永远守在那里。他让米娅坐在日式床垫上。

"跟我说说他的母亲吧。"米娅说。这叫作等价交换。

米娅的公寓是个三十多平方米的方形房间。起居室里摆放着日式床垫和迷你电视，有客人来住的时候她就拉开床垫。我已经把浴室擦洗了许多次，但仍然觉得不干净。每次我淋浴的时候，都会把浴缸注满水。厨房只够站一个人，如果你在门开着的时候站在冰箱后面，那么就会被推进炉子里。这里没有洗碗机，散热器几乎温暖不了房间，等它能起到作用时，气温也已经飞升到了三十多摄氏度。我们坐在日式床垫上吃晚餐。由于我每晚都把它当床睡，白天也就不费心把它收起来了。

"她叫凯瑟琳。"加布回答。他笨拙地坐在床垫边上。米娅已经连着好几天问起科林的母亲了，我不知道该说什么，而且加布比我更了解撒切尔太太。我从没见过那个女人，但是再过几个月，我们将成为同一个孩子的祖辈。"她是个病人。"他说，"帕金森病晚期。"

我消失在厨房里，假装去洗盘子。

"我知道。"

"撒切尔太太住在养老院里，这是预料之中的——她没法照顾自己。"

米娅问起她是怎么住进养老院的。据科林——欧文——所说，她一直住在家里。

"我带她去的。"

"你带她去的？"她问。

"是的，"加布承认，"撒切尔太太需要人经常照看着。"

这让米娅对加布的印象有所好转。

"他很担心他的母亲。"

"他的确有担心的理由，但她现在很好。"加布宽慰道，"我开车送撒切尔太太参加了葬礼。"他停了很久，让米娅稳定情绪。那是米娅刚回家没几天发生的事情，我们正忙于和罗兹医生预约最初的几次诊疗，并发现我们的孩子被冰箱的嗡嗡声吓得魂不附体。加布从一份加里市的报纸上剪下讣告带给我，他还带给我一份葬礼致辞，封面上是一张光泽的照片——置于象牙纸中间的黑白照。当时我很气愤科林·撒切尔居然能有这样一个平民葬礼，我把那份致辞丢进了壁炉里，看着他的脸被火焰吞噬，祈求同样的事情也能发生在他本人身上，让地狱之火去折磨他吧。

我停下手头的活，等着哭泣声传来。但我并没有听到哭声，米娅很平静。

"你去了葬礼吗？"

"我去了。很不错，和预期的一样好。"

加布的形象一下子变得高大起来。我听出了米娅声音里的变化，不再带着痛恨，而是变得柔和，她放下了戒备。而我站在厨房里，拿着一只陶瓷盘子，想象着被地狱之火焚烧的科林正绝望地试图认错。

"那棺材——"

"合上了，但还有些照片。来了许多人，爱他的人远比他以为的要多。"

"我知道。"她低语。

屋里很沉默，沉默得令我难以忍受。我在裤子后面擦干手。当我瞥向起居室时，我看到加布正坐在米娅身边，她的脑袋靠在他的肩膀上。他的胳膊环着她的后背，她在哭泣。

我想介入其中，想充当那个米娅靠着哭泣的肩膀，但我不敢。

"撒切尔太太现在和她的姐妹瓦莱丽住在一起。她已经得到了充分的治疗，能更好地控制疾病了。"

我躲进厨房，假装没有在听。

"我最后一次见她，"加布说，"她对生活又有了……希望。"

"跟我说说你最后在小屋的那些事情吧。"加布问。

她说这些事情很容易解释。

我屏住呼吸。我不知道我是否想听这些。她把她知道的都告诉了加布，说有人雇用了他，要求他找到她并把她交给一个她从没听说过的男人。但他做不到，于是他把她带到了一个他认为安全的地方。我深深吸了一口气，他把她带到了一个他认为安全的地方，也许他终究没那么疯狂。

她说了有关赎金的事，她说这与詹姆斯有关。

我走进起居室，想听得清楚些。一提到詹姆斯的名字，加布就激动地从日式床垫上站了起来，开始在房间里走动。"我就知道。"他反复地说。我看着我的宝贝坐在床垫上，想着她父亲本来有能力保护她免遭伤害的。我离开了公寓，去冰天雪地里寻找慰藉。加布看着我离去，他知道他无法同时安慰两个人。

当她夜里上床睡觉的时候，我听到她辗转反侧，听到她哭着叫他的名字。我站在她卧室门外，想赶走她的噩梦，但我知道我没办法。加布说，我什么都做不了，只要在那里陪着她就够了。

她说她可以把自己在浴缸里淹死。

她可以用菜刀割脉。

她可以把头伸进火炉里。

她可以从防火梯[1]上跳下去。

她可以在夜里走下L线列车的站台。

---

1 一种铁质的梯子，一般安装于房屋建筑的第二个出口，供火灾时逃生使用。

加　布

救援后

　　我拿到了搜查证，去搜查了法官的房间。他气得发狂。警长过来试图打圆场，但丹尼特法官压根儿不理他。他说要是我们什么都查不出，就都等着失业喝西北风吧。

　　但我们并没有空手而归。事实上，我们在丹尼特法官上锁的私人文件里找到了三封恐吓信，全都是索要赎金的。信上说他们抓了米娅，要想放了她，就得给他们一大笔钱，否则他们就揭露他在2001年收了三十五万美元的贿赂从轻审判一桩敲诈勒索案件。这是在要挟他。

　　这个案子需要时间、审查和上级警官的配合。但我们能确定，这个失败的赎金勒索案的关键人物包括达尔马·奥萨玛，一个帮助执行犯罪计划的索马里人。我们派了一个特别小组去追捕奥萨玛。

　　如果可以的话，我会拍拍自己的后背表扬一下自己，但我拍不到，因此我让警长代劳。

至于丹尼特法官，他才是失业喝西北风的那一个。他被取消了律师资格，但他要担心的还远不止这个。他等候着自己的审讯，担心着那些说他接受贿赂、妨碍司法公正的证据。针对他受贿指控的调查已经展开，正在查证情况是否属实。我敢打赌肯定属实，不然丹尼特法官为什么把信件夹在文件夹里，不想让别人看见呢？

在他被送去监狱前，我审问了他。"你知道这事？"我难以置信地说，"你一直都知道，她被绑架了。"

什么样的男人会这么对待他自己的孩子？

他的声音仍然充满自负，但却第一次掺杂了一点儿愧疚。"一开始我并不知道。"他说。当时他被关在管辖区的拘留所里。丹尼特法官在坐牢，这个画面从我们初次交锋我就想象过。他坐在床边盯着公厕，知道他迟早得在我们所有人面前上厕所。

这是我第一次能够确信丹尼特法官话语里的真诚。

他说一开始，他相信米娅肯定是去做些荒唐事了。她生来就不省心。"她之前曾离家出走过。"然后那些信开始送来。他不想让任何人知道他贪污腐败，知道他这些年来一直在收取贿赂，他会被取消律师资格的。但是他承认说：他不希望米娅出任何事情。在那一刻，我是相信他的。他是打算支付赎金去解救她的，但是他同样需要他们闭嘴封口。他要他们证明米娅还活着，但他们没有证明。

"那是因为，"我说，"米娅不在他们手里。"她和科林·撒切尔在一起。可以说，科林·撒切尔救了她一命。

"我以为她已经死了。"他说。

"然后呢？"

"如果她死了，那么就没有人需要知道我做过些什么了。"他承认道。我从没想过我会从丹尼特法官的声音里听出心虚。

心虚和懊悔？他会为他的行为懊悔吗？

他相信他们的女儿已经死了，而他白天和夏娃共处一室，晚上和她共睡一床，这些日日夜夜他是怎么过的呢？我心想。

夏娃申请了离婚，一经批准，她将分到丹尼特法官的一半财产。这笔钱足够让她和米娅过上新生活。

米　娅

救援后

我坐在那间昏暗的办公室里，和对面的罗兹医生讲述着那一晚的事情。大雨倾盆而下，雨点紧密。我和欧文坐在黑暗的房中，听着大雨猛烈敲击着屋顶。我跟医生讲了我们是如何外出拾柴火的，我们还没跑进屋就被雨淋透了。"那个晚上，"我告诉她，"我跟欧文之间的关系发生了变化。那个晚上我明白了我为什么会在这里，会在这个小屋里和他一起。他并没有试图伤害我。"我解释道。我回忆起他用那双沉稳的黑眼睛看着我，说："没人知道我们在这里。如果他们发现了，就会杀了我们。我和你都会死。"突然间，我有了一种归属感，不再像从前一样孤单一人。"他是在救我。"我说。从那一刻起，一切都发生了变化。

从那一刻起，我不再害怕。从那一刻起，我内心笃定。

我跟罗兹医生谈了那间小屋，谈了我们在那儿的生活，谈了欧文。"你爱他吗？"她问。我说我爱。我的双眼充满悲伤。医生从我们中间的茶几上拿了一张纸巾递给我，我接过纸巾，掩面哭泣。

"告诉我你的感受是什么，米娅。"她鼓励我继续说下去。我告诉她我很想念他，我希望我没有找回记忆，这样我就可以蒙在鼓里，对欧文的离去浑然不觉。

然而，事情其实要复杂得多。

有些事情我永远都不会告诉医生。

我可以告诉她，悲伤夜以继日地缠绕着我，但我不能告诉她我的自责。是我把欧文留在那间小屋的，是我把枪放到他手里。如果我早告诉他真相，那我们可以想出一个计划。我们可以一起解决这件事情。但是在最初的几分钟里，在最初的几天里，我太害怕，说不出口。我怕他可能会对我不利。而后来，我不告诉他真相是因为我担心那会改变我们的关系。

他是那个保护我免遭父亲和达尔马伤害的人，哪怕这一切全是假象，全是谎言。

我终其一生都在渴望一个可以照顾我的人，现在他来了。

我不打算放手。

我用手抚摩着不断变大的腹部，感受到婴儿在踢我。雾蒙蒙的窗外，夏天已经来了，热气和湿度让人觉得胸闷。很快孩子就会出生了，这是欧文留给我的纪念，我将不再孤单。

我脑海里有这样一个场景。我读初中的时候，有一次骄傲地带回家一份得 A 的读书报告，我妈妈把它贴到了冰箱上，用的是那年的圣诞礼物——一个摇摇晃晃的"快乐蜜蜂"吸铁石。我父亲回到家，看到了那份作业。他匆匆浏览了一遍，然后对我母亲说："那个英语老师该被开除了，米娅都这个年纪了，还分不清那里和哪里。你觉得呢，夏娃？"他把那份作业当杯垫用了。在躲回房间前，我看到水渍渗到了报告纸张的纤维里。

当时我十二岁。

我回想起九月的那一天。我走进那家幽暗的酒吧。那是一个明媚的小阳春，但酒吧内很黑，几乎没有人。下午两点的酒吧的确没什么人，只有几个老顾客坐在自己的桌边，喝着纯波旁威士忌和小杯威士忌烈酒，借酒浇愁。这个地方狭小又黑暗，是一间砖砌建筑的角落单元房，一侧画着涂鸦。酒吧里的背景音乐是约翰尼·卡什的歌。我没有在自己住的街区，而是在西南的朗代尔。我环顾酒吧，发现我是这里唯一一个白人。吧台旁放着木质高脚凳，有几张凳子有些开裂，或者缺了横轴。后墙上摆满酒的玻璃架排成一行。空气里烟雾缭绕，一直袅袅升到天花板，把这个地方变得雾蒙蒙的，看不清晰。一把椅子撑开前门，但哪怕是这个秋高气爽的日子，明媚的阳光和融融的暖意仍迟疑着不愿进到这屋里。酒保是一个留山羊胡的秃顶男人，冲我点点头，问我要喝什么。

我要了一杯啤酒，朝酒吧后面走去，走到一张紧邻男厕所的桌边。他告诉我他会在那里的。当我看到他的时候，我的心提到了嗓子眼，几乎无法呼吸。他的眼睛像煤炭一样黑，皮肤颜色深且有弹性，像轮胎似的。他坐在一张板条靠背椅上，俯身喝着啤酒。他身着一件迷彩服外套，在这种天气里并没必要穿它。我自己的外套已经脱下，系在腰上。

我问他是不是达尔马，他看了我一会儿。那双如煤炭一般的眼睛仔细研究着我不安分的头发和眼神中的确信。他的目光打量着我的身体，打量着我穿的牛津布衬衫和牛仔裤，评估着我斜挎在身上的黑包和系在我腰上的短外套。

我这辈子还从没有像现在这样确信过。

他没有说他是不是达尔马，而是问我找他有什么事。他说话时声音很低沉，是个男低音，带着改不掉的非洲口音。我坐进他对面的椅子上，注意到他的体格比我要高大得多。我从包里拿出信封放在桌上，他伸手去拿，每只手都是我手的两倍大。他很黑，就像是最黑的黑熊，很强壮，仿佛长着虎鲸的鲸脂，是食物链最上层的捕食者。当他和我面对面坐在桌子两边时，他知道，他是食物链顶端的霸王，而我只是一株海藻。

他问他为什么要相信我，他怎么能确定他没有被当成傻瓜来戏弄？我鼓起一切勇气，直率地回答："那我又怎么知道，你不会把我当傻瓜戏弄？"

他放肆地笑起来，看上去有点精神错乱，说："啊，没错。但你看，这有个区别。没有人可以把达尔马当傻瓜戏弄。"

当时我就知道了，如果有任何事情出错，他会杀了我。

但我不允许自己害怕。

他拿出信封里的文件——这个证据我已经掌握了六周多，直到我知道要怎么处理它。告诉我母亲或者交给警察似乎太容易、太平常了。他需要更严重的惩罚，以牙还牙。取消律师资格并不足以抵消一个恶劣父亲犯的错，但损失一大笔现款、打破在公众面前的光辉形象就很接近了，至少比前一种更接近。

找到它并不容易，这是肯定的。我无意中在一个上锁的文件柜里发现了一些文件。那是某个深夜，他拉着我母亲去海军码头参加一个慈善晚宴，捐了五百美元支持一个非营利机构。该机构致力于增加贫困儿童受教育的机会，我觉得这极其荒谬——太可笑了——瞧瞧他是怎么看待我自己的职业道路的。

那天晚上我去了他们家，先乘坐紫线列车到林登，然后从那儿叫了出租车。我用电脑坏了做借口使母亲把她自己那台速度很慢的旧电脑借给了我，并建议我收拾个包在那儿住一晚。我说好吧，不过我当然是不会住下的。但是为了伪装，我还是收拾了一个包——这是偷走证据的绝佳方法。几小时后，我彻底搜查了我父亲的办公室，然后叫了辆出租车回到自己的公寓，打开了完全没有问题的电脑，找了私家侦探，把我的怀疑变成确切的证据。

我要找的并不是敲诈勒索、收取贿赂的证据，不完全是。我搜寻一切违法证据：偷税、伪造、伪证、骚扰，随便什么都行。但我找到的却是受贿的证据。那是三十五万美元转入海外账户的凭证，我父亲把它放在一个密封信封中，锁进文件柜。而我幸运地从十几年前一个中国商人送给我父亲的古董茶叶罐里找到了钥匙：一把小小的、贵重的银钥匙，藏在散装茶叶里。

"这事要怎么办？"我问对面的那个男人——达尔马。我不知道到底要如何称呼他。他是一个职业杀手，干的终究是杀人越货的勾当。他的名字是一个做不光彩生意的邻居告诉我的。那个邻居曾不止一次触犯法律，警察会在半夜出现在他家公寓前。他住三楼，喜欢自吹自擂，爱在上楼的时候闲聊些自己的失当行为。第一次我和达尔马是电话沟通的——用拐角处的公共电话简单说了几句，然后安排了这次见面。他问我，我要他怎么杀死我的父亲。我说不，我们不打算杀他。我的计划是让他比死更痛苦。我要让他身败名裂，遭人轻视，我要抹黑他的名声，让他和那些被他送进牢里的下层人生活在一起。这对我父亲来说比死更糟糕，简直像是人间炼狱。

达尔马要和我四六分成，他六我四。我点点头，因为我没资格谈判。赎金的 40% 也是很大一笔钱，确切地说，是八万美元。对于我的那部分钱，我的想法是把它作为一笔不记名的捐款，送给我的学校。我在脑海里规划了大致的细节，提前做好准备。为了让事情看上去更真实，我不能就这么简单地消失。我需要为可能的后续调查留下证据：目击者、指纹、录像带等等。我不会问是谁，做些什么或什么时候。我需要有个意想不到的因素，这样在那一刻我自己的反应才会很自然——像一个绑架案中的惊恐女子。我在奥尔巴尼公园的西北部发现了一个无主的小公寓。我会藏在那里，剩下的事情就交由专业人士——达尔马和他的手下去做。至少我是这么计划的。我用达尔马给的预付现金事先支付了三个月房租，储存了瓶装水、罐头水果、冷冻肉和面包，这样我就无须离开。我买了纸巾和卫生纸，以及美术工具套装，这样我就不会冒险被人发现。一旦收到赎金，而且我父亲的肮脏行为也被人发现，那么这间奥尔巴尼公园中的破旧小公寓就将是我获救的地方。警察会在这里找到被捆绑着并堵住嘴的我，而绑匪仍然逍遥法外。

达尔马想知道他要把谁当作人质，他要靠谁索要赎金。我看着他黑色蛇纹石一般的眼睛，看着他的光头和伤疤。那是一道约七厘米长的伤疤，垂直地划过他的脸颊。他的皮肤里有个铆钉，我想象那是被某种刀——弹簧刀或者大砍刀——弄伤的，刀片刺进他外部脆弱的皮肉，造就了一个内心不可触及的男人。

我环视酒吧，确信我们附近没人。这里每个人几乎都是男性，除了一个二十多岁的女服务员，穿着牛仔裤和太过紧身的衬衫。这里所有人都是黑人，除了我。一个男人坐在酒吧前的高脚凳上，笨拙地滑了一下，醉醺醺地站起来，像鱼尾般左摇右摆地进了男厕所。我看着他经过，看着他推开笨重的木门，然后我的视线落回达尔马那双严肃无情的黑眼睛上。

我说："我。"

致谢

　　首先，我非常感谢我的出版经纪人蕾切尔·狄龙·弗里德，她真是棒极了！她对我们出版《别爱上任何人》有充足的信心。蕾切尔，我永远感谢你，感谢你所有的努力和无尽的支持，但最重要的是，感谢你坚定地相信《别爱上任何人》的意义不仅仅只是我电脑上另一个文档而已。如果没有你，今天这一切都不会发生！

　　我的编辑埃里卡·伊然易在整个过程中的表现好得不可思议。我找不到比她更完美的编辑了。埃里卡，是你的精彩想法成就了《别爱上任何人》的今天，我对这部作品非常自豪。感谢你给了我这个奇妙的机遇，并激励我做到最好。

感谢格林伯格联合公司（Greenburger Associates）和禾林·米拉图书公司（Harlequin MIRA）所有工作人员一路来的帮助。

感谢我的家人和朋友——尤其是那些想不到我会写书但依然给予支持并为我骄傲的人，特别是我的爸爸妈妈，施马内科、卡伦贝格和克里琴科一家，此外我还要感谢贝斯·施伦给出的诚恳反馈。

最后，我要感谢我的丈夫皮特，感谢你给了我实现梦想的机会。我也感谢我的孩子们，也许他们是对这件事感到最兴奋的人：他们的妈妈写了一本书！

Mary Kubica

回顾与思考

1. 起初霍夫曼侦探并不想接手米娅·丹尼特的失踪案，但后来，他发现自己的全部心神都投入了此案。他这么做的动机是被什么激起的——专业使然还是个人欲望？你觉得他的性格在小说过程中是否发生了变化，抑或是他始终保持着本性？

2. 小说最初的几页中，科林·撒切尔给人的印象是一个冷酷的罪犯，为了自己的经济利益实施了一场绑架。是什么让科林这样的男人决定救米娅一命，帮她逃离既定的死亡命运？在整部小说进行的过程中，你对他的看法是否有所改变？

3. 科林为了一个陌生人放弃了他自己和他母亲，你认为他是否令人钦佩？抑或他是否应该按计划实施绑架？他的行动是完全无私的，还是他为了自私的目的才决定救米娅？

4. 假如米娅按她父亲的要求去堕了胎，这会在她得知科林死讯的时候对她产生怎样的影响？你认为如果米娅没有怀着他的孩子，会更难还是更容易接受他的死讯？

5. 书中从许多不同的角度描述了米娅·丹尼特：敬业的老师、被忽视的女儿、绑架案的受害者、暗地里的阴谋家，等等。你觉得其中哪一个准确描述了这个角色？或者米娅其实是这些人物角色的综合？这些角色描述中，是否有的只是米娅的一部分伪装，用于满足某些自私的需求？若是如此，那这种行为和他父亲的伪装有何区别？

6. 在整部《别爱上任何人》中，夏娃·丹尼特表现出了对霍夫曼侦探强烈的感情依赖。但是在小说结尾，她为了女儿，选择放弃这段关系。你认为夏娃对侦探是有真感情的吗，还是只是一时冲动？你认为夏娃选择结束关系是否合适？还是她应该不顾米娅的精神状态和情感需求，继续和霍夫曼侦探在一起？

7. 艾佛里·罗兹医生指出，米娅对科林·撒切尔的感情是斯德哥尔摩综合征的一个例子。在这种心理状态下，绑架案的受害者对绑匪形成了一种依赖。你认为米娅是患上了斯德哥尔摩综合征吗？还是她和科林发展出了真正的爱情？

8. 在整部《别爱上任何人》中，米娅一直为失忆症所困扰。只有在最后几章里，她才恢复了记忆，能够想起她在明尼苏达州小屋里的日子。但是，我们知道，绑架案是米娅自己一手策划的。那是不是有这样的可能，在整部小说中，她都是假装失忆呢？米娅是真的遭受了严重的应激性障碍的折磨，还是这不过是另一出由一个能干的阴谋家所上演的戏码？

9. 在小说最后我们了解到，是米娅自己策划了绑架案，目的是向忽略她的父亲复仇。你觉得米娅的这种行为是正当的吗？要报复父亲，她本可以采取哪些行动？她父亲的行为真的像她所认为的那样糟糕吗？

10. 在读完《别爱上任何人》之后，你认为哪个人或者哪些人才是真正的受害者？谁又是真正的阴谋家？你的想法跟刚开始阅读小说时相比是否有了转变？如果是，有了哪些转变？

对话玛丽·库比卡

《别爱上任何人》是一部扣人心弦的绑架故事，故事里的一切都不是它看上去的样子。你创作这个故事和这些人物的灵感是什么？

我的灵感是一场不合常规的绑架案。这个故事我在脑海中打造的初步轮廓就是一个"表面如此，实则不然"的绑架案情节。然后我给情节框架里加入人物，他们表面是一种样子，但真面目却远远超出你的想象。我希望我不仅能够保持读者的好奇心，而且还要让他们爱上故事里的人物，被故事深深吸引，身临其境地进入冷冰冰的明尼苏达州小屋，与米娅和科林在一起，并对夏娃·丹尼特在女儿失踪后的孤独和绝望感同身受。

　　你开始写小说的时候，是否已经规划好了米娅的角色转变？一路中她是如何让你惊讶的？她的故事是如何随着小说写作和编辑过程的推进而发展的？

　　坦白说，当我开始写《别爱上任何人》的时候，我很少有规划。有人曾向我建议说，应该让米娅和科林自己告诉我他们的故事，而不是通过其他方式来写。米娅当然会随着小说写作和编辑的过程而变化，变成我在初期写《别爱上任何人》这本书时所预期不到的样子。她变成了一个更强大的角色，不仅仅是受害者，还有更多的身份。

　　《别爱上任何人》是由不同角色以第一人称的视角交替叙述的，时间既有救援米娅之前，也有救援米娅之后。为什么你会选择以这样的方式来叙述故事呢？你为什么选择从科林、夏娃和霍夫曼侦探的角度来讲述？

　　米娅是这部小说的核心人物，但她的声音却很少被听到。因此我要确保其他角色在他们的叙述中能完全概括出米娅·丹尼特这个人物。我选的这些角色都是最亲近米娅、又涉及案件调查的人，我让他们来描述米娅的生活并讲述她的故事。

交替的第一人称视角比其他视角讲述了更全面的故事，彻底揭开了米娅的人生。对我来说，让读者全方位地看到她是很重要的：在整部小说中，她是被忽视的女儿，是无能为力的受害者，也是许多其他角色。

在创作《别爱上任何人》时，你最难的挑战是什么？最大的喜悦又是什么？

在写《别爱上任何人》时，我最难的挑战是挤出写作时间。当时我的女儿只有一岁，儿子还没出生。做家长的都知道，当小孩子在身边的时候，不管做什么事情，想抽出时间总是一项艰巨的任务。因此，我非常感谢我的孩子每天早上都会睡"懒"觉（如果早上六点半算懒的话），也感谢他们每日准点的打盹儿，这给了我所需的写作时间。

我写《别爱上任何人》是完全保密的，整个过程中，除了我丈夫外，我没有告诉过任何人。我将手稿寄给经纪人之前，甚至都没有找朋友替我做语法校对。我一个人坐立不安地等待了好几个月才找到经纪人，稍后小说被卖给了 MIRA 图书公司。整个过程中最大的喜悦是在我最终跟家人和朋友坦白的那一刻，我告诉他们我不仅写了一本书，而且它即将被出版了！

你能描述一下你的写作过程吗？你是连贯性地写作还是跳跃性的？你有时间表或者规律吗？有幸运物吗？

我最喜欢的写作时间是每天清晨五点左右，端起一天里的第一杯咖啡，在还静悄悄的房子里开始写作。这段写作时间很有质量，直到我的时间被洗脏衣服、采购杂货和陪孩子玩不知何时结束的蛇梯棋（一种源自于印度的掷赛游戏）等各种日常杂务所占据。作为爱动物的人，我欣然承认我写作《别爱上任何人》的大部分时间都和一只名叫麦吉的橙色虎斑小猫在一起。它坐在我的膝盖上，我想我的幸运物肯定就是它了。

我选择把《别爱上任何人》写成三个不同的片段，然后将它们合并起来：救援前章节中的夏娃和加布视角、救援后章节中的夏娃和加布视角，最后是救援前章节中的科林视角。我发现当我专注于一个单一的时间框架或在某些情况下在一个双重的、透视的、独立的时间框架里时，我能够对每个角色和他们所有的复杂行为产生同理心。把它们合并在一起非常有乐趣，这三个我分别写作的片段最终融合为一体，一起讲述了一个与独立片段所不同的故事。

你是怎么知道自己想当作家的？是怎么想到要写《别爱上任何人》的？

我记得很清楚，我知道我想要写作是在我十一二岁的时候。当时我和一个表亲在外祖父家过夜。我表亲卡丽和我差不多大。她给我读了她的第一份手稿。我记得我拿着那发脆的电脑打印纸，心想：书就是这样来的。当时我就知道，我想成为一个作家。

然而，写作对我来说，一直都是一个梦想或兴趣，并不是一份职业。当我还是个小女孩的时候，我曾偷了家里的打印纸匆匆跑回卧室，悄悄写作。我更实际的梦想是当一名高中历史老师，我大学毕业后就实现了它。

但是虽然我热爱教书，却仍渴望着写作——写作的欲望从未消失过。在写教案的时候，我会不自觉地构思起故事大纲，抢了学生的名字给我的角色用。在女儿出生后，我休了假照顾她。这让我能够重新聚焦于写作的梦想。在安静的凌晨和困乏的下午，在女儿打盹的时间里，《别爱上任何人》诞生了。

你能跟我们谈谈你的下一本书吗？

《Pretty Baby》是另一本悬疑故事，讲述了一名芝加哥女子偶然遇见了一位无家可归的女孩。在雨中，她带着一个婴儿在芝加哥 L 线列车站台边等候着。女子的注意力被年轻女孩和她的宝宝吸引，之后不顾家人的极力反对收留了这个女孩和她的孩子，却陷入了一段很快她就希望自己不曾选择揭开的过去。

图书在版编目（CIP）数据

别爱上任何人 / (美) 玛丽·库比卡著；朱其芳译
.—— 北京：北京联合出版公司, 2016.11 (2017.11重印)
ISBN 978-7-5502-8316-9

Ⅰ.①别… Ⅱ.①玛… ②朱… Ⅲ.①长篇小说－美
国－现代 Ⅳ.①I712.45

中国版本图书馆CIP数据核字(2016)第188694号
著作权合同登记 图字：01-2016-5463号

别爱上任何人

项目策划　紫图图书 ZITO®

监　　制　黄利　万夏

作　　者　[美] 玛丽·库比卡

译　　者　朱其芳

责任编辑　宋延涛

特约编辑　李媛媛　申雷雷　李圆

装帧设计　紫图图书 ZITO®

北京联合出版公司出版
（北京市西城区德外大街83号楼9层　100088）
北京嘉业印刷厂印刷　新华书店经销
258千字　880毫米×1280毫米　1/32　12.25印张
2016年11月第1版　2017年11月第4次印刷
ISBN 978-7-5502-8316-9
定价：42.00元

敬请期待

玛丽·库比卡下一部

惊心动魄的悬疑小说《Pretty Baby》